* 이 도서의 국립중앙도서관 출판시도서목록(CIP)은 서지정보유통지원시스템 홈페이지(http://seoji.nl.go.kr)와
국가자료공동목록시스템(http://www.nl.go.kr/kolisnet)에서 이용하실 수 있습니다.
(CIP제어번호 : CIP2014011071)

# 여자도 아내가
# 필요하다

왕상한 지음

은행나무

# 이 땅의 모든 여자들에게 바치는
# 존경과 응원의 노래

요즘은 부부가 같이 나오는 텔레비전 프로그램이 참 많지요. 예능 오락 프로그램을 자주 볼 기회가 없는 저도 이러한 경향을 알 수 있을 정도니까 말입니다. 재미있는 것은 텔레비전에 나오는 잉꼬부부들을 바라보는 남자와 여자의 전혀 다른 시선입니다. 그들의 모습 중 어디까지가 진실이고 어디까지가 거짓이냐 여부를 떠나 여자들은 일단 부러운 눈으로 바라보고, 남자들은 불편한 시선으로 바라보는 겁니다. 다정하게 자기 자신을 바라봐주고 든든히 지지해주는 남편에게 무한한 감사를 보내는 브라운관 속 여인들에게 브라운관 앞에 앉은 여인들은 한없는 부러움과 질투를 느끼곤 합니다.

그렇지만 정작 속이 타는 건 남자들입니다. 원래 남자라는 동물은 다른 누군가와 비교 되고, 심지어 뒤처진다는 것을 죽기보다 싫어하거든요. 그럴 때 우리 남편들이 가장 잘하는 방법이 있죠? 바로 이솝우화에 등장하는 이른바 '신포도 권법', 평가절하입니다.

"저거 다 텔레비전 나온다고 쇼 하는 거야, 순진하게 감동하기는!"

브라운관에 주렁주렁 매달린 먹음직스러워 보이는 누군가의 부부애를 못 먹는 신포도로 만들어 버리고는 도망치듯 베란다로 나가버리는 남자들…….

아마 거의 대부분의 대한민국 남자들이 이런 반응을 보일 겁니다. 그리고 방금 전 텔레비전에서 아내에게 최고의 칭찬을 받던 그 남자 연예인은 '공공의 적'이 되고 마는 거죠.

변명을 좀 해보자면, 우리 남자들은 역사적으로 여자를 지지하고 이해해주는 학습이 덜 된 존재들입니다. 특히 우리 사회가 오랫동안 여성들에게 요구한 '현모양처'라는 사회적 규범이 특히 남자들에게 좋은 변명거리가 되었습니다. 여성들의 정체성을 자녀와 남편을 중심으로 정해 놓은 틀 속에서 솔직히 남자들은 '손 안 대고 코 풀던 시절'이 길었던 게 사실입니다. 그도 그럴 것이, 남자 입장에서 '현모양처'를 싫어할 이유는 조금도 없으니까요.

어진 어머니와 착한 아내. 뜻만 풀이해 놓으면 이보다 더 완벽한 단어가 어디 있겠습니까? 하지만 조금만 구체적으로 들어가면 현모양처가 되어야 하는 여자들도, 또 그것에 기대어 여자들의 봉사를 받으려고만 했던 남자들도 난감해집니다. "어떻게 하는 것이 어진 어머니고, 무엇을 해야 착한 아내인가?" 하는 질문에 정확하게 대답할 수 있는 사람이 과연 몇이나 될까요.

기본적으로 출산만 가능하다면 누구나 엄마가 될 수 있고, 또 혼인신고만 하면 누군가의 아내가 될 수 있지만, 그 앞에 '어질고', '착한' 또는 '현명한'이라는 형용사가 붙는 것은 결코 쉬운 일이 아니기 때문입니다. 우리는 언제나 이 형용사의 질량에만 매달렸습니다. 가장 중요한 질문은 외면한 채 말입니다.

우리는 무엇을 놓치고 있었을까요? 바로 여성들의 입장에서 '어질고 현명한 삶이 어땠을까' 하는 것입니다. 어진 어머니이자 현명하고 착한 아내였던 그들은 과연 행복했을까요? 단지 사회적인 규범에 맞추기 위해서가 아니라 사랑하는 아이들과 남편을 위해 기꺼이 자신을 내려놓고 포기했던 우리의 어머니, 가정과 육아를 병행하며 종횡무진 뛰어야 하는 우리의 아내들은 지금 과연 행복하기는 한 것일까요?

저는 그 질문에서부터 이 책을 생각했습니다. 아무리 생각해도 나의 어머니와 나의 아내, 그리고 나의 딸들이 지금 이 사회가 그대로 유지된다면 그리 행복하지 않을 거라는 생각이 들었기 때문입니다. 그래서 이 책에서 아들로서, 남편으로서, 또 동료로서 남자가 여자를 위해 가능한 모든 응원과 위로를 적어보려 합니다.

어쩌면 이 책은 앞서 얘기한 텔레비전 예능 프로그램 속 남성들에게 일반 남성들이 쏟아내는 원성과는 비교할 수 없을 정도의 원성을 자아낼 수도 있겠지요. 하지만 제가 이른바 돌 맞을 각오를 하고 여자들에게 바치는 응원가를 쓰는 이유는 '왕상한'이라는 사람이 보통 남자들보다 깨어 있기 때문도 아니요, 남달리 어머니와 아내, 딸들을 생각해서도 아닙니다. 앞으로 이 책에서 계속 고백하겠지만, 저는 대한민국 평균 남자보다 더 나을 것도, 더 못할 것도 없는 평범한 사람입니다. 지금껏 여느 남자들과 다를 바 없는 보통 수준의 응원과 위로를 여자들에게 전했을 뿐입니다. 그래서 함께 배워가자는 것입니다.

"여자는 결코 알 수 없는 동물이야" 하며 포기해 버리기에는 이미 여자들에게 받은 것이 너무나도 많습니다. 어머니로부터 소중한 생명을 받았고, 사랑하는 아내로부터 남자로서의 값진 삶을 허락 받았으며, 귀여운 딸들을 지키기 위해 쇠도 씹어 먹을 수 있을 것 같은 초능력도 받지 않았습니까? 이 정도라면 조금은 야단스럽다고 느끼더라도, 조금은 손발이 오그라들어도 이 땅의 여자들을 위해 응원가를 준비할 충분한 이유가 되지 않을까요?

아들의 위치에서, 남편의 위치에서, 아버지의 위치에서 지금 이 순간 우리가 여자들에게 건네야 할 말들은 무엇인지, 지금 우리는 여자들을 위해 어디에 있어야 하는지 함께 고민하고 하나하나 배워보는 시간을 가져보려고 합니다.

뒷머리를 긁적이며 이 책을 열었을 많은 남자들에게 먼저 응원을 보냅니다. 그리고 그 힘을 모아, 정작 누구보다도 '아내'가 필요한 이 땅의 모든 여성들을 진심으로 이해하고 응원하는 첫걸음을 떼어봅시다. 두려워할 것은 조금도 없습니다. 이 모든 것을 가능하게 하는 것은 우리가 그녀들에게 받았던 바로 그 '사랑'일 테니까요.

2014년 3월
왕상한

# 1

## 그래도 여전히
## 여자이고 싶다

# 안녕
# 하이힐

구두는 여자의 자존심이라고 하지요? 신발 하나로 일 년 넘게 버틸
수 있는 저 같은 남자들은 이해하기 어려운 말입니다. 구두 중에서도
특히 하이힐에 열광해 이것을 신으면 더 당당하고 자신감이 넘친다는
사람도 보았습니다. 하지만 부모님도, 선생님도, 남자친구도 말릴 수
없는 여자들의 하이힐 사랑을 멈추게 하는 능력자가 있습니다. 바로
말도 못하는 아이들입니다.

임신을 하면 여자들은 하이힐을 신을 수가 없습니다. 특히 중기에
들어서 배가 나오게 되면 무게 중심이 앞으로 쏠리기 때문에 굽이 높
은 신발은 신기가 무척 힘듭니다. 그냥 걷기도 버거운 마당에 아슬아
슬한 하이힐을 신는 것은 위험천만한 일이니 말입니다. 게다가 늘어난
체중과 자주 붓는 손발 때문에 기존에 신던 신발이 맞지 않는 경우도
많고, 하이힐을 신었을 때 어울리는 옷들 역시 마음대로 선택할 수 없
습니다. 그러니 자연스레 아이를 품는 열 달 동안 하이힐과 잠시만 안

12

녕을 고하는 것이지요. 그리고 아이를 낳고 나면 다시 하이힐을 신을 거라며 기약합니다.

하지만 더 큰 상실감은 그 후가 아닐까 싶습니다. 막상 아이가 태어난 후에도 하이힐은 신발장 안에 있을 때가 더 많습니다. 아내는 어느 순간인가, 하이힐을 신지 않게 되었습니다.

언젠가 버스를 타고 이동하는 중에 아이를 안은 젊은 엄마가 하이힐을 신고 버스에 올랐습니다. 사람들은 대부분 그 모습을 못마땅하게 쳐다보았습니다. 아이 엄마가 누구 보여줄 사람이 있다고 저 불편한 신발을 신고 다니느냐고 힐책하는 게지요. 그래도 이 정도 비난은 괜찮은 편입니다. 젊은 엄마가 버스에서 내리면서 휘청거리다가 넘어졌을 때 쏟아진 비난은 차마 듣기 어려울 정도였으니까요.

"저것 봐라, 내 저럴 줄 알았지."

"저러다 애 잡겠다. 자기 치장한다고 저게 무슨 꼴이야."

아이에게 미안한 마음과 무너진 자존심에 일그러진 젊은 엄마의 얼굴을 보며 참 많은 생각을 했습니다. 아이를 안고 다녀야 하기 때문에 엄마는 항상 운동화나 낮은 신발을 신어야 할까요? 엄마가 여자로서 예뻐 보이고 싶어 한다면 그것은 비난 받아야 할 행동일까요?

결혼을 하지 않고 싱글로 살겠다는 젊은 여대생들과 이야기할 기회가 생겨서 그 이유를 물어보았습니다. 많은 친구들이 여자이기를 포기하고 싶지 않기 때문이라고 대답하더군요. 결혼하고 아이가 생기면 나보다는 아이에게 더 신경을 쏟아야 하고, 그러면 나는 더 이상 아름다워질 시간도, 여유도, 사회적인 용인도 없어진다는 거죠.

솔직히 말해 어느 정도는 사실입니다. 제가 버스에서 목격한 사실만 봐도, 아이 엄마는 아이를 데리고 버스를 타면서 하이힐을 신은 무책임한 엄마로 비춰졌으니까 말입니다. 어쩌면 우리는 엄마가 되면 여자로 살아가고 싶은 마음을 버리라고 암묵적으로 강요하고 있는지도 모르겠다는 생각까지 들었습니다.

신발장에 얌전히 잠든 하이힐은 단순히 이제는 자주 신지 않는 신발, 더 이상 신을 수 없는 신발이 아니라 어떤 애잔함이 아닐까 싶습니다. 저 신발을 신고 만났던 남편과의 데이트, 잘 나가던 젊은 날의 당당함, 나를 꾸미는 데 아무런 죄책감도 느낄 필요가 없던 시절……. 지금의 삶을 후회해서가 아니라 그저 지나간 것에 대한 아련함 때문에 아내는 신발장의 다른 칸은 잘 열어보지 않았던 것 아닐까요?

하지만 아름다워지고 싶은 것, 아름다운 것을 갖고 싶은 것…… 이것은 여자들에게 있어 숙명과도 같은 유혹이 아닐까요? 잠시 그것을 신발장 속에, 장롱 속에 숨겨 두었다고 해서 영원히 그것들과 이별했다고 여기지는 말아야겠지요. 죽는 순간까지 우리의 아내들은 여자이고 싶고, 아름답고 싶을 것이기 때문입니다. 다시 현관 앞에 그 하이힐이 놓이는 순간이 언제일지는 모르지만, 한 번 포기했다고 또 포기할 거라고 생각하지는 말아야겠습니다.

단지 엄마라는 이름으로 하이힐을 포기하지는 않기를 바랍니다. 물론 아이를 안고 가다 넘어질 정도로 위험한 하이힐은 건강에도 좋지 않으니, 그 점은 유의해야겠지요. 다만, 누군가를 위해서 나의 가장 중요한 것을 포기하는 희생은 누구도 행복하게 만들 수 없다는 사실을 기억했으면 합니다. 결혼 전에는 스타일 무너진다며 절대로 신지 않았던 단화, 죽기보다 싫었던 납작한 운동화를 단지 아이와 편의를 위해

서 신으면서 엄마가 되었으니 어쩔 수 없다고 포기한다면 당신의 선택 뒤에 남겨진 여자로서의 쓸쓸함은 견디기 어렵지 않을까요? 아이를 가장 위하는 마음은 아름다운 것이지만, 그것 때문에 자신의 취향을 아예 버리는 것은 지나친 희생이 될 수 있습니다.

아름다운 뒷모습을 자랑하는 하이힐을 신고 여자임을 한껏 뽐내고 싶은 당신. 가족 중 어느 누구도 당신이 가장 사랑하는 아이 때문에 하이힐을 포기하기를 바라지 않습니다. 가장 사랑하는 사람들을 위해, 아직도 여자이고 싶은 당신을 위해 엄마인 당신, 아내인 당신이 하이힐을 포기하지 말았으면 합니다.

남편의 포스트잇

## 구두는 나의 힘

기분이 좋지 않거나, 스트레스가 쌓일 때 어디를 가는 편이신가요? 낚시를 가기도 하고, 가까운 친구들과 포장마차에서 소주 한 잔 마시는 것도 도움이 되지요. 구두 쇼핑이 이와 같습니다. 아내와 함께 구두 쇼핑을 다녀본 경험이 있다면 예쁜 구두를 바라보는 아내의 얼굴을 기억할 수 있을 테지요. 발꿈치를 들어 올리게 함으로써 평소 자신의 몸매보다 약 1.8배 이상 날씬해 보이게 하는 마법을 경험한 아내가 짓는 표정이 우리가 스트레스를 풀 때의 모습과 다르다고 생각하시나요?
중요한 것은 이해와 공감의 지점입니다. 구두가 낚시나 골프와 다르지 않다는 마음으로 아내의 하이힐을 대해 주세요.

# 아줌마도 싫고
# 아주머니도 싫어요

저는 순정이라는 말을 참 좋아합니다. 순정을 다 바쳐서 사랑하는 사람의 모습은 언제나 찬란하게 빛나고, 어쩐지 울컥하는 마음도 듭니다. 우리가 처음 누군가를 사랑하기 시작했던 그 순간, 순정은 100퍼센트 순도를 자랑하며 빛납니다. 나에게 눈길만 주어도, 한마디 말만 건네도 심장이 입 밖으로 튀어나올 것 같이 떨렸지요. 하지만 세월은 야속하게도 우리에게서 그 열정을 거둬갑니다.

시간이 지나 아내는 내가 사랑했던 어떤 미지의 여인에서, 여자 친구나 애인으로, 또 결혼한 후에는 아내로 그 이름을 바꿔갑니다. 열정이라는 설렘의 온도가 조금씩 식어가면서 아내의 호칭이 어떻게 변해가는지, 이른바 아내의 타이틀 변천사에 점점 관심이 없어집니다. 다정하게 이름이나 애칭을 불렀던 시절이 지나가고, 점점 더 아내의 이름보다는 아이의 이름을 붙여 부르는 일이 잦아지게 되는 거죠. 아내가 이름을 잊어버리는 것에 너무 무관심했습니다.

아내들이 간혹 이런 부탁을 하는 경우가 있을 겁니다. '현성이 엄마, 주원이 엄마' 이렇게 아이 이름에 붙여서 엄마라고 부르지 말고, 자기 이름으로 불러달라고요. 나도 내 이름이 있고, 내가 당신 엄마도 아닌데 왜 애들 이름에 붙여 내가 엄마인 것을 쓸데없이 자주 확인시켜 주냐고 하면서요.

하지만 그럴 때마다 '이 사람이 뭐가 또 뒤틀려 트집을 잡나' 이렇게만 생각했지, 왜 아내가 느닷없이 자기 이름으로 불러달라고 하는지 그 이유를 생각해보지는 않았을 것입니다. 나는 누구누구 아빠라고 불려도 하나도 싫지 않은데, 왜 아내는 굳이 자신의 이름을 이렇게 독립운동 하듯 찾고 싶어 하는 걸까 의아하기도 합니다.


여자들에게는 첫 키스를 했던 날만큼이나 잊지 못할 날이 있다고 하더군요. 결혼식 날이나 프러포즈를 받았던 날처럼 황홀하고 행복한 기억이면 참 좋겠지만, 그 기억은 다름 아닌 태어나 처음으로 '아줌마' 소리를 들었을 때라고 합니다. 나이를 먹고, 아이를 낳으며 시간의 흐름에 따라 아가씨가 아줌마가 되는 과정은 너무나도 자연스러운 것인데, 그게 뭐 그리 대단한 일이라고 호칭 하나 따위에 유난을 떠느냐고 생각할 수도 있겠지요. 저 또한 그랬으니까 말입니다.

이쯤에서 '아줌마'라는 단어의 의미에 대해서 한 번 짚어보도록 하지요. 일단 이 사전적인 의미를 알고 나면 왜 여자들이 이 짧은 단어에 그렇게 민감한지 조금은 알 수 있을 테니까요. 아줌마는 일단 '아주머니'를 낮추어 이르는 말로, 아이들이 줄여 불렀던 말에서 유래합니다. 자, 그렇다면 아주머니의 사전적 의미는 무엇일까요?

부모와 같은 항렬의 여자를 이르거나 부르는 말.

남자가 같은 항렬의 형뻘이 되는 남자의 아내를 이르거나 부르는 말.

그냥 얼핏 따져보아도 나이가 많은 여자들을 통칭하는 단어라는 것을 알 수 있지요? 물론 아내가 이 같은 사전적인 의미 때문에 이 말을 그렇게 두려워하는 것은 아닐 테지만, 이 단어 속에 숨겨진 무언의 뉘앙스는 아내를 우울하게 만들었을 것입니다.

아줌마 소리를 처음 듣고 집에 돌아온 아내에게 그게 뭐 대수냐며 핀잔을 주고, "아줌마가 싫으면, 아주머니라고 하든지"라고 했다가 며칠 동안 구박을 당했다는 친구의 이야기가 기억이 납니다.

"아줌마"라는 말을 들을 만한 나이였건, 옷차림이었건 그런 것은 중요한 것이 아닙니다. 그 시점이 언제였던지 간에 아내는 아직 스스로 아줌마라는 말을 들을 준비가 되어 있지 않다는 것이겠죠. 그리고 가장 중요한 것, 뒤에 숨어 있는 한 문장.

"나 아직 아줌마처럼 안 보이지?"

"당연하지!"

거짓말인 줄 알면서도 그렇다고 해줄 남편의 강한 긍정을 아내는 기다리고 있지 않나 싶습니다. 아직은 조금 더 남편이 다정하게 이름을 불러주길, 아직은 남편에게 아이 엄마이기보다는 연인이기를, 아주머니이기보다는 여자이기를 바라는 마음일 겁니다. 그렇기 때문에 모르는 사람들에게 듣는 아줌마라는 소리보다 남편의 조소 어린 말투가 더 가슴에 꽂히는 게 아닐까요?

"아, 아줌마 보고 아줌마라고 하는데 뭘 그렇게 화를 내? 그럼 당신이 아줌마지, 아가씨야?"

참 밉다, 밉다 하니까 가지가지 한다더니, 이름이나 애칭으로 불러주는 것은 바라지도 않으니 상처 입은 가슴에 고춧가루나 뿌리지 말았으면 좋겠다 싶은 아내들, 아마 많으실 테지요.

세월이 흘러가는 것을 받아들이는 것에 남자보다 여자가 더 어려움을 느끼는 것은 당연한 일 아니겠습니까? 가장 아름다웠던 시절에 가장 빛나게 피었던 것은 남자보다 여자였으니까 말입니다. 또 그 아름다움을 가장 깊이 기억하고 있는 것 역시 바로 아내 자신일 테니까요. 스스로 다리를 쭉 벌리고 아가씨에서 아줌마라는 징검다리를 건너기는 쉽지 않을 것입니다.

흔히 과거는 돌아보지 말라고들 하지요? 미래를 봐야지, 자꾸 좋았던 과거를 돌아보면 발전을 하지 못한다고요. 하지만 당신이 오늘 태어나 처음으로 아줌마 소리를 듣고 온 날이라면 한 번쯤 과거를 돌아보라고 말해주고 싶습니다. 내 앞에 놓인 징검다리를 향해 쭉~ 하고 다리를 뻗기 전에 내가 걸어왔던 길, 그 작고 빛나던 돌 하나하나를 바라봐 주는 겁니다.

이제 조금 투박하고 못나 보이는 돌로 발걸음을 옮겨야 할 때입니다. 선뜻 내딛기 싫은 돌이긴 하지만 여기에 그 돌이 있기에 징검다리는 완성되는 것이고, 이 징검다리 덕분에 나는 이 강을 건널 수 있는 거라고, 그렇게 스스로에게 이야기를 걸어보세요.

징검다리 위의 '아가씨 돌'을 사랑하고 그리워하듯 앞으로 걸어가야 할 '아줌마 돌' 역시 사랑하며 자신의 인생 전체의 그림을 바라볼 줄 아는 것, 이것이 바로 아내라는 이름의 당신이 위대하고 또 현명한 이유가 아닐까요?

## 대수로운 나날들

"도대체 당신한테 대수로운 일이란 뭐야?"

아내가 아줌마 소리를 듣고 와서 열변을 토하는데 '대수롭지 않은 일'에 열 내지 말라고 했다가 이런 불벼락 맞은 적 혹시 있으십니까? 뇌구조가 다른 남자와 여자가 편하게 살 수 있는 공식 중 하나는 바로 이게 아닌가 싶습니다.

"모든 것이 대수롭다!"

그렇습니다. 아내에게는 모든 것이 대수로운 일입니다. 슈퍼에서 양찬이 엄마를 만난 것도 대수로운 일이고, 미용실에서 오천 원이나 덜 받은 일도 대수로운 일입니다. 아직 여자이고 싶은 아내가 처음으로 아줌마 소리를 듣고 온 날은 그야말로 '대대대대수로운' 날입니다. 아무것도 아닌 일처럼 넘기지 말아야 합니다. 정황도 들어주고, 그 말을 뱉은 사람의 잘못도 아내 앞에서 신랄하게 지적해 주어야 합니다. 사실 여부, 그 사람의 논리 따위는 찾을 생각도 해서는 안 됩니다. 이 순간 기억해야 할 것은 지금 아내는 아줌마라는 부당한 호칭을 당해 억울함을 읍소하러 온 여자라는 사실뿐입니다.

여자들에게는 매일 매일이 모두 대수로운 날이라는 것, 잊지 마시길.

# 아내를
# 친구처럼 대하는 남편

　연애할 때나 신혼 초까지는 매일 만나면 까르르 웃음이 터지고, 아이처럼 즐거웠다고 회상하는 분들 많으실 겁니다. 하지만 영원히 연애 시절이나 신혼 초에만 머물 수는 없지요. 아이가 태어나고, 이사를 하고, 집을 사고, 이직을 하는 등 변화무쌍한 삶을 살아야 합니다. 그렇게 마냥 좋을 수만은 없는 하루하루를 살아가다 보면 부부는 남자와 여자라는 이성관계가 아닌 인생이라는 전쟁터를 함께 싸워가는 동지나 전우 같은 느낌으로 변해 갑니다. 가슴 설레는 한마디보다는 당장 메워야 할 카드 값을 이야기하고, 은밀하게 나누는 뜨거운 눈빛보다는 마트에서 펼치는 눈치작전에 더욱 궁합이 잘 맞게 됩니다.

　길게 보면 인생에서 배우자가 친구가 된다는 것은 매우 적합한 방향일지도 모릅니다. 친구란 무슨 이야기도 다 할 수 있고, 늘 내 편이 되어주는 사람이니까 말입니다. 문제는 연인이라는 뜨거움에서 출발해 친구라는 덤덤함으로 귀결되는 사이가 되는 것입니다. 그리고 이러한 관계 변화에 상처를 받는 것은 대부분 아내 쪽이지요.

당연합니다. 아내는 늘 사랑한다는 표현을 받아왔고 또 앞으로도 받을 것이라고, 말로는 장난치듯 친구처럼 지냈을지라도 언제나 남편의 가슴을 뜨겁게 하는 연인으로 살 수 있을 것이라 믿었기 때문입니다.

남편이 자신을 친구처럼 대하는 이유를 객관적으로 꼽아보는 것이 상처받은 아내에게 무슨 도움이 되겠냐고 하실지도 모르겠습니다. 하지만 냉정하게 돌아볼 것은 한 번 돌아봐야 하지 않겠습니까? 남편의 속옷이나 겉옷을 무심코 같이 입은 적은 없는지, 화장실에 휴지가 떨어졌을 때 우렁찬 목소리로 남편에게 화장지 심부름을 시키지는 않았는지…….

압니다. 정신없이 바쁘다보니 어쩌다 남편의 옷을 입었거나, 너무 다급해서 남편이 나를 친구처럼 생각하게 할 부탁을 했겠지요. 여자도 사람인데 어떻게 매일 인형처럼 반짝반짝 풀 세팅을 하고 있겠습니까? 하지만 조금 냉정하게 들릴지 모르겠지만, 이 말을 뒤집으면 이런 문장으로 되돌아올 수도 있습니다.

"남편도 사람이고 남자인데, 어떻게 매일 매일 아내를 보며 설레는 감정을 유지할 수 있겠습니까?"

이쯤 되면 우리는 서로의 사이에서 변해가는 감정을 인정해야 합니다. 시간의 흐름에 따라 사랑의 감정이 변하는 것을 말입니다. 앞서도 말했지만, 사랑을 받으면서 사랑을 확인했던 아내들은 이런 상황을 받아들이기 어려워합니다. 남편이 나를 얼마나 뜨겁게 사랑했는지를 기억하기 때문이지요.

"사랑은 옆에 있으면 너무 좋아 환장할 것 같은 사람과 하는 것이 아니라, 옆에 없을 때 죽을 것 같은 사람과 해야 한다."

혹시 불같이 뜨겁고 조금은 위험한 연애에 대해 사람들이 이런 충고를 하는 것을 들어보셨나요? 제가 한 말은 아니고, 유명한 한 드러머가 젊은 청춘들에게 한 말이라고 합니다.

저는 지금 이 문장을 조금은 시들해진, 그래서 그 풀 죽은 사랑 앞에서 서운해하는 많은 아내들 앞에 꺼내놓고 싶어집니다.

남편이 나를 보기만 해도 얼굴이 발갛게 상기되고 매일 나를 보며 설레어한다면, 막상 상당히 불편할지도 모릅니다. 우리는 지금 환장할 것 같은 사랑이 아니라 서로를 잘 살게 해주는 사랑을 해야 하는 때입니다. 그런 의미에서 당신은 아직도 남편에게 뜨거운 사랑입니다. 인생이라는 긴 여정의 동반자입니다. 이보다 더 마음을 묶어주는 사랑이 어디 있겠습니까?

남편이 나를 친구처럼 대한다고 서글퍼하거나, 남자와 여자 사이의 끈끈함이 없어진 것만 아파하지 마세요. 어렸을 적 열광했던 '달고나', 다들 아시지요? 이 '달고나'를 먹기 위해서는 적당한 판에 붓고, 모양이 만들어질 때까지 인내심을 가지고 기다려야 합니다. 달콤한 맛이 좋다고 해서 무턱대고 뜨거운 달고나 국물에 손을 댔다가는 단맛을 느끼기는커녕 화상을 입기 십상이지요.

부부의 사랑도 마찬가지 아닐까 싶습니다. 펄펄 끓는 사랑은 아니어도, 인내심을 가지고 모양을 만들고 서로 궁리하다보면 결국 똑똑 부러지는 경쾌한 단맛을 느끼게 되는 것. 군대 동기 대하듯 툭툭 던지는 남편의 행동이나 말은 인생의 '달고나'를 더 정교하게 잘 만들 수 있는 우리 아내들이 좀 다스려주면 좋겠습니다. 떨어진 부스러기 한 입만으로도 단맛을 느낄 수 있듯, 아내의 단맛은 앞으로 더 많이 남아 있다는 것을, 우리는 가족이라는 울타리 안에서 더욱 스위트해질 수 있다는 것을 알게 합니다. 이것은 오직 당신만이 우리에게 알려줄 수 있는 것이니까 말입니다.

## 사랑의 의리를 지켜주세요

한 인기 드라마에서 아내에게 무관심한 나쁜 남편이 오랜만에 분위기를 잡으려는 아내를 바로 고쳐 앉히며 이렇게 말합니다.

"식구끼리 이러는 거 아니야!"

이 드라마 이후로 이 말은 유행어처럼 번져서 부부 사이에 소원한 관계를 대변하는 하나의 명문장이 되었습니다. 저는 사실 이 문장보다도 지금은 세상을 떠나고 없는, 아내 역할을 했던 여배우의 처절한 눈물 연기가 잊히지 않습니다. 남편은 그냥 무심코 던진 말이었겠지만, 아내는 그 한마디로 자신이 살아온 모든 인생이 전부 뒤집히는 것 같은 좌절감을 느끼게 됩니다. 무심코 던진 돌에 개구리는 맞아 죽습니다. 사람에게 상처가 되는 것은 칼뿐만이 아니죠. 내가 선택한, 내 인생을 걸겠다고 맹세한 여자에게 단지 세월이 지나 겉모습이 좀 변했다고 해서 칼 같은 상처를 준다면 우리 남자들이 그토록 목 놓아 외치던 의리는 다 어디로 갔습니까? 뜨거운 사랑이 단단한 사랑으로 변해가는 과정 역시 든든히 지켜주는 의리가 필요합니다.

# 방귀대장
## 뿡뿡이

요즘 어린이들의 대통령이라 할 수 있는 뽀로로가 나오기 전, 제가 아이들을 기르던 시절에는 아이들의 절대적인 우상 중 하나가 바로 '뿡뿡이'였습니다. 오렌지색 귀여운 몸통을 뒤뚱거리면서 연신 방귀를 뀌어대는 방귀대장 뿡뿡이는 어른인 제가 봐도 참 귀여웠습니다.

남녀노소 모두가 사랑하는 이 캐릭터는 언제 어디서나 뿡뿡 방귀를 뀌어도 사랑을 받습니다. 하지만 사람은 그렇지 못하죠. 특히 부부 사이에서 이 방귀라는 생리 현상은 참 애매한 입장정리 같은 것입니다. 연애할 때는 꾹 참았다가 집에 돌아와서 해결하기도 하고, 어떻게든 상대에게 들키지 않으려고 안간힘을 쓰게 되죠. 남자와 여자 사이에 지켜야 하는 프라이버시의 최전방이랄까요?

물론 좀 편해졌다 싶으면 무턱대고 방귀부터 트려는 남자들도 종종 있습니다. 여자들이 아무리 질색하면서 그러지 말라고 해도 어린 남자아이들이 장난치듯이 하지 말라면 더 하기도 하고요. 또 서로 방귀를 터야 친해진다는 다소 과격한 이론을 들이대면서 인간 뿡뿡이가 되는 것을 정당화하기도 합니다.

하지만 대부분의 여자들은 연애 때도, 또 결혼을 해서 얼마 동안에도 무척 조심을 합니다. 아마도 그런 노력은 남편 앞에서 그 어떤 순간에도 여자이고 싶은 의지의 표현일지도 모르겠습니다.

사실 남자와 여자, 남편과 아내를 떠나 한 공간에 같이 사는 동거인으로서 어느 한 쪽이 생리현상을 과도하게 예민하게 받아들인다면 좀 불편할 수밖에 없겠지요. 하지만 앞서 말했듯이 정도가 지나친 남편들이 꽤나 많은 것 같습니다. 각종 자세를 바꿔가며, 일부러 큰소리를 만드는 남편들의 철없는 행동이 아내들을 거슬리게 하는 것이지요.

예전에는 음식도 조심스럽게 먹고, 방귀는커녕 트림이 날까 봐 탄산음료도 잘 먹지 않던 남자가 지금은 살아 움직이는 뿡뿡이가 되었습니다. 단순히 편해서, 장난으로 하는 이런 행동이 아내에게는 좀 다르게 받아들여진다는 사실을 모른 채 말입니다.

아내는 방귀대장 뿡뿡이가 되어 가는 남편을 바라보며 스스로에게 이런 질문을 하고 있을지도 모르겠습니다.

'내가 더 이상 남편에게 여자로서 매력이 없는 것은 아닐까?'

괜스레 심란해지기도 할 테지요. 더 이상 나를 조심하지 않는 남편, 조금은 심란해지기도 할 테지요. 더 이상 나를 조심하지 않는 남편, 더 이상 내 기분을 신경 쓰지 않는 남편에 대한 생각이 엉뚱하게 방귀로 이어질 수도 있습니다. 비록 생각의 출발점은 고작 방귀라고 해도 고민의 깊이는 결코 얕다고 볼 수 없지요.

누군가에게 아직도 마음이 떨린다는 것, 그것은 떨리는 마음을 안고 있는 사람도 느끼는 것이지만 동시에 그 마음을 받는 사람도 확실히 알 수 있는 것입니다. 아내는 자신을 향해 더 이상 떨리지 않는 남편의 마음을 방귀에 대입하고 서글퍼 하는 게 아닐까요?

하지만 그래도 남편이 방귀대장 뿡뿡이가 되었을 때가 조금 더 나을 수도 있습니다. 반대로 아내가 주인공이 되었을 때, 그리고 자신도 모르게 남편 앞에서 아무렇지도 않게 생리현상을 하면서 부끄러워하지 않는다는 것을 깨달았을 때, 아내는 어느 순간, 벼락처럼 '내 안에 살고 있던 남편이 사랑한 여자는 어디로 갔나?' 싶어 황망한 생각이 들지도 모르겠습니다.

거울 속에 늘어진 티셔츠와 맨 얼굴, 부스스한 머리가 방귀대장 뿡뿡이로 변해가는 자신을 더욱 비참하게 만들 수도 있겠지요. 하지만 더 기가 막힌 것은 남편의 반응일지도 모릅니다. 모른 척 넘어가 주면 좋으련만, 자기는 나보다 몇 배나 더한 소리와 냄새를 분사했으면서 나의 실수를 그냥 넘어가 주는 법이 없습니다. 저녁에 무엇을 먹었냐는 둥, 소리가 너무 커서 텔레비전 소리가 안 들렸다는 둥…… 초등학교 때 같은 반 여학생을 놀리듯이 짓궂은 남편의 지적은 아내에게 생각보다 큰 상처로 다가올 수 있습니다. 지금 아내가 여자로서의 자존감아 낮아진 상태라면 더욱 더 말입니다.

남편에게 언제나 설렘을 줄 수 있는 여자, 늘 조금은 비밀스러움을 간직한 채 남편에게 긴장감을 주는 여자이고 싶은 것이 모든 아내들의 바람일 테지요. 아무리 몇 년, 몇십 년을 함께 살아도 그런 감정적 우위를 남편으로부터 획득하고 싶은 것이 여자의 마음입니다. 하지만 현실은 마음대로 되지 않고, 방귀대장 뿡뿡이처럼 조절되지 않는 근육이 돌이킬 수 없는 세월처럼 야속하기만 합니다.

실제로 인간은 나이가 들어감에 따라 근육에 힘이 없어지고, 이러한 근육들을 조절하는 능력 역시 떨어지기 마련입니다. 노화가 자연스러운 것이듯 방귀를 마음대로 조절할 수 없어지는 것 역시 자연스러운 현상입니다. 하지만 이런 설명이 얼마나 위로가 될 수 있을까요?

아마도 남편이 아무렇지 않은 듯 큰 웃음으로 그 순간을 넘겨준다고 해도, 세월에서부터 느껴지는 무기력함이 가져오는 패배감과 쓸쓸함은 어쩔 수 없을지도 모르겠습니다. 하지만 그럴 때 연애시절을 떠올려보면 어떨까요?

완벽한 몸매, 빈틈없는 행동, 천사 같은 미소…… 단지 이런 외향적인 부분들 때문에 남편이 당신을 사랑했던 것은 아니었습니다. 걸어오다가 넘어지는 모습, 길이나 방향을 잘 모르는 모습, 깜빡깜빡 하는 건망증, 잘 우는 여린 마음…… 남편은 아내의 이런 다소 허술해 보이는 빈틈을 귀여워했고, 매력을 느꼈고, 더 사랑하게 되었다는 것을 잊지 말았으면 합니다.

당신이 지금 방귀대장 뿡뿡이가 되었다고 해도, 아마 대부분의 남편들은 아내를 사랑하게 만들었던 빈틈이나 의외의 면에 방귀대장 뿡뿡이 항목을 추가할 것입니다. 여자로서의 매력이 떨어지는 면에 넣는 것이 아니라 말입니다.

내가 사랑한 사람의 또 다른 의외성, 따로 살며 연애만 할 때는 몰랐는데 같이 살게 되니 보게 되는 또 다른 모습, 남편들은 이런 종류의 괄호 속에 아내의 모습을 넣고 있을 겁니다. 아니, 넣는 것이 당연합니다. 왜냐고요? 그것이 사랑이고, 또 그 사랑에 대한 의리이기 때문입니다. 남자들에게 의리가 얼마나 중요한지 잘 아시지요? 아무리 철없는 남편이라도 세월이 흘러가면서 쌓이는 것이 주름만은 아니라는 것 정도는 알 수 있답니다.

시간의 힘으로 더 사랑하게 되는 것들을 믿어보면 좋겠습니다. 때로는 그렇게 시간에 기대어 가는 것도 필요할 테니까 말입니다.

남편의 포스트잇

# 처음이 중요합니다

무엇보다 중요한 것은 결혼하고 난 후, 처음 아내가 방귀를 뀌었을 때의 반응입니다. '뭐 이런 문제에 공통적으로 받아들여야 할 팁이 있겠어'라고 생각하시는 분들도 계실 테지만, 경험에 비추어봤을 때 이런 경우 가장 좋은 대처법은 모르는 척 하는 것이 아닐까 싶습니다.

도저히 외면할 수 없는 파워의 것이 아니라면 못 들은 척 하고 가만히 있는 게 가장 좋은 것일 테고, 피하는 게 우스워질 만큼 명확한 소리와 냄새였다면 적당한 목소리로 상황을 정리해 주세요.

"어? 우리 이제 방귀 텄네?" 정도로 말이죠.

어린 시절 생각나시지요? 매일 당하는 장난이었는데도 매번 우는 여자 아이가 있었습니다. 아내는 평생, 그렇게 여리고 잘 우는 소녀라고 생각하며 살아야 하지 않을까요? 남편의 재밌는 유머와 위트의 소재에서 아내의 생리현상은 반드시 제외하는 센스! 필요할 것 같습니다.

# 여보
# 전등 좀 갈아줘

한 친구가 신혼 초에 출장을 다녀올 일이 있어 이틀 정도 집을 비웠다가 돌아왔더니, 거실 등의 전구가 나갔더랍니다. 거실에는 팔뚝만한 양초들이 즐비하고, 그나마도 촛농이 바닥까지 흥건했다지요. 혹시 불이라도 났으면 어쩌나 덜컥 내려앉는 마음에 아내에게 왜 전등을 갈지 않았냐고 했더니 해맑게 웃으며 이렇게 대답했다더군요.

"난 전등 갈 줄 몰라. 그건 자기가 하는 일이잖아?"

어디 전등뿐이겠습니까? 요즘은 주거환경도 많이 바뀌고, 기계들도 좋아져서 베란다에 둔 세탁기 호스가 얼어 터지는 일도, 선풍기 날개가 부러지는 일도, 방 문고리가 빠지는 일도 별로 없습니다. 하지만 예전에는 집도 낡고, 물건도 오래 썼던 터라 집에 커다란 공구 상자 하나씩 갖추고 웬만한 것은 남자들이 고치고, 또 바꾸고 그랬지요.

동네에서 유명한, 좋게 말하면 대장부요, 나쁘게 말하면 소크라테스의 악처 같은 아주머니들도 남편이 전등이나 수도꼭지를 갈아주는 날에는 "그래도 저 인간이 없는 것보단 있는 게 낫다"며 자랑 아닌 자랑을 하기도 했습니다. 그 집 아저씨보다 덩치도 더 크고, 손끝도 야문 여장부 아주머니가 정말 전등을 못 갈아서 남편이 끙끙대며 전등을 갈아줄 때까지 기다렸던 걸까요?

저는 아니라고 생각합니다. 아무리 산을 옮길 것 같은 기개를 가진 여인이라 할지라도 조금이라도 위험한 일은 남편이 자진해서 대신 해주기를 바랐을 것입니다. 기껏 전등 하나 갈아주고 나라라도 구한 것처럼 으스대더라도, 나 없으면 어떻게 살 거냐는 가당찮은 소리를 하더라도 어쩌면 아내는 그것은 남자의 일이라며 선뜻 의자를 밟고 일어서는 남편의 마음이 그리웠던 것 아닐까요?

그렇게 아내는 여전히 남편 앞에서는 전등 하나도 갈 수 없는 겁 많고 여린 존재이기를 바라는 것일지도 모르겠습니다. 물론 양성평등 시대에 남자가 해야 할 일, 여자가 해야 할 일을 구분한다는 것이 구시대적인 발상이라고 타박하는 사람도 있겠지요. 하지만 중요한 것은 누가 할 수 없는 일을 해주는 것이 아니라, 상대방을 위해서 기꺼이 내가 하겠다고 마음먹는 자세가 아닐까요?

날이 갈수록, 해를 거듭할수록 나를 위해서 기꺼이 무언가를 해주는 남편은 잘 찾아보기 힘듭니다. 트렁크 가득 장을 봐온 날에도 차 키만 쏙 뽑아 들고는 집으로 들어가기 일쑤이고, 자신이 하기 싫은 일은 무조건 사람을 부르라며 채근합니다. 출장비 몇 만 원만 주면 전문가가 와서 다 고쳐주는데 뭘 그런 일로 사람을 귀찮게 하느냐는 거죠. 남편들이 언제부터 그렇게 효율성과 전문성을 따졌는지 모르지만, 언제나 그 변명은 아내의 말문을 막곤 합니다.

가끔 아주 통사정을 해서 한 번씩 집안일을 거들기도 합니다. 하지만 하는 내내 투덜투덜. 저러느니 안 시키고 만다는 아내의 최후통첩이 떨어지면 그제야 "거 봐!" 하는 표정을 지으며 소파 위 리모컨 옆자리로 돌아갑니다. 이럴 때면 아내는 생각하게 됩니다.

'과연 내가 무엇을 잘못했기에, 남편은 더 이상 나를 위해 자발적으로 무언가를 하려 하지 않는 것일까?'

그리고 그에 대한 나름의 해답을 찾기 위해 고민합니다.

'내가 너무 월등히 집안일을 잘했나? 맥가이버도 울고 갈 정도로 뚝딱뚝딱 모든 집안을 고쳐놓았나?'

이것은 분명 기술의 문제, 누가 더 잘하고 못하고의 문제가 아닙니다. 다만 지금까지 서로에게 어떤 부분에서 상대를 필요로 했는지 솔직하게 말하고, 그에 대해 고맙다는 표현을 충분히 전하지 못했기 때문은 아닐까요? 당연한 것처럼 느껴졌던 남편의 집안일, 고마운 줄 몰랐던 아내의 한 끼 식사. 우리는 사소한 것에 고마워하는 법을 너무 쉽게 잊고 살아갑니다.

가끔은 내가 상대방에게 해주는 일, 또는 상대방이 나에게 해주는 일에 생색을 내고 표현해서 알게 하는 것도 필요합니다. 그렇지 않으면 내가 한 일의 가치를 상대방이 잘 모른다고 생각하고, 더 나아가 그것을 해주지 않아도 된다고 생각하기에 이릅니다. 만약 전등을 갈아달라는 아내의 요구에 남편이 "당신도 할 줄 알잖아?"라고 말한다면 서운해 하지만 말고 한마디 덧붙여 주세요.

"그럼, 나도 갈 줄 알지. 근데 당신이 더 잘하잖아. 예전부터 지금까지, 앞으로도 쭉~!"

아이고, 아이처럼 타이르며 데리고 살기 참 힘들다, 싶으신가요? 그런데 어쩌나요. 남편이라는 아들은 아내의 칭찬에만 움직이는, 참 말 안 듣는 고래임이 분명하니까 말입니다.

## 3분이면 충분합니다

솔직히 말해 남자인 저도 전등 갈 때는 매번 겁이 납니다. 어쩐지 손에 스파크가 튈 것 같고, 받쳐놓은 의자는 언제나 불안합니다. 하지만 그런 마음이 드러나지 않게 하기 위해서 신혼 초에는 아내에게 저리 가 있으라고 했던 적도 있습니다. 전등이 무슨 핵폭탄이라도 되는 양 말이지요. 그러면 아내 역시 피신하듯 멀찌감치 물러서서 제가 전등을 가는 모습을 자랑스레 쳐다보곤 했습니다.

돌이켜보면 넘어져 팔이 부러지거나 다치는 일이 아니라면 이 모든 것은 추억입니다. 신혼 초 건장한 어깨로 전등을 갈아주던 새신랑 남편의 뒷모습, 줄어든 키로 겨우겨우 전등을 갈아 주며 푸념 섞인 옛 이야기를 꺼내는 초로의 남편. 어느 컷 하나라도 아내가 놓치지 않도록 해주어야 하지 않을까요?

내가 귀찮다고 밀어내는 우리의 한 조각은 아내의 인생에서 비어버리는 한 장면이 될 것입니다. 3분의 수고가 빈틈없는 우리 인생의 영화를 완성한다는 사실, 잊지 마세요.

# 중후하게 늙어가는
# 당신에게

아내가 보고 싶은 영화가 있다고 해서 오랜만에 극장에 갔습니다. 영화배우를 잘 모르는 편이지만, 그래도 '쉰들러리스트'의 리암 니슨은 참 좋아하는 배우입니다. 그가 출연하는, 부부가 보면 좋은 영화라고 하기에 선뜻 따라나섰지요. '클로이'라는 제목의 영화는 드라마 장르에 스릴러가 가미된 작품으로, 사실 저에게 기대만큼 큰 감동을 가져다주지는 못했습니다. 하지만 나와 아내에게 한 가지 질문을 던져주기는 했습니다.

"남자와 여자, 누가 더 멋지게 늙기가 쉬울까?"

영화에서 아내 역할로 분한 줄리앤 무어가 남편 역의 리암 니슨에게 이런 말을 건네는 장면이 있었습니다.

"당신은 점점 멋있어지잖아. 늘어나는 은발과 주름마저도. 해가 갈수록 아름다워지는 당신한테 차츰 외면받는 것 같아 두려웠어. 존재감도 없고 너무 늙고 초라한 내가 싫었어.

하루에 세 번씩 사랑을 나누다 한 주에 한 번이 되고, 마이클이 태어난 후에 우리는 부모가 됐고 어느새 친구로 변했지. 다시 연인이 되려고 해도 방법을 모르겠어.

여보, 난 자신이 없었어. 마음은 열아홉인데 거울을 보면 당신을 유혹하지도 못하는 초라한 여자가 서 있는 거야.”


아내는 이 대사에 십분 공감하더군요. 아마도 많은 아내들이 그럴 겁니다. 쉬운 예로 미장원에 가서 염색을 할 때도, 남자들은 한 번 정도는 이런 권유를 받습니다.

“흰머리도 멋있으신데, 그냥 두시는 건 어때요?”

반면, 아내들에게 이런 권유를 하는 미용실은 찾아보기 어려울 겁니다. 혹여라도 그런 제안을 했다가는 손님이 다 떨어져 나갈 테지요.

나이 들어 배가 나오고 흰머리가 수두룩해도, ‘美’의 관점에서 사회는 아직까지 나이든 여자보다는 나이든 남자에게 조금 더 관대한 것 같습니다. 우스갯소리일지라도, 남자의 배는 인격을 상징한다는 말도 있고, 또 백발의 남자는 어딘지 모를 중후함과 신뢰감을 주는 것도 사실이기 때문입니다.

거기다 요즘은 남편들도 자신만의 스타일을 가꾸는 데 관심이 많다고 하지요. 예전에야 남자가 너무 치장하고 자신을 꾸미는 것에 열중하면 흠이 되곤 했지만, 요즘에야 어디 그런가요. 회사에서도 깔끔하고 자신의 개성이 뚜렷한 사람들이 일도 잘한다는 평판을 듣는다고 하니까요. 이렇게 멋을 내도 좋다는 사회적 용인과 함께 나이 드는 것에

대한 부담도 적으니 여자들보다 한결 편안하게 늙어간다고 해도 과언이 아닙니다.

그래서일까요? 부부가 함께 외출한 장소에서 다른 사람들이 남편에게 멋있게, 중후하게 나이 드신다고 칭찬을 하면 아내는 뿌듯하면서도 왠지 모르게 약이 오르고 억울한 심정도 든다고 하더군요. 남편이 중후하게 늙는 동안 나는 아이들, 직장, 거기다 살림까지, 남편보다 힘들일 투성이었다고, 그래서 나는 이렇게 늙어버렸다고 항변이라도 하고 싶어진다고 말입니다.

맞습니다. 가정생활에 있어 더 신경을 쓰고, 스트레스를 받았던 쪽은 대부분 아내였다는 사실을 어찌 부정하겠습니까. 꽃처럼 화사하던 얼굴에 자리 잡은 주름살은 대부분 가족들에 의해 생긴 것이며, 그래서 더욱 미안한 마음이 드는 것도 사실이지요. 그렇다고 해서 지금 당신의 모습이 남편의 중후함에 패했다고 단정할 수는 없습니다. 잘 늙어간다는 기준은 남편이 아니라 아내 자신이 그렸던 미래의 모습이어야 하기 때문입니다.

오드리 햅번의 전성기 때 젊고 해맑은 시절보다, 아프리카 오지를 다니며 봉사활동을 하던 주름살 가득한 노년의 모습이 아름답다고 했던 것은 바로 아내였습니다. 싱싱한 젊은 날들을 지나 생기는 사라졌지만 빼곡히 들어찬 나무의 나이테처럼 꽉 찬 사람이 되고 싶다는 당신의 포부를 기억하고 있습니다.

마릴린 먼로가 세기의 섹스 심벌로 화려한 일생을 살다 갔지만 모든 사람이 그녀의 일생을 안타깝고 측은하게 바라본다며, 화려한 젊은 날을 기억하기보다 소박하게 소신을 지키는 단단한 노년의 모습을 그렸던 당신을 기억하고 있습니다.

나는 속절없이 늙어 버린 것 같은데 남편은 배가 나와도, 흰 머리가 희끗희끗해도 어딘지 더 중후해 보이고 멋지게 나이 든 것 같아 보이나요? 그래서 속상하고 내가 손해 보는 느낌이 드시나요? 하지만 남편의 그런 중후함을 만든 것은 누구였을까요? 아들 하나 더 키운다는 소리를 입에 달고 살며 그 남자를 챙기고 살았던 사람은 다른 누구도 아닌 아내, 당신입니다.

한 사람이 살아온 역사를 얼굴에서 지우는 것은 어렵습니다. 매일매일을 악다구니만 쓰며 살아온 사람의 얼굴은 누가 봐도 화가 느껴집니다. 반면 언제나 웃는 얼굴에 이해와 배려가 담겨 있는 얼굴도 있지요. 그렇다면 중후하고 온화하게 잘 늙은 남편의 얼굴에도 역시 그의 역사가 살아 숨 쉬고 있을 것입니다. 지나온 세월 동안 중후하고 온화하게 살아왔기 때문에 그런 얼굴이 된 것이지요. 그리고 그 얼굴을 가능하게 했던 것은 바로 편안한 가정을 꾸리고, 평안한 일상을 지켜내고, 남편의 작은 부분도 살뜰히 챙겨준 아내의 손길입니다.

나이 들어가는 남편의 얼굴을, 자신이 함께 만든 바로 그 얼굴을 보며 괜한 좌절은 하지 마세요. 남자라서 중후하게 늙는 것이 아니라, 당신이 있었기에 가능한 얼굴이었으니까 말입니다. 남편의 얼굴은 바로 당신이 그려낸 작품입니다.

이제 당신도 세월이 얼굴에 그리는 그림을 한 번 믿어보세요. 흐르는 시간이 당신을 단순한 여자가 아닌 나의 아내, 아이들의 엄마로 변화시켰듯이, 당신 역시 그 시간에 기대어 더 멋진 모습을 그려갈 수 있다고 말입니다. 중후하게 나이 든 남편의 얼굴을 그려낸 당신이라면 스스로의 얼굴 역시 멋있게 그려낼 것입니다. 부자든 가난한 이든, 젊든 나이 들었든 간에 모든 이에게 공평한 시간 앞에 늘 그랬듯 당당한 당신을 다시 한 번 보여주길 기대합니다.

## 무 조 건 예 쁘 다 는 말 대 신

사람 간의 비교는 언제 해도 결과가 좋을 때가 별로 없지요. 아내가 자신이 요즘 부쩍 나이 들어 보인다고, 당신은 중후하게 늙는데 나는 그냥 나이만 먹는다고 말할 때 무어라고 답하셨나요? 눈치 없이 아내 또래의 여자 연예인이나 자주 보는 친구의 부인과 비교하는 어리석은 행동을 하시지는 않았겠지요? 그것은 그야말로 자폭 행위나 다름없습니다.

물론 사실을 은폐하고 왜곡하는 것이 올바른 위로는 아닙니다. 최근 바쁘고 고된 일이 있어 누가 봐도 피곤하고 까칠해 보이는데 무조건 아니라고 말하는 것은 별로 위로가 되지 않을 겁니다. 차라리 아내에게 최근 있었던 일들을 인정하고, 또 치하해 주는 것이 더 좋은 방법이 아닐까 싶습니다. 명절이 끝난 후라면 며칠 동안 고생한 마음을 토닥이고, 회사에서 바쁜 프로젝트가 끝난 다음이라면 그 성과를 인정해 주는 것처럼 말입니다.

아내도 알고 있습니다. 세월이 흐름에 따라 자신의 얼굴에 책임을 져야 하는 시기가 온다는 것을 말입니다. 때로는 '예쁘다'는 성의 없는 표현보다 '수고했어, 멋있더라'라는 담백한 격려가 더 큰 위로가 될 때가 있습니다.

# 아직은 조금 더
# 귀찮고 싶어요

연애할 때 여자들이 어느 날 유난히 짜증을 내고, 예민해지며, 가끔은 아예 만나기조차 거부해서 애 좀 태웠던 남자들 있으실 겁니다. 도대체 왜 그러나 답답했던 남자들이 결혼 후 아내와 함께 살아보면 대충 원인이 파악되곤 하지요. 여자라면 매달 겪게 되는 생리입니다. 하지만 평소와 달리 예민해지는 이유는 알아도 대처하기는 여전히 쉽지가 않습니다. 남자인 저로서는 도저히 공감할 수 없는 아픔에 괴로워하는 아내의 모습에 그저 안쓰러워할 수밖에 없는 노릇이지요.

대학교 때였던가요, 친구들 사이에서 남자가 군대 가는 고통과 여자가 아이 낳는 고통 중 어떤 것이 더 혹독한가를 두고 엉뚱한 토론이 벌어졌던 적이 있었습니다. 명확한 답이 있을 리 없는 이 토론은 의외로 열띠게 이어졌습니다. 군대에 다녀온 남자 선배가 군대에서 겪은 혹한기 냉수마찰, 유격훈련, 완전군장 구보 등 여자들이 잘 알지도 못하는 단어들을 나열하며 기를 죽이고 있을 때, 한 여자 선배가 단 한마디로 게임을 종료시켰던 기억이 납니다.

"야, 반평생 동안 한 달에 100밀리미터씩 꼬박꼬박 피 흘릴래, 3년 군대 갈래?"

통증도 통증이지만, 귀찮기가 또 이루 말할 수가 없다지요? 여름에는 덥고 겨울에는 춥고, 수영장이나 여행도 꺼려지니 얼마나 귀찮겠습니까. 하지만 이렇게 굴레 같고 귀찮던 생리가 막상 끊어지는 폐경기가 오거나, 부득한 이유로 자궁적출술을 한 경우 많은 아내들이 생리의 귀찮음을 간절히 그리워한다고 합니다.

중년의 여성 작가가 쓴 에세이에서 이런 표현을 읽은 적이 있습니다.

> "이제 더 이상 생리를 하지 않으니, 여자로서의 기능이 완전히 멈추었다는 생각이 들었다. 그리고 나는 나도 모르게, 열넷 소녀로 처음 보았던 내 새빨간 여성을 기억했다. 돌이켜보면 나는 그 새빨간 여성이 시작되면서 여자로 가장 예쁘게 꽃을 피웠고, 지금은 분분한 낙화를 바라봐야 하는 인생의 황혼에 서 있다."

갓 피어나는 봉오리처럼 여자로서 빛나고 향기가 가득했던 시절. 아마도 그 시절이 얼마나 아름다웠는지 누구보다 아내 자신이 기억하고 있기 때문에 아쉬움의 여운이 더욱 큰 것이겠지요. 한때는 아프다고, 귀찮다고 투덜대면서 생리 좀 안 하고 살면 좋겠다고 입버릇처럼 말했으면서도 막상 실제로 생리가 끊어지면 만감이 교차하는 이유 역시 돌이킬 수 없는, 돌아갈 수 없는 그 시절의 찬란함 때문입니다.

여자로서 매력을 가꾸는 일에 열정을 쏟던 젊은 시절에는 생리처럼 거부할 수 없어서 어쩔 수 없이 받아들이던 것 말고도 기꺼이 스스로 귀찮음을 감수했던 적도 많았습니다. 불편을 무릅쓰고 하이힐을 신었고, 화장을 했으며, 때마다 미용실에 다녀오고, 손톱 관리도 받았습니다. 귀찮더라도 지키고 싶었던 아름다움과 젊음이 있었던 거죠. 어느덧 시간이 흘러 마음은 아직 조금 더 귀찮아도 괜찮은데, 세월은 냉정하게도 그것을 허용하지 않고 거둬갑니다.

요즘은 자궁질환이 많아서 자궁적출술을 하는 분들이 많다고 합니다. 생리도 생리지만 여자의 상징과도 같은 자궁을 떼어낸 아내들은 상실감과 허탈감을 느껴 우울증에 빠지는 경우도 있다지요. 상징이라는 것이 누구에게는 '생각하기 나름'이라는 쉬운 말로 위로가 될지 모르겠지만, 적어도 여자라는 존재에게 자궁이라는 장기는 그렇게 쉽게 생각할 문제의 것은 아닙니다. 몸 건강히 가족 곁에서 오랫동안 함께할 수 있다는 것만으로도 감사해야지 싶다가도 불쑥불쑥 서운한 마음이 듭니다. 이제 아이들도 많이 크고, 더 이상 아이를 낳을 계획이 없음에도 불구하고 커져 오는 헛헛함은 어찌할 수가 없지요.

앞서 이야기한 에세이에서 표현한 꽃에 비유해 위로를 받아보면 어떨까요? 꽃봉오리, 만개한 꽃의 자태는 물론 아름답습니다. 멀리까지 향기가 퍼지고, 별다른 장식을 하지 않아도 눈이 부시지요. 하지만 제 생각에 가장 아름다운 꽃은 떨어질 때 흩날리는 꽃입니다.

벚꽃만 해도 그렇습니다. 눈송이처럼 만개했을 때도 아름답지만, 그때는 많은 인파들이 나를 보러오는 혼잡하고 시끄러운 삶의 축제를 견뎌야 합니다. 하지만 그런 시끌벅적한 소란도 조금씩 잦아들고, 이제 조용히 밤이 찾아오면 꽃은 홀로 가벼워질 준비를 합니다. 나를 꽃 피우게 해췄던 봄바람을 맞으며, 이제는 피는 것이 아니라 가볍게 가볍게 흩날릴 차례입니다. 벚나무는 서러워하지 않습니다. 까만 밤하늘에 눈꽃처럼 날리는 벚꽃, 얼마나 아름답고 홀가분한 자유입니까?

이미 화려하고, 소담스럽게, 또 예쁘게 피어보았습니다. 삶의 소란한 틈바구니 속에서 사람들을 한껏 올려다보게 했습니다. 꽃이 떨어지는 것처럼 나이가 든다는 것은 그런 것 아닐까요? 조금은 가볍게 다른 삶으로의 이동을 받아들이는 것 말입니다. 하지만 이런 변화가 갑작스럽게 찾아왔다거나, 원하지 않는 방식으로 찾아왔다면 저는 잠시 동안 여행을 떠나보라고 제안합니다.

한 번도 생리를 해보지도, 아이를 낳아보지도 않았으면서 어떻게 선불리 생리가 끝나는 시점에 대해 위로를 제안하느냐고 눈을 흘길 분들이 있을지도 모르겠습니다. 하지만, 가장 아름다웠던 여자의 모습이 할머니로 변해 가는 모습을 지켜본 아들로서, 그리고 아내가 나이 들어가는 것을 지켜본 남편으로서 아마도 그 시점에는 자신의 삶 속에서 잠시 벗어나 여자로서의 인생을 정리하는 간단한 여행이 필요하지 않을까 생각해봅니다. 남자인 우리도 삶의 전환점이 올 때, 생의 다른 바람을 맞아 조금씩 방향을 틀고 있다고 느낄 때, 조용히 생각할 공간을 찾기 때문입니다. 하지만 아내들은 그런 순간이 와서 그런 여행이 필요해도 좀처럼 떠나기가 어렵지요. 그렇기 때문에 더 떠나서 나를 돌아봐야 합니다.

여자로서의 인생이 완전히 끝났다는 것을 인정하고 받아들이는 여행이 아니라, 여자로서 앞으로 달라질 삶에 대한 계획을 세우는 여행 말입니다. 그래야만 합니다. 아직도 당신이 돌아갈 집에는 당신만 바라보며, 눈치 없이 전화나 해대는 철부지 남편과 아이들이 오매불망 당신을 기다리고 있으니까요.

여자로서 가정에서 당신만큼 중요하고 필요한 존재는 없습니다. 그저 그 이유 하나만으로도 당신은 여전히, 또 언제까지나 빛날 존재입니다. 그 중요한 사실만큼은 결코 잊지 마시길.

남편의 포스트잇

## 함께 늙어가는 아름다움

아내가 생리가 끊어질 무렵의 증후는 조금만 신경을 쓰면 남편도 알 수 있다고 합니다. 갑자기 생리양이 늘어난다거나, 몇 달 씩 거른 상황에서 예고 없이 시작한다거나 하는 증후들이 그렇습니다. 사실 연애 때는 물론 결혼해서도 아내가 부끄러워하는 것도 같고, 또 특별히 내가 신경 써서 될 일도 아닌 것 같아 모르쇠로 일관했다면 이제는 그 빚 아닌 빚을 아내의 폐경 이후에 갚아보면 어떨까 싶습니다.

괜히 짜증 내고 우울해 하는 아내에게 늙으면 다 오는 폐경, 뭐 그리 유난이냐고 면박 주는 일은 절대 금물! 갱년기로 이어질 수 있는 아내의 폐경에 좋은 운동은 무엇이고 함께 할 수 있는 것들은 무엇인지 찾아보는 노력을 보여주세요.

늙어간다는 것은 서글픈 일이지만, 함께 늙어간다는 것은 아름다운 일입니다. 아내에게 그 '함께'를 선물하는 남편이 되길 바랍니다.

# 각방
# 금지령

육아에 대한 어느 리얼리티 프로그램을 보다가 딸을 기르는 연예인 부부의 집을 보게 되었습니다. 그 집은 한 방에 매트리스 세 개를 쭉 붙여놓고 다함께 잠을 자더군요. 왜 이런 형태의 침실을 만들게 되었냐는 제작진의 질문에 부부는 아이 때문에 엄마와 아빠가 같은 공간에서 자지 못하는 사태를 방지해 보고자 고안해낸 방법이라고 답했습니다. 문득 첫 아이를 키울 때 우리 침대와 아이 침대를 오가며 눈도 제대로 못 뜨던 아내와 제 모습이 떠올랐습니다. 우리도 저런 방법을 알았더라면 좋았을 텐데 하는 생각도 들었고요. 이렇게 부부가 반드시 함께 자야만 한다는 굳건한 믿음이 있던 때가 있었습니다.

하지만 세월은 흐르고, 아이는 아이의 방을 만들어 떠납니다. 오랫동안 아이라는 섬을 사이에 두고 잠을 잤던 부부는 갑자기 사라진 섬으로 인해 밀착된 잠자리가 어색할 수밖에 없습니다. 거기다 아이를 기르며 밤낮없이 피곤할 때는 몰랐던 각자의 잠버릇이 습격해오기 시작합니다. 지축을 흔들 것 같은 남편의 코고는 소리, 일찍 출근하거나 늦게 들어오는 직업적인 특성으로 인해 새벽이나 밤늦게 깨어야 하는 불편함 등 같이 자는 것의 장점보다 같이 자서 불편한 것들이 더 많게 느껴집니다.

아내는 아이와 한 방에서 자고 아빠는 자연스럽게 거실이나 안방에서 자는 집들, 생각보다 많을 겁니다. 편의를 위해서 별 생각 없이 그랬던 것이 아이가 자라고 이제는 더 이상 그럴 필요가 없어졌을 때까지 이어지게 되기도 합니다. 아내가 슬그머니 이제 아이 방도 생겼으니 다시 안방에 들어와서 자라고 말을 건넵니다. 그때 남편의 반응이 만약 "왜? 난 따로 자는 게 편한데?"라면 어떨까요?

물론 남편은 혼자 자는 게 더 편할 테지요. 늦게까지 소파에서 골프나 야구 중계를 보고, 주말이면 새벽까지 해외 축구경기도 챙겨 볼 수 있습니다. 자면서 뒤척거린다고 야단맞지도 않고, 화장실도 가깝습니다. 어디 그뿐인가요? 아내는 춥다고 문은 물론 커튼까지 다 치고 자서 더운데, 거실이나 다른 방은 내 마음대로 온도 조절도 가능합니다. 그리고 무엇보다 남편들은 아내도 원할 거라고 생각합니다. 어쩌면 나보다 아내가 더 편할 거라고, 아내 역시 쿨 하게 각방 쓰는 걸 오케이할 거라고 말입니다.

어른들은 부부싸움이 해를 넘기면 안 된다며, 아무리 싸워도 잠은 같이 자라고 이야기하셨지요. 부부가 아무리 사이가 안 좋고, 매일 다투어도 잠까지 따로 자면 있던 정도 떨어진다는 걱정에서 시작된 충고였을 겁니다. 결혼생활이 길어질수록 그러한 가르침이 맞다고 느낄 때가 많습니다. 싸웠다고, 아직 덜 풀어진 마음의 앙금이 있다고 서로 각자의 장소를 만들고 따로 떨어져서 자면 다음 날 아침에 만나는 모습은 더욱 서먹서먹해지기 때문입니다.

조금 다투고, 의견이 안 맞더라도 한 침대에서 자다보면 뒤척이는 상대방의 전전반측도 느끼고, 그러다 보면 아주 잠깐 동안이라도 상대방의 기분이나 생각을 나에게 대입해 보게 됩니다. 그렇기 때문에 한 공간에서 말하지 않더라도 상대방의 기분을 느끼며 무언가 공유하는 과정을 거쳐야 하는 것이겠지요.

아내는 이런 기회가 사라지는 것이 두려운 게 아닐까요? 한 번 떨어져 자기 시작하면 어쩐지 둘 사이에 예전에 아이가 가로막았던 것과는 비교도 할 수 없는, 더 크고 넓은 간격이 생길지 모른다는 불안감도 가슴 한편에 자리합니다.

그 불안감이 현실로 다가올지도 모르지요. 서로 나누는 이야기가 점점 줄어들고, 서로의 잠버릇을 잊어가며, 그렇게 서로를 향한 사랑보다는 편의가 더 중요한 사이가 될지도 모를 일입니다. "그럼에도 불구하고"라는 관용구를 쓸 일이 없어지는 사이가 되어 버리는 것, 아내는 그것을 두려워하는 게 아닐까요?

부부가 쿨하게 각방을 쓰자고 인정하는 것이 아내 입장에서는 받아들여 지지 않는 게 당연합니다. 사랑이라는 게 과연 쿨할 수 있는 감정인가요? 나이가 얼마가 되었건, 내 모습이 어떻게 변해가건, 여전히 나를 바라봐 주기를 바라고 한 공간에서 잠들고 깨기를 바라는 것이 아내가 믿는 사랑입니다. 아내는 바로 그 기본에서 시작되고 끝나는 사랑을 놓고 싶지 않은 겁니다.

각방 쓰면 쿨한 여자가 되는 것도 아니고, 각방 쓰면 쿨한 관계가 되는 것도 아니지요. 부부는 쿨할 필요가 없는, 아니, 쿨해져서는 안 되는 사이니까 말입니다. 언제나 뜨겁지는 못해도, 언제나 따뜻해야지요. 그 온기를 놓치지 않기 위해 아내가 먼저 내미는 손을 뿌리치는 어리석은 남편들이 없어야 할 텐데 말입니다.

## 홀로 떠도는 섬은 그만

소파에 내 침구류가 항상 구비되어 있다면, 위기의식을 느껴야 할 사람은 그 누구도 아닌 남편들입니다. 처음에는 마냥 편한 것 같아도 소파는 허리 건강은 물론 정신 건강에도 좋지 않습니다. 소파에서 자면서 집 안에서 혼자 떠 있는 섬이 되지 마세요.

혹시 여러 가지 민폐를 끼친 전적들로 인해 아내 역시 내가 소파나 다른 방에서 자는 것을 편하게 여긴다고 해도 계속 방문을 두드려야 합니다. 그래야 열리지요. 정말로 나의 수면이 모두의 평화를 방해하는 것이라면 매트리스를 붙이건 작은 침대 두 개로 따로 자건, 어쨌든 한 공간에서 잠을 잔다는 중요한 의미만은 놓치지 않기를 바랍니다. 서로의 온기를 느끼며, 그야말로 부대끼며 살아가는 우리네 삶의 방식은 그래서 지혜롭습니다.

# 오피스 와이프
# 신드롬

　얼마 전 한 신문기사에서 다소 충격적인 내용을 본 적이 있었습니다. 우리나라 직장인 약 30퍼센트 정도가 회사에 오피스 와이프나 오피스 허즈번드가 있다고 답했다는 것이었습니다. 흔히 '오피스 스파우즈'라 불리는 오피스 와이프나 오피스 허즈번드는 직장 안에서 마치 배우자처럼 혹은 배우자보다 더 친밀하게 관계를 유지하는 이성 동료를 일컫는 신조어라고 하지요. 오피스 와이프나 오피스 허즈번드가 있는 이유를 들어보니, 내가 처한 상황을 누구보다 잘 알고 정서적으로 의지할 수 있기 때문이라는 대답이 가장 많았다고 하더군요.

　기사의 내용을 다 믿을 것은 못되지만, 오피스 스파우즈를 만드는 경우의 수가 여자보다는 남자가 더 많다고 합니다. 그 말은 많은 아내들이 남편의 많은 부분을 다른 여자에게 빼앗기고 있다는 이야기가 되는 것이겠지요. 실제로 오피스 와이프의 존재는 이미 가정불화에 큰 영향을 끼칠 만큼 결코 그냥 지나칠 수 없는 문제가 되었다고 합니다.

많은 아내들이 오피스 와이프의 존재에 대해 불안해하고 두려워하고 있다는 것이죠.

아내는 남편에 대해 모르는 것이 더욱 더 많아집니다. 예전에는 회사 일에 대해서 설명도 잘 해주고, 잘 안 풀리는 일이나 앞으로 계획하는 일에 대해서 자주 설명해주던 남편이 오피스 와이프가 생긴 이후에는 달라진 모습을 보일지도 모릅니다. 회사에서 벌어지는 모든 일들, 승진이나 이직 같은 중차대한 인생의 전환점까지 내가 아닌 그녀와 상의하게 되는 것이죠. 이렇게 되면 아내는 나는 그야말로 살림하고 애 보는 '집사람' 그 이상도 그 이하도 아니라는 생각이 들 수밖에 없습니다. 나는 결혼해서도 남편과 친구처럼 잘 지낼 수 있을 거라고, 우스갯소리처럼 여자가 아닌 가족이 되는 일은 없을 거라고 자신했던 아내는 걷잡을 수 없이 불안해집니다.

'나는 정말이지 더 이상 남편에게 여자가 아니라 가족이 되어 가는 걸까요?'

많은 사람들이 오피스 와이프 신드롬의 원인으로 부부 간의 의사소통 문제를 이야기하곤 합니다. 부부 간의 대화가 없어서, 친밀감이 사라져버려서 마음이 맞는 오피스 와이프를 두는 것이라고 말입니다. 다시 한 번 친밀함이라는 감정에 대해서 생각해보게 됩니다.

과연 친밀하다는 것은 무엇일까요? 남자와 여자로 만나서 뜨겁게 사랑하고, 아이를 낳고 가정을 이루면 우리는 친밀해진 것일까요? 이런 일련의 과정들이 친밀감을 완성해내지 못한다면 그것을 해결하기 위해 노력해야 할 텐데, 이 문제를 해결하는 대신 오피스 와이프 같은 반갑지 않은 것들을 생산해냅니다. 왜일까요? 아마도 이 물음에 아내들은 이렇게 대답할 것 같습니다. 많은 대한민국 남자들의 문제, 바로 "꼭 말을 해야 알아?"로 끝맺는 대화법 때문이라고 말입니다.

아내는 꼭 말을 해주길 바랍니다. 오늘 하루가 어땠는지 내가 지금 무슨 생각을 하는지 꼭 말로 해주길 바라지요. 피곤에 지쳐 말할 기운도 없는 남편을 붙잡고, 미주알고주알 오늘 하루 무슨 일이 있었냐고 물어보면서 말입니다. 검은 머리가 파뿌리될 때까지 서로를 의지하라는 말을 많은 사람들 앞에서 들은 부부 사이에, 친밀함이라는 끈을 놓치면 사랑이라는 끈도 놓치게 될까 두려운 마음이 조금이라도 있다면, 입을 열고 지금 당신이 생각하는 것을 꼭 말로 해주기를 바랍니다. 말해도 모를 거라고, 말해봐야 무슨 소용이냐는 말은 아내에게는 비겁한 변명일 뿐이지요.

무슨 복잡한 수학공식을 설명하라는 것이 아닙니다. 내가 일하는 회사 책상 위에는 무엇이 놓여 있는지, 나를 못마땅하게 생각하는 직장상사의 약점은 무엇인지, 점심시간에 메뉴를 정할 때 무엇을 고민하는지, 이런 사소한 것들을 듣고 싶을 뿐입니다. 예전에 연애할 때, 싫어하는 음식이나 좋아하는 영화배우에 대해 얘기하고, 어젯밤 꾸었던 꿈이 무엇이었는지 말해주었듯이 그렇게 지금도 나에게 소소한 이야기를 들려달라고 말입니다.

무엇보다 아내가 두려워하는 것은 내가 아닌 다른 여자와 웃고 떠들고 즐거워한다는 자체가 아닙니다. 나와 남편의 사랑이 처음 시작될 때의 그 사소함이 다른 사람이라고 다르지 않으리라는 생각 때문에 떨리는 거지요. 실제로 지금 남편이 오피스 와이프와 대수롭지 않게 공유하고 있는 것들을 살펴보면 아내와 연애를 할 때 두 사람이 공유했던 것들과 크게 다르지 않습니다. 남편이 스스로 그 사소함의 가치를 깨닫고 아껴주길, 아내는 바라는 게 아닐까요?

정서적으로 의지하고 믿고 말할 수 있는 사람의 자리도, 여자로서 남편의 사소함을 공유할 수 있는 자리도 언제나 아내를 최우선으로 두려는 노력이 필요합니다. 사람의 시간도 자연의 시간처럼, 그저 흐르기만 해도 무언가를 만들어내고 또 순응할 만한 변화를 만들어낸다면 얼마나 좋을까요? 하지만 그렇지가 못합니다. 이야기하고, 자주 두드리고, 그러면서 서로에게 늘 언제나 가장 가까운 자리를 내주려는 노력이 필요한 이유지요.

<br/>

남편의 포스트잇

## 부부 사이에 침묵은 금이 아닙니다

'침묵은 금이다'라는 좌우명에 묶여, 과묵한 남자가 멋있는 남자라는 이상한 공식에 사로잡혀 말을 아껴도 좀 많이 아꼈던 우리가 아니었나 싶기도 합니다. 집에 가서 회사에 대한 이야기를 꺼냈다가 아내의 괜한 지적이나 걱정을 듣는 것이 귀찮기도 했을 테지요.

하지만 사랑하면서 배운 것이 있다면 사랑하는 사이에서는 조금은 드러내고 속을 보여도 괜찮다는 사실입니다. 아내에게는 이야기를 해볼 시도조차 해보지 않았으면서, 동료애를 나눌 이성부터 찾지는 않았는지 조금은 따끔하게 돌아볼 필요도 있지 않을까요?

# 나만 몰랐던
이야기

솔직히 저는 일 년 중 12월을 가장 싫어하는 편입니다. 이런 저런 모임이 많다 보니 의무감에 사람들을 만나야 하는 경우도 많고 때로는 별로 만나고 싶지 않은 사람들도 만나야 하기 때문입니다. 이런 마음은 아내도 마찬가지인가 봅니다. 11월 말부터 함께 참석해야 하는 부부 모임은 없는지 물어보고, 혼자 가도 되는 모임이면 혼자 갔으면 좋겠다는 뜻도 넌지시 내비칩니다. 오래 같이 살아서 그런지 이제는 눈빛만 봐도 그런 마음을 읽어내지요. 저는 알아서 아내가 함께 가야 할 모임과 빠져도 될 모임을 정리해서 알려줍니다. 이럴 때면 우리가 사인이 잘 통하는 투수와 포수가 된 것 같아 괜스레 기분이 좋아집니다.

몇 년 전, 한 교수 모임에 갔을 때의 일입니다. 평소에도 말끔하고 잘 생긴 외모로 교수들 사이에서는 물론 학생들에게도 인기가 좋은 교수가 있었는데 그날도 화려한 언변으로 좌중을 휘어잡고 있었습니다.

그날은 참석 인원이 좀 많은 편이라 저는 은근슬쩍 아내를 구출해준 터였습니다. 어쩐 일인지 그 교수의 아내도 보이지 않더군요. 잠시 후 둘만 있게 되어서 자연스럽게 아내의 안부를 물었더니, 놀라운 대답이 돌아왔습니다. 이번 모임에 대해 아내에게 아예 알려주지 않고 그냥 혼자 왔다는 것이었습니다. 모임이 있다고 이야기를 꺼내면 같이 오려고 들 게 뻔해서 아예 말하지 않았다고요.

물론 모든 부부가 매번 모임 때마다 잉꼬부부처럼 다닐 수는 없는 노릇이겠지요. 저로서는 쉽게 이해할 수 없는 상황이긴 했지만, 모임에서 내가 자기와 연배가 맞아서 편하게 말하나 보다 하고 돌아섰습니다. 그런데, 아뿔싸! 모임 장소로 그 교수의 아내가 들어오고 있는 게 아닙니까? 차가 막혀서 늦었다는 그의 아내는 모임 내내 단 한 번도 남편과 눈을 마주치지 않았습니다.

집에 돌아와 아내에게 이 이야기를 해주었더니 아내는 적잖이 충격을 받은 모양이었습니다. 그 교수님 그렇게 안 봤는데 실망이라는 이야기와 함께 그의 아내가 얼마나 마음의 상처가 컸을까 하는 걱정도 이어졌습니다.

부부 사이에도 서로가 모르는 이야기들이 존재할 수 있습니다. 또 대부분 세월이 지날수록 모르는 이야기가 조금씩 늘어나는 듯합니다. 특히나 각자 조금은 다른 분야에서 사회생활을 하고, 공유하기 어려운 삶의 부분이 생기게 되면 더욱 그러하지요. 하지만 모임에서 만난 교수 부부의 경우는 이렇게 '서로 모르는 이야기'가 아니라 '나만 몰랐던 이야기'가 되니, 그것이 문제일 것입니다.

아마도 부부동반 모임이 있다는 사실을, 그리고 남편이 일부러 나에

게 참석 여부를 묻지 않았다는 사실을 뒤늦게 안 아내는 그 자리에 나타나는 것이 남편을 응징하는 일이라고 생각했을 수도 있습니다. 남편이 무엇 때문에 그랬는지 이유가 무엇이건 간에 아내는 자신의 권리를 박탈당한 것처럼 느꼈을 것입니다. 가장 사랑한 사람에게 거부당하는 아픔, 상상하기도 싫은 상황일 테지요.

그런데 제가 이 이야기를 했더니 생각보다 많은 남편들이 부부동반 모임이나 아내가 동석해야 하는 자리에 아내를 데려가기 꺼려한다고 하더군요. 이유는 참 다양했습니다. 하지만 그 이유 중 어느 것도 아내를 납득시킬 수 있는 것은 없습니다. 아내는 여자로서, 남편의 옆자리를 지킬 사람은 자신뿐이라는 무한한 믿음을 가진 사람이니까요. 그런 의미에서 아내의 의사와 상관없이 아내만 모르는 이야기를 만드는 남편은 참 비겁합니다.

가정은 야구팀과 같다는 생각을 종종 합니다. 남편이 팀을 관할하는 감독이라고 생각해본다면 세상 어떤 감독도 자기편을 부끄러워하면서 경기에서 이기길 바라지는 않을 것입니다. 모든 감독은 타자를 내보낼 때 너를 믿는다며 어깨를 두드려줍니다. 아내를 아내의 의사와 상관없이 나와 관련된 어떤 것에서 배제하는 것은 과거에 내가 했던 약속, 그리고 믿음을 저버리는 행위입니다. 아내는 바로 그 점을 남편이 알아주길 바랐던 게 아닐까요?

화려한 꽃처럼, 반짝이는 트로피처럼 남편의 옆에 서있는 것만으로도 존재감을 빛내는 아내가 아니어도, 그저 나 자신 그대로의 모습으로 남편의 옆자리를 인정해주는 것. 이것이 남자들이 흔히 말하는 의리요, 변하지 않기에 더욱 빛나는 사랑이 아닐까 생각해봅니다.

우리는 자주 저 높은 곳에서 별처럼 빛나는 가치를 바라봅니다. 영원, 믿음, 존경, 열정, 지혜……. 하지만 우리가 정말 잊지 말아야 할 가치는 목이 꺾어져라 바라봐야 하는 저 먼 하늘에만 있는 것이 아니지요. 인생에서 가장 중요한 가치는 지금 여기, 늘 가까이 곁에 있는 '내 사람'에게서 나오는 것임을 기억해주기를, 아내는 바라고 있습니다.

**남편의 포스트잇**

### 함께라서 더 빛나는 자리

다른 건 몰라도 사람들과 상대하는 모임에 아내를 제외시키는 것은 아무래도 악수(惡手)일 때가 많지 싶습니다. 쉬운 예를 들어 시장에서 콩나물을 하나 사도 흥정이 되는 사람은 아내요, 층간 소음 문제를 파전 한 장과 오렌지 한 바구니로 해결하는 것도 아내였습니다. 아내가 내가 아는 지식을 모른다고, 내가 처한 환경을 모른다고 그녀가 살아온 세월의 노하우를 통째로 평가절하 해서는 안 되는 것 아닐까요?

결혼했다고 해서 누가 누구의 소유라는 생각을 가진다는 것이 구시대적 발상일 수도 있겠지만, 결혼을 했기 때문에 공식적인 옆자리는 서로의 것이라는 약속을 지키는 것마저 구닥다리 생각이 될 수는 없지요.

때로는 아내의 사교성에 기대보세요, 때로는 아내의 조용함에 기대보세요. 혼자 앉아 보내는 소란한 모임 속 죄책감보다 훨씬 현명한 선택이 되리라 믿어 의심치 않습니다.

**2**

집토끼,
회사토끼

# 두마리
## 토끼

저는 아침 출근하는 길 차 안에서 사람들을 관찰하는 일을 좋아합니다. 잠깐 신호 대기하는 순간 지나가는 사람들의 모습을 유심히 보기도 하고 특히 옆 차선에 나란히 서 있는 차들의 모습을 살펴보는 것이 재밌습니다. 저 사람은 저런 모습으로 신호를 기다리는구나, 어딜 그리 바삐 가기에 저렇게 조급한 표정일까, 또 만약 누군가 내 모습을 본다면 난 어떻게 비춰질까…….

제가 아침에 자주 만나는 또 하나의 모습은 바로 출근하는 엄마들의 모습입니다. 때로는 뒷좌석 카시트에 아이를 태우고 가기도 하고, 때로는 바쁘게 회사로 가는 모습이기도 합니다. 차 안은 온통 아이들 물품으로 혼란한데다 앞좌석에는 오늘 처리해야 할 것들로 보이는 서류와 물건들이 가득합니다. 그 와중에 옷매무새도 가다듬고, 틈틈이 전화도 하며 심지어는 화장도 하더군요. 보는 사람도 숨이 가쁜 1인 다역을 오늘도 그렇게 엄마들은 해내고 있었습니다.

그렇게 차 안에서 정신없는 하루를 시작하는 엄마들의 얼굴에 스치는 어떤 낭패감 같은 것을 목격할 때가 있습니다. 깊은 한숨과 함께 조금은 쓸쓸해 보이는 기운 없는 그 얼굴. 생각해보니 나는 그 얼굴이 조금 익숙했습니다. 가끔이긴 하지만 아내에게서도 그 얼굴을 보았고, 역시 일하는 아내인 누나의 젊은 시절의 얼굴에서, 그리고 학교에서 만나는 젊은 여자 강사들의 얼굴에서도 그 모습을 보았었지요. 씩씩하게 자기 자리에서 최선을 다하고 있지만, 어느 쪽이 더 무겁다고 할 것 없이 똑같이 자신의 양 어깨를 누르는 가정과 직장의 압박…… 그 속에서 오늘도 힘내자며 자신을 다독이는 그녀들에게서 자주 나오곤 했던 쓸쓸함이었습니다.

물론 많은 사람들의 도움을 받습니다. 남편은 가사분담이나 아이 교육에도 열심히 참여합니다. 시어머니나 친정엄마도 아이를 잘 돌봐주시고, 혹시나 아내가 불편하지 않을까 세심하게 신경을 써주시지요. 아이도 특별한 문제없이 일하는 엄마의 모습에 잘 적응하고 있습니다. 이렇게 물 흐르는 듯이 일상이 지속되는 어느 날 갑자기 이런 두려움이 엄습해온다고들 하더군요.

'내가 과연 잘하고 있는 일일까? 이러다 이도 저도 아닌 상태가 되는 건 아닐까?'

육아와 살림, 거기에 직장생활까지 병행해야 하는 엄마들이 가장 자주 느낀다는 이른바 '이도 저도 공포증'이라는 놈입니다. 구체적으로 짚어보자면 이런 것들이겠지요.

'후배들은 치고 올라오고, 회사는 점점 더 경쟁이 치열해지는데, 이렇게 결국 내가 경쟁에서 지게 돼서 물러나게 되면 그동안 아이와 가족에게 강요했던 희생은 무엇이 되나? 아이 교육, 완벽한 살림, 현모양처로서의 타이틀을 반납하고 찾았던 내 커리어가 무너지면 나는 두 마리 토끼를 잡으려다 두 마리 토끼를 다 놓치는, 그야말로 이도 저도 아닌 게 되는 건 아닐까?'

하지만 가만히 생각해보면, 이 세상 어느 누구도 하얀 눈이 내린 설원 위에서 양손 가득 두 마리 토끼를 쥐고 승리의 기쁨을 만끽하는 사람은 없습니다. 제 아무리 대단하고 똑똑한 사람이라고 해도 한 손에 튼실한 토끼가 들려 있으면 한 손에는 조금 마르고 덩치가 작은 꿩이나 매가 들려 있을 수도 있는 것 아닐까요?

생각해보면 '이도 저도 공포증'은 내 마음에서부터 출발하는 것이 아닌가 싶습니다. 우리는 자주 나에게, 또 남에게 '강인하고 더 강인하게, 완벽하고 더 완벽하게'를 주문할 때가 있습니다. 인간은 완벽할 수 없습니다. 또 이 세계는 모든 사람들이 갖고 있는 빈틈으로 인해 좀 더 원활하게 굴러가고 있기도 하지요. 그런 사실을 머리로는 알면서도 이율배반적인 강요를 하는 것이지요.

'담금질'을 아시지요? 쇠를 높은 열에서 달구고 또 식히는 일련의 반복되는 과정 말입니다. 장인이 쇠를 높은 열에서 달구어 원하는 모양을 만들고 식히면 그 모양이 유지되지요. 이런 과정을 반복하면 쇠는 더욱 단단해지고, 오래도록 그 모양을 유지한 채 쓸 수 있습니다. 하지만 낫을 쓰건, 호미를 쓰건 완성품으로 쓰이기 위해서는 언제까지 담금질만 할 수는 없습니다. 멈추고 이제는 나에게 온 모양대로, 그 역량대로 쓰기 시작해야 합니다. 가정과 일, 양쪽 모든 방향에서 만족스러운 결과를 얻으려고 자신을 뜨겁게 데우고 차갑기 식히는 담금질만 계속하다 보면 빨리 지쳐버리고 맙니다.

무엇이 잘못되어가고 있나요? 이도 저도 안 될 것 같아 두렵다면, 무엇이 '이도'이고 무엇이 '저도'입니까? 지금 잘 하고 있다고 자신을 다독여주는 것이 더 필요하지 않을까요? 매일매일 작은 전쟁 같은 아침을 뚫고, 여기저기서 폭탄이 터지는 경쟁사회에서 살아남아, 힘겹게 진지로 돌아온 당신은 아무 이유 없이도 그저 박수 받아 마땅한 사람입니다. 나에게 너무 관대한 것도 발전을 막지만, 나에게 너무 혹독한 것 역시 좋은 것은 아닙니다.

집에 돌아와 보게 되는 엉망인 집안, 늘 같은 자리를 맴도는 회사에서의 내 위치, 이 모든 것이 죽도 밥도 안 될 것 같이 느껴지나요? 눈 덮인 산 속에서 나 혼자 손에 아무것도 못 든 채 꽁무니를 빼며 달아나는 토끼의 뒷모습을 바라볼 것 같아 두려운가요? 인생이 게임이라고 누가 그랬답니까. 인생은 게임도 아니요, 경쟁도 아닙니다.

내가 바라보는 것이 결과이고, 내가 생각하는 것이 의미라고 생각하면 어떨까요? 정작 내 손에 토실토실하고 따뜻한 토끼의 감촉이 없더라도, 나는 최선을 다했고 내가 선택한 삶에 후회가 없다면 빈손으로 걸어 내려오는 산길도 콧노래 하나로 충만해질 수 있다고 저는 믿습니다.

오늘도 아침부터 바쁜 당신, 나의 아내, 당신의 아내, 우리의 아내도 그렇기를 바랍니다. 그저 매일매일 열심히 살아가는 하루가 나에게 상장이요, 트로피요, 위안이 되기를 말이지요.

우리 모두가 그렇게 살아갑니다. 어쩌면 신은 애초부터 산 속에 두 마리의 토끼를 풀어두지 않은 건 아닐까요? 그저 어떤 토끼를 먼저 잡 건 쫓고 만나며 숨바꼭질 하는 동안 행복하라고 우리를 그 설산으로 보낸 건지도 모르지요.

# 따뜻한 말 한마디가 필요한 순간

용기를 주는 말 한마디가 그 어떤 물리적인 도움보다 힘이 될 때가 있습니 다. 말없이 아껴주는 행동 하나가 그 어떤 재물이나 명예보다 값질 때가 있 습니다.

아내들이 이도 저도 공포증을 느끼는 순간은 아무래도 무언가 문제가 나타 날 때가 아니겠습니까? 아이의 성적이 떨어졌다거나, 회사에서 추진하던 프로젝트가 잘 안 되었거나, 가족 구성원들과 문제가 생겼을 때…… '아, 내 가 이게 뭐 하는 짓인가?' 하는 울적한 마음이 듭니다.

그럴 때, 남편이 아내의 편이 되어 주세요. 어느 한 쪽을 포기한다고 해서 지금의 문제가 해결되는 것은 아니고, 평균적으로 보아도 당신은 매우 잘 해내고 있는 편이라며 객관적이고도 효율적인 응원과 위로를 해주세요. 하 나만 짊어져도 무거운 삶의 무게를 양쪽으로 지고 있는 아내를 위해 담백 하지만 강한 응원의 한마디를 건네자고요.

# 원더우먼
# 콤플렉스

　남자들 사이에서 영원불멸의 인기를 누리는 것 중 하나가 로봇과 히어로들이 아닌가 합니다. 특히 할리우드에서 영화화된 캐릭터들 중에는 각각 독특한 유니폼과 능력으로 남자들의 가슴에 영원한 영웅으로 각인된 인물들이 많습니다. 슈퍼맨, 스파이더맨, 배트맨……. 어린 시절 이런 영웅들의 활약을 보며 따라해 보지 않은 남자들이 과연 몇 명이나 있을까요?

　하지만 남자들 가슴 속에 우상이 이렇게 우락부락한 남자 히어로만 있을까요? 천만에요. 저는 아직도 1974년에 TV 시리즈물로 태어나 전 세계 남성들의 마음을 들었다 놨다 한 원더우먼에 대한 기억이 생생하니까 말입니다.

　허리에는 진실을 말하게 하는 올가미를 걸고, 어떤 무력에도 다치지 않게 하는 아테네의 방패로 만든 팔찌를 찬 그녀는 지구의 1/3을 끌어당길 수 있을 만큼 어마어마한 힘을 가지고 있습니다. 어릴 시절 이 원더우먼을 볼 때는 마냥 멋있다고 생각했지만, 요즘 원더우먼을 다시 본다면 조금은 다른 생각이 들 것 같습니다. 갖가지 막강한 힘을 가지고, 온갖 악당과 싸워 이기는 그녀를 보면서 대단하다는 생각보다는 안쓰럽다는 생각이 먼저 들지 않을까요?

'그렇게 여기 저기, 이 일 저 일 혼자서 다 해나가려면 참 힘들겠어요……'

오늘, 지금 이 시각에도 각 가정마다 원더우먼들이 있지 않습니까? 특히 직장을 다니면서 가정 건사하랴, 아이 키우랴, 남편 챙기랴 정신없는 우리 아내들은 원더우먼에 비유해도 전혀 모자람이 없습니다. 하지만 텔레비전에서 보는 원더우먼은 단 한 번도 힘든 내색 없이 매번 승리의 영광을 누리고 사람들의 환호를 받지만, 우리 집 원더우먼들은 그렇지 못합니다. 하는 일은, 해내야 하는 일은 원더우먼이지만 처우나 심정은 '콩쥐'에 가깝습니다.

퇴근 후나 주말에 해치워야 하는 살림은 채워도 채워도 채워지지 않는 콩쥐의 밑 빠진 독 같고, 이제 겨우 말귀 알아듣고 어린이집에 가는 아이가 대견해도 그 녀석들에게 닥쳐올 사춘기나 대학입시를 생각하면 끝도 안 보이게 남은 밭이랑을 대하는 기분입니다. 아무리 훌륭한 무기를 갖고 있고 무쇠처럼 힘이 솟아나는 원더우먼이라도 도무지 끝이 보이지 않는 길 앞에서는 아마도 한 번 정도는 한숨을 쉬며 주저앉지 않을까요?

저도, 여러분도 우리 집에 있는 원더우먼, 아니, 원더우먼이 되고자 안간힘을 쓰는 아내의 어깨를 바라본 적이 있을 것입니다. 일하는 엄마라고 살림은 뒷전이라는 소리 듣기 싫어 쉬는 시간, 자는 시간 쪼개 집안 꾸미기에도 여념이 없고, 아이 교육에도 열정적이어서 조금은 무리가 되는 아이 학원도 내가 조금 더 일하면 된다는 생각으로 보내기도 합니다.

하루 24시간을 분 단위로 쪼개도 모자란 아내의 삶은 모든 것을 잘 해내야 한다는, 원더우먼으로 치면 지구의 모든 인류를 구해야 한다는 생각으로 자기 자신을 너무 채근하고 있는 것이지요.

하지만 텔레비전 속 원더우먼의 미소를 찬찬히 들여다봅시다. 물론 지금은 그 모든 설정이 허구이고 그녀의 모든 능력 또한 세상에 존재할 수 없는 것을 알지요. 다만 궁금할 뿐입니다. 올가미에 걸리면 진실을 말하게 하는 무기를 갖고, 어떤 공격에도 다치지 않으며, 지구의 1/3을 끌어당길 수 있는 능력을 가진 영웅을 떠올려보세요. 그녀는 과연 그 능력만으로 행복할 수 있을까요?

어떤 문제를 해결하는 것은 원더우먼이나 슈퍼맨, 배트맨 같은 히어로 한 명의 책임이 아닌 그 문제와 연관된 구성원 전체가 함께 머리를 싸매고 풀어야 하는 것이 아닐까요? 그렇게 모두의 힘을 모아 문제를 해결할 때 비로소 진정한 기쁨도 얻지 않을까 생각해봅니다.

내가 조금만 더 열심히 하면, 내가 조금만 더 열정적으로 살면 지금 내 앞에 닥친 문제가 해결될 것처럼 보이지만, 실상은 그렇지 않다는 것, 살면서 여러 번 겪지 않았나요? 직장에서도 한 치의 실수 없이 자신을 바짝 옭아매고, 집에서도 전전긍긍 가족에게 완벽하려고 하는 아내의 모습은 결국 아내 자신을 좀 더 빨리 지치게 만들 뿐이라는 생각이 듭니다.

인생은 장거리 달리기이지, 단거리가 아닙니다. 마라톤처럼 긴 코스를 빠르게 달릴 때는 빠르게 달리고, 또 숨을 고르며 천천히 달려야 할 때는 천천히 달려야 합니다. 마라톤을 100미터 달리기처럼 전력질주하면 남은 레이스를 더 달릴 수 없을지도 모릅니다.

워킹맘들에게 부탁합니다. 당신은 절대로 원더우먼이 될 필요가 없습니다. 세상 그 누구도, 가족 중 어떤 구성원도 당신에게 원더우먼이 되라고 요구하지는 않습니다. 만약 당신에게 초인적인 영웅이나 할 수 있을 만한 무언가를 요구하는 사람이 있다면, 그것은 그 사람의 잘못이지 그것을 해내지 못하는 당신의 잘못이 결코 아닙니다.

누구나 각자 지고 살아가는 삶의 무게가 있습니다. 하지만 때로는 그 삶의 무게를 내려놓고 한탄도 하고 원망도 하면서 그렇게 쉬어가야 합니다. 완벽함이라는 이름으로 자신을 혹사하지 말았으면 합니다. 어쩌면 당신이 지금 하고 있는 딱 이 정도가 바로 최선일 수 있습니다. 단지 내 자신이 이것이 최선이라고 인정하지 않을 뿐이지요. 이미 당신은 스스로 할 수 있는 한 최선을 다하고 있습니다.

오늘부터 원더우먼 콤플렉스는 조금 내려놓으세요. 애초부터 없었던 것이고, 내가 닿을 수도 없는 것이며, 나 하나의 희생만으로 이뤄낸 무언가는 우리 가정에 진정한 성취가 아닐 테니까요. 이를 위해 남편이 돕고, 아이가 깨닫는 과정을 통해 아내가 제대로 일과 가정 양쪽에서 제 역할을 할 수 있도록 도와주는 환경이 필요합니다. 그 안에서 아내는 모든 것을 해내는 것이 아니라 그저 최선을 다해 살면 됩니다. 남의 평가나 기준에 맞춰 내가 죽을힘을 다해 달려온 지점을 평가절하해서는 안 되니까요.

70

당신이 서 있는 그 자리, 당신이 이루어놓은 그 자리가 바로 최선이
자 최고의 자리입니다.

## 때로 브레이크를 걸어주세요

영화 '밀리언달러 베이비'의 여자 복서 힐러리 스웽크의 옆에는 노련한 코
치, 클린트 이스트우드가 있습니다. 그는 그녀를 강하게 기르지만 그녀가
자신의 몸에 해가 될 정도로 운동에 매진하면 브레이크를 걸어줍니다. 그
녀가 꿈을 향해 다가가는 걸음에 페이스를 조절해주는 것이죠. 왜냐하면
그녀를 딸처럼 사랑하게 되기 때문입니다.

나의 사랑하는 아내가 지금 원더우먼 콤플렉스에 빠져 있다면 우리는 어떻
게 해야 할까요? 글러브를 내려놓게 한 다음, 힘으로라도 링 위에 주저앉
아 쉬게 만들어야 하지 않을까요? 비 오듯 흘린 땀을 닦아주고, 지금도 잘
하고 있고 앞으로도 충분히 잘할 것이니 이렇게 자신을 혹사하지 말라고
따뜻하게 말해주어야 하지 않을까요?

아내의 뛰는 심장, 모든 것을 완벽하게 해야 한다는 강박관념은 그녀 스스
로 링 위에 주저앉거나 링 밖으로 내려오게 할 수 없습니다. 사랑하는 사
람, 가장 가까이에서 같은 곳을 바라보며 생을 함께하는 남편의 위로와 응
원만이 그녀를 잠시나마 쉬게 할 수 있지 않을까 생각해봅니다.

숨이 턱까지 차오른 아내가 잠깐 스파링을 멈추고, 인생이라는 상대의 눈
을 찬찬히 바라볼 수 있게 하는 것이 바로 사랑하는 남편의 몫이라는 것,
잊지 마세요.

# 칼퇴근이
# 죄인가요

　퇴근할 때 직장에서는 두 가지의 타입이 있다고 합니다. 무슨 일이 있어도 제시간에 퇴근해야 하는 부류와 좀 늦게 가도 그만, 야근해도 그만, 회식해도 그만인 부류로 나뉜다는 것이지요. 먼저 칼퇴근파의 면면을 살펴보면, 이제 갓 연애를 시작한 20대 후반에서 삼십대 초반 회사원들이 많은 편이랍니다. 또 결혼의 유무를 떠나 자기관리에 철저해서 운동이나 취미활동에 강한 집착을 보이는 사람들이 있겠지요. 그리고 마지막으로 아직 엄마의 손길을 필요로 하는 아이들이 집에서 기다리는 워킹맘들이라고 합니다.

　보통 어린이집에 아이를 맡기면, 2~3시 정도에는 부모님이나 할머니 같은 보호자들이 아이를 데려가지요. 하지만 그럴 형편이 못되는 아이들은 부모의 퇴근 시간까지 이른바 종일반이라는 형태로 어린이집에 머물게 됩니다. 그런데 이렇게 종일반에서 아이를 늦게까지 맡아준다고 해서 따로 저녁밥을 챙겨준다거나, 남아 있는 아이들을 위해 마련된 별도 프로그램이 있는 것은 아니라고 하더군요. 선생님의 보호 아래, 집이 아닌 어린이집에서 아이들은 그저 퇴근 후에 자신을 데리러 올 엄마를 기다리고만 있을 뿐입니다. 혹시라도 차가 막히거나, 회사에 일이 생겨 평소보다 늦게 도착하는 날에는 텅 빈 어린이집에서 뿔난 선생님과 함께 우리 아이 혼자 기다리게 되는 경우도 허다하지요. 엄마에게도, 아이에게도 힘든 상황입니다.

우리나라는 국가 정책으로 저출산 대책을 세울 만큼 새로 태어나는 아이가 귀한 나라입니다. '아이를 낳아도 직장을 다닐 수 있도록 나라에서 정책을 잘 세우고, 아이를 키우기 위한 경제 보조도 할 테니 제발 아이를 많이 낳아주십시오'라며 나라에서 출산장려 정책을 펼치고 아무리 애걸복걸을 해도 워킹맘들은 시큰둥합니다. 물론 정부 정책이 변해야 하는 것도 맞지만, 그 전에 칼퇴근이나 보장해달라는 겁니다. 새로 시작한 연애에 들뜬 마음으로 칼퇴근하는 김 대리도 안 보는 눈치를, 자기관리 한답시고 춤을 배우네, 기타를 배우네 하며 매달 취미생활을 바꾸는 골드미스 박 과장도 안 보는 눈치를, 워킹맘인 아내는 봐야 하기 때문입니다.

여기서 직장인 퇴근 시간에 볼 수 있는 두 부류 중 다른 한 축의 면면을 좀 살펴볼까요? 좀 늦게 가도 그만, 야근해도 그만, 회식해도 그만인 바로 그 만만디 부류 말입니다. 이 부류에는 집에 가봐야 별 달리 재밌는 일도 없고 매일 먹는 반찬에 매일 보는 드라마, 매일 만나는 아내와 유난히 손이 많이 가는 어린 자식들이 있는 집에 싫증이 느껴지는 사람들이 포함될 수 있겠지요. 특히나 아내와 아이들이 외국에 나가 있는 기러기 아빠 부장님은 아예 집에 갈 생각을 안 합니다. 일부러

결재도 늦게 해주고 끝나고 저녁 먹으면서 천천히 하자고 사람 심사를 뒤틀리게 합니다. 부장의 비위를 맞춰야 하는 만년 차장은 집에 가고 싶어도 못 가고 그 대신 일 다 하고 깔끔하게 집으로 가려는 일 잘하는 워킹맘 김 대리를 걸고넘어집니다.

"이래서 여자들은 안 된다는 겁니다. 무조건 집보다는 회사여야죠. 같이 남아서 일 이야기도 좀 하고, 끝나고는 소주 한 잔 하면서 스트레스도 좀 풀고!"

자기도 집에 아내와 딸이 있을 텐데 어쩜 말을 저렇게 하나, 대차게 한판 쏘아붙이고 싶은 마음이 굴뚝같지만, 어린이집에서 하염없이 엄마를 기다리는 아이를 생각하며 그냥 고개 숙이고 나왔던 적, 아마 많았으리라 생각됩니다.

지금 이 시대에 저런 생각을 갖고 있는 사람들이 있다는 사실이 참 싫어집니다. 하지만 도리 없게도 우리는 저들과 함께 동료로, 남편으로, 이웃으로 같은 사회를 살아가야 합니다.

우리나라 근로자 한 명이 일 년 동안 일하는 시간을 조사해봤더니 2,116시간이 나오더랍니다. 비교하기 좋아하는 우리니까 OECD 국가들과 비교해보면, 그들의 평균 1,696시간보다 무려 420시간이나 더 길게 일하고 있는 겁니다. 정규 근무시간이 끝난 후에 야근이 일상적인 우리의 직장생활을 비추어 본다면 그리 놀랄 일도 아니지요. 그래서 여성가족부에서는 이렇게 장시간 회사에 묶여 일하는 관행을 개선하고, 정시 퇴근 하는 문화를 정착·확산시키기 위해서 '가족 사랑의 날'이라는 것까지 만들었다고 하더군요.

매일 이름만 좋은 정책들만 내놓는다고 생각했는데, 이 운동이 꽤나 길게 이어지고 있답니다. 또한 많은 대기업에서 '수요일 6시 정시 퇴근 운동'을 하고 있다고 합니다. 어떤 기사에서 봤는데 한 대기업 패션 회사에서는 이 운동을 지키기 위해서 6시가 되면 강제소등을 하는 웃지 못 할 해프닝까지 벌어졌다고 하네요.

맞습니다, 마음이 마음을 움직이지 못한다면, 이런 다소 강제적인 정책도 어느 정도 필요하다고 생각합니다. 칼퇴근 하는 것에 매일 눈치를 보며 전전긍긍하는 아내들을 위해서는 강제 소등도 하고, 퇴근부에 정시 퇴근 도장도 찍게 해야 합니다. 적어도 그런 문화가 자연스러운 것으로 정착할 때까지는 말이지요. 왜냐고요? 왜 그렇게까지 일하는 아내를 배려해야 하냐고요?

아무리 노력해도 남편이 이루는 가화만사성보다는 아내가 이루는 가화만사성이 더 완성도가 높기 때문입니다. 적어도 저는 그랬습니다. 아내가 일과 가정을 잘 양립할 때, 우리 가정의 온도는 훨씬 더 따뜻했습니다. 아내가 따뜻했기 때문에 저 역시 나가서 강의를 더 잘할 수 있었고 방송도 더 열심히 할 수 있었습니다. 아내가 안정되었기 때문에 부부 사이에 갈등이 없었고 아이들은 착하게 자랐습니다. 그렇게 우리는 삶의 파도를 넘어 점점 더 단단해졌습니다. 어떻게, 이 정도면 이유가 충분하지요?

우리사회가 적어도 한 아이의 엄마가 아침에 아이와 눈을 맞추며 "엄마가 시간 맞춰 데리러 갈게"라고 했던 약속을 지킬 수 있게 해주는 사회였으면 합니다. 가정과 직장을 양립하고자 마음먹은 아내들은 정말로 죽을힘을 다해 직장에서 사력을 다할 것이라고 믿습니다. 그렇지 못했을 경우에 동등하게 다른 사람과 마찬가지로 비난 받고 힐책

받는 것은 어쩔 수 없는 일입니다. 하지만 텅 빈 교실에서 엄마를 기다리는 아이를 볼모로 칼퇴근 하는 김 대리를 붙잡는 사람은 없었으면 좋겠습니다.

# 바톤을 받아주세요

어린 시절 운동회의 하이라이트는 뭐니 뭐니 해도 이어달리기, 줄다리기, 그리고 박 깨기, 이 세 가지가 아니었나 싶습니다. 이 세 가지의 특징은 모두가 함께 한다는 거죠. 누구 하나 군계일학처럼 튄다고 해서 승리를 이끌 수는 없습니다.

계주는 4명이 각자 자신이 맡은 구역에서 최선을 다해야 하는 경기입니다. 부부는 함께 이어달리기를 하는 선수들이라고 할 수 있습니다. 그러니 400미터 트랙을 아내 혼자 달리도록 내버려 두지 마세요. 하루 열 시간 회사에서 전력 질주를 한 뒤에 지친 몸을 끌고 다음 100미터 지점에 아이 픽업이라는 반환점까지 다시 한 번 혼자 달리도록 내버려두지 않기를 바랍니다. 그건 너무 치사합니다.

아이의 픽업을 위해 조금 일찍 나가겠다고 용기 있게 말하는 아빠, 그것을 가능하게 하기 위해 업무 시간에 좀 더 밀도 있게 일하는 남편, 이것보다 더 멋있는, 이것보다 더 든든한 어깨가 또 있을까요?

# 반차를 타고
# 떠난 여인

얼마 전에 길을 걷다가 횡단보도 신호등 기둥에 붙은 전단지를 보고 깜짝 놀란 적이 있었습니다.

○○심부름센터
바쁜 엄마들을 대신해 파출부, 급식당번, 교통지도 당번,
꼼꼼한 선생님 면담까지 대신해 드립니다!

세상에 대신할 수 없는 것들이 수두룩하지만, 대신해서도 안 되는 것들도 존재합니다. 그중 하나가 엄마의 역할일 것인데, 이렇게 광고까지 할 정도로 엄마 대행 산업이 뜨고 있다는 게 무척 놀랍고 슬펐습니다. 그날 집에 돌아와 그 전단에 대해 이야기하니 막상 아내는 별로 놀라는 표정이 아니었습니다. 자기가 아는 엄마들 중에도 그 서비스를 이용하는 사람들이 제법 있다는 거지요. 그도 그럴 것이 아이들이 먹

는 것을 점검하고 일일 도우미로 음식 만드는 것까지 도와야 하는 급식 당번은 하루를 꼬박 학교에서 보내야 하고, 아침 등굣길과 하굣길에 교통지도를 하는 것 역시 반차를 내야 할 정도로 시간이 소요되기 때문입니다.

직장생활을 해본 사람들은 아마 다들 아는 고충이겠지요. 한창 바쁜 시기에 반차나 하루 휴가를 내기가 얼마나 눈치 보이고 어려운 일인지 말입니다. 그래도 저희 아내처럼 여자들이 많은 집단에서 일하는 경우에는 아이들을 위해 꼭 필요한 경우 반차나 월차를 내는 것이 좀 쉬운 모양이더군요. 거기다 후배들보다 먼저 아이를 키우며 직장을 다녀본 선배가 직장상사라면 그 어려움을 십분 이해해 준다는 것입니다. 하지만 남자들만 있는 사무실이나 워킹맘이 별로 없는 회사에 다니는 아내들은 정말이지 가시방석입니다. 어떤 엄마는 워크숍 일정과 아이 재롱잔치 일정이 겹쳐서 수차례 상사에게 읍소를 했지만, 회사와 가정 중에 하나를 택하라는 냉정한 대답만 돌아왔다고 합니다. 햄릿도 아니고, 조금만 서로 이해하면 잘 풀어갈 수 있는 문제를 왜 우리는 이렇게 죽네 사네 하면서 고민해야 하는지…… 워킹맘을 아내로 둔 저도 참 화가 납니다.

용기를 내서 아이 문제로 일찍 가봐야 한다고 반차를 낸 워킹맘들은 반차를 낸다고 통보 아닌 통보를 하는 순간보다 오히려 반차를 쓰고 난 다음 날이 더 두렵다고 합니다. 싸늘해진 사무실의 분위기를 온몸으로 느껴야 하기 때문이죠.

노동부에 진정된 사내 부당행위 중에는 웃지 못한 사연도 많습니다. 어느 워킹맘은 반차를 내고 다음날 출근했을 때 상사가 다른 직원들 앞에서 별명을 지어 부르더랍니다. 그 별명은 '반차를 타고 떠난 여인'이었습니다. 상사는 시답지 않은 유머랍시고, '목마를 타고 간 여인' 노래에 맞춰 개사까지 했습니다. 노동부에 진정한 아내는 별명까지는 그래도 참을 만했지만, 노래를 부르면서 많은 사람들 앞에서 모멸감을 준 부분은 절대로 용서할 수 없었다고 합니다.

> 모두가 잔업에 밀려 달빛 곱게 내려앉던 밤
> 아줌마는 반차 쓰고 집으로 날아갑니다.
> 눈에 불을 켜고 일하는 나는 눈물이 나요.
> 마감일은 깊어만 가는데 난 잠을 못 이룹니다.
> 반차를 타고, 반차를 타고 회사를 두고 간 사람

물론 세상에 모든 직장 상사가 이처럼 악랄하지는 않습니다. 하지만 이 정도는 아니더라도 아내가 일과 가정을 양립하기 위해 애쓴다는 것은 누가 뭐라 해도 부정할 수 없는 사실입니다.

어쩌면 직장을 다니는 엄마들이 원하는 모습은 스웨덴, 핀란드, 덴마크 같은 선진국의 앞서가는 복지 정책만은 아닐 것입니다. 그저, 내 아이가 나를 필요로 할 때 제 시간에 정확히 아이를 위한 자리에 있을 수만 있는 것, 그 작은 사회적 배려를 바랄 뿐이지요.

사람들이 아이를 더 이상 낳지 않게 되면 경제 발전에도 브레이크가 걸리며, 나아가 나라의 큰 위기가 됩니다. 전 세계적으로 이런 추세가 계속되면 더 이상 인류는 존재할 수도 없게 된다고 다들 걱정이 많습니다. 그러면서 아이를 키우면서 살아가는 많은 워킹맘들에게는 왜 이렇게 배려가 부족한 걸까요?

우리가 존속하고 있는 인류, 우리가 살아나갈 삶의 기반은 여자들이 아이를 낳고 또 충분한 희생으로 육아를 하기 때문에 가능하다는 아주 간단한 진실. 우리 아내들은, 우리 엄마들은 그것을 기억해 주기를 바라는 것 아닐까요?

## 남자도 반차를 탑시다

아내가 반차를 타고 떠나기 어렵다면 내가 반차를 타고 떠난 남자가 되는 것도 방법입니다. 이제는 더 이상 가정의 일을 이유로 남자가 회사에 어떤 요구를 하는 것이 흠이 되는 세상은 아니라고 생각합니다. 아니, 아직도 그런 것이 흠이 되는 사회라면 남자들도 그 세상을 바꾸는 데 일조해야지요.

"아이 급식 당번이 있어 반차를 좀 내야겠습니다."

"오늘은 교통지도를 하는 날이어서 오후에 일찍 가봐야겠습니다."

이런 요구가 평범해지는 사회, 모두가 이런 아빠의 모습을 당연하게 여기는 사회. 어쩌면 아빠인 당신이 당당하게 이용하는 반차가 그러한 사회를 만드는 시작일지도 모르겠습니다. 일송정 푸른 솔이 늙어 늙어 갈 때까지 세상이 바뀌기를 기다리는 사람은 선구자가 될 수 없습니다. 반차를 타고 떠난 남자로 선구자가 되어보는 것은 어떨까요?

# 워킹맘은
# 무엇으로 사는가

사람은 각자 스트레스를 푸는 방법이 제각각입니다. 소리 내서 노래를 부르는 사람도 있고, 맛있는 음식을 실컷 먹거나 잠을 택하는 사람도 있습니다. 스트레스를 푸는 방법은 그야말로 각자의 개성에 맞게 스스로 내린 처방이기 때문에 대부분은 효과가 있습니다. 울분으로 차올랐던 마음도 나만의 해소법으로 다스리면 얼마 안 가 차분하게 가라앉고는 하지요. 그래서 흔히 우리는 스트레스를 받는 사람들에게 이렇게 조언하곤 합니다. 스트레스를 마음에 쌓아두지 말고 그때마다 풀어 버리라고요. 하지만 이게 말처럼 쉽지가 않습니다.

일과 육아 그리고 살림까지 세 가지를 병행해야 하는 아내들에게 혹시 스트레스를 풀 자유 시간을 줘본 적이 있으신가요? 주말이나 휴일 하루 날을 잡아 아이들은 시댁이나 친정, 남편에게 맡겨 두고 자유롭게 처녀 때처럼 시간을 보내보라고 권유한 적 말입니다.

저 역시 그렇게 일부러라도 아내 혼자 있는 시간, 혹은 아내가 스트레스를 풀 시간을 주기 위해 몇 번 그런 시간을 마련했는데 결과는 참 의아했습니다. 좋다고 나갔던 아내가 저녁도 먹기 전에 집으로 돌아오는 경우가 많았기 때문이었습니다. 농담 삼아 "왜, 나가서 노는 게 별로 재미가 없어? 친구들이 안 놀아줘?"라고 말해도 가타부타 대답도 없이 집안의 일상으로 돌아오는 아내가 쉽게 이해가 되지 않았지요.

나중에 찬찬히 이야기를 들어보니, 워킹맘들은 친구를 만나기도 여의치가 않다고 하더군요. 다들 직장에 다니는 평일에는 정신이 없고 주말에는 그동안 못 했던 집안일이며 아이랑 놀아줘야 한다는 생각 때문에 자기 약속을 잡을 수 있는 친구들이 많지 않다는 것이었습니다. 게다가 막상 친구들을 만나도 계속해서 휴대전화를 울려대는 아이들과 남편의 메시지에 대답하고 있노라면, 차라리 그냥 집에서 보내는 일상이 더 편하게 느껴진다는 거죠. 그렇다면 일과 육아 그리고 살림까지 세 가지 일을 한꺼번에 하는 워킹맘들은 어떻게 스트레스를 풀고 있을까요? 도대체 어떻게 스트레스를 풀어야 할까요?

남자들은 친구끼리가 아니어도 직장 동료와 술을 마시는 자리도 잦고, 이래저래 스트레스를 풀 수 있는 기회가 여자들보다 많습니다. 하지만 워킹맘들의 경우, 이런 것들이 현실적으로 어려운 것이 사실입니다. 그렇다고 마음 맞는 회사 동료들끼리 술자리를 갖는 것도 쉬운 일은 아니지요. 어느 술집에서 워킹맘들이 앉은 테이블과 남자들이 앉은 테이블이 술집에서 시비가 붙어 큰 사고로 이어졌다는 기사를 읽은 적이 있습니다. 그만큼 아직까지 우리 사회는 '유부녀'라는 이유로 따르는 제약이 많은 것이 현실입니다.

술이나 유흥으로 스트레스를 푸는 것만 힘들다는 게 아닙니다. 무엇보다 스트레스를 풀자고 밖에 나와 시간을 갖는다는 것 자체가 쉽지 않습니다. 아내의 가슴 저 밑바닥에 일하는 엄마로서 아이에게 다 하지 못한 부족함에서 오는 죄책감이 깔려 있기 때문입니다. 그래서 마음 놓고 친구들이랑 웃고 떠들고 술 마시며 스트레스를 푸는 시간도 어렵고 힘든 것이 아닐까요?

솔직히 여러 가지 환경과 스트레스를 받을 만한 요인들을 따져본다면, 남자들보다 여자들이 스트레스를 더 많이 받을 것이라는 것은 자명한 사실입니다. 스트레스가 쌓여서 마음의 병이 되기 전에 무언가 털어낼 방법이 있어야 될 텐데 정작 우리의 아내들은 자신의 스트레스가 어디서 오고, 내가 얼마나 피로한 상황인지에 대한 정확한 인지조차 할 수 없이 그저 바쁘게만 지냅니다.

작년 겨울 구청에 갔다가 흥미로운 포스터를 보았습니다. 포스터에는 '일하는 엄마를 위한 심리참여극'이라는 설명이 붙어 있었습니다. 제목은 '엄마, 오늘 회사 안 가면 안 돼?'였습니다. 이 심리참여극은 바쁜 회사 일 때문에 아이를 제대로 돌보지 못한다는 죄책감과 그로 인한 스트레스로 힘들어 하는 엄마들을 위한 프로그램이었습니다. 아이를 위해 회사를 그만두는 게 좋을지, 맞벌이 부부로서 아이를 어떻게 키우는 것이 좋을지, 또 회사나 사회가 어떤 역할을 해줬으면 하고 바라는 부분까지, 이 심리참여극을 통해 시원하게 속내를 터놓을 수 있다는 설명에 고개가 절로 끄덕여졌습니다.

심리참여극에 대한 엄마들의 반응은 뜨겁다고 합니다. 이미 첫 번째 참가자들이 접수를 마쳤고, 앞으로 남은 세 번째, 네 번째 심리참여극에도 많은 지원자들이 몰렸다고 하더군요. 역할극을 통해 아내 스스로

자신이 느끼고 있는 문제와 스트레스는 무엇인지, 나는 남편과 회사 그리고 사회에게 무엇을 원하고 있는지에 대해 솔직하고 정확하게 들여다볼 수 있는 기회이기 때문이겠지요.

심리참여극이라고 해도 어디까지나 연극이기 때문에, 연극 속의 주인공이 되어 펼치는 '나 자신'의 연기는 해피엔딩이 될 수도, 새드엔딩일 수도 있습니다. 하지만 그 결말이 무엇이건 이 연극에 참여한 워킹맘들은 자신이 겪고 있는 문제를 연극이라는 도구를 통해 객관적으로 볼 수 있을 것이고, 해결책 또한 새로운 시선에서 찾을 수 있는 색다른 경험을 할 수 있을 테지요.

저는 이 프로그램을 보고 조금은 안도의 마음이 들었습니다. 가장 불행한 사람은 자신이 무엇 때문에 불행한지조차 모르는 사람이니까 말입니다. 불행의 요인을 아는 것은 행복해질 수 있는 열쇠를 찾는 것이므로 매우 중요합니다. 워킹맘으로 살면서 나를 짓눌렀던 책임감과 죄책감을 내려놓고 나 자신과 오롯이 만날 수 있는 기회를 많은 워킹맘들이 가졌으면 합니다.


"워킹맘은 무엇으로 살까요?"

가만히 혼자, 자신에게 이 질문을 던져 보신 적이 있으신지요.

내가 무엇으로 사나? 나는 무엇을 위해 이렇게 매일 전쟁 같은 하루를 사는 것인가? 갑자기 허무하거나 쓸쓸해지라고 하는 말은 아닙니다. 그저 나 자신에게 내가 무엇을 위해, 어디로 달려가고 있는지 알려주어야 한다는 거지요.

내가 살고 있는 하루, 내가 걷고 있는 이 길, 내가 지키는 가정, 내가 사랑하는 일, 이 모든 것에 묶여 있는 나에게 자주는 아니더라도 가끔씩 말을 건네었으면 합니다. 진지한 결론이나 수려한 해결책이 없더라도 그렇게 스스로에게 묻는 나 자신의 현재가 때로는 위로가 되고, 나를 일으켜 세우는 용기가 될 테니까요.

남편의 포스트잇

## 아내를 위한 스트레스 해소법을 찾아보세요

기억을 조금만 더듬어 보면, 아내가 어떻게 스트레스를 풀 수 있을지 알 수 있습니다. 내가 잊고 있었던 아내의 결혼 전 시절에 바로 그 팁이 숨어 있지요. 아내만의 스트레스 해소법은 초코 아이스크림이나 생크림 케이크처럼 귀여운 것도 있고, 무서운 영화를 보며 악악 소리를 지르는 조금은 하드코어적인 방법도 있습니다.

아내가 짊어진 현재의 삶의 무게가 너무 무거워 예전 미혼 시절 아내에게 도움이 되었던 스트레스 해소법이 지금은 별 도움이 되지 않을 수도 있지요. 하지만 그렇더라도 아내는 한결 마음이 누그러지지 않을까요? 스트레스로 풀 죽었던 마음이 조금 싱싱해지지 않을까요? 데면데면 속만 긁던 남편이 내가 연애 시절 토라지거나 스트레스를 받을 때 했던 행동들을 기억해 주었다는 사실만으로도 말입니다.

아내가 바라는 작지만 의미 있는 행동들, 이것이 때로는 가장 유효할 수 있다는 것을 기억하세요.

# 워킹맘 vs 골드미스

  사람을 비교하는 것은 참 나쁜 인간의 습성이라는 사실을 알면서도
잘 고쳐지지 않습니다. 무의식중에 나와 그 사람을, 저 사람과 이 사람
을 비교합니다. 비교하는 부분도 참 다양하지요. 그런데 참 이상합니
다. 회사에서 말입니다. 남자들은 유부남과 미혼 남성을 비교하는 것
이 기껏 해봐야 배가 나왔나 안 나왔나 정도인데 비해 결혼한 여자와
결혼하지 않은 여자를 비교하는 것은 참 적나라하고 잔인합니다. 은근
슬쩍 두 부류의 여자들이 경쟁하기를 유도하기도 하고 말이지요. 그래
서 자신이 살아왔던 과거인 골드미스를 이해하는 것도, 자신이 살아갈
미래인 워킹맘을 이해하는 것도 어렵게 만들어 버립니다.

  요즘 전문직 여성들 중에는 공식적으로 결혼을 하지 않겠다고 선언
하는 경우가 많다고 들었습니다. 가장 흔한 이유는 자신이 쌓아온 커
리어와 결혼을 양립할 수 없다는 결론에 도달해 '나는 독신으로 살겠
다'고 선언하는 경우겠지요. 그리고 좀 더 깊은 마음속에는 '왜 결혼하

지 않느냐?'는 도처에서 쏟아지는 질문과 압박 세례로부터 자유로워지고 싶은 이유도 있고요.

이것은 어디까지나 개인의 선택이기 때문에 결혼을 한 우리 아내가 옳고 결혼하지 않는 누군가가 잘못되었다는 판단은 절대로 있을 수 없습니다. 문제는 이 두 사람이 부딪히며 비교 당하는 회사라는 공간에서 일어나지요.

실제로 회사에서 원하는 시간 운용에 있어 골드미스, 그러니까 미혼 여성들이 더 자유로운 것이 사실입니다. 그렇다면 같은 여자 직원으로서, 또 비슷한 직급의 동료 직원으로서 회사에 대한 이른바 충성도가 비교되는 것은 자연스러운 일이겠지요. 거기다 못된 마음으로 워킹맘과 자신들의 입장을 비교하는 사람들도 없지는 않겠지요. 아이 때문에, 시댁 행사 때문에 워킹맘들이 골드미스보다 회사에 아쉬운 소리를 해야 할 상황이 더 잦은 것은 분명하니까요. 어쨌든 경쟁 사회이니, 상대방의 약점인 육아나 가정생활로 인한 시간과 집중도의 부족을 공략하는 것을 마냥 나쁘다고 탓할 수도 없습니다. 그렇게 매번 후배나 동기, 선배 골드미스들에게 허를 찔릴 때마다 아내는 물끄러미 그들을 바라보게 될지도 모르겠습니다. 그리고 솔직히 자주는 아니어도 때때로 골드미스들이 부러울 때도 있지 않을까요?

남들이 굳이 나와 비교하지 않아도 아내 스스로 그들과 자신을 비교해 버리는 경우가 생깁니다. 그리고 우리가 어떤 경우건 한 번씩은 해보는 상상, '만약에 내가 결혼하지 않았더라면……' 하는 생각도 해보게 됩니다. 자신도 결혼을 하지 않았다면 저 골드미스처럼 좀 더 당당하게, 자유롭게 살지 않았을까 싶으면서요.

자유로움이 인생 최고의 가치는 물론 아니겠지요. 어디에도 종속되지 않고, 그저 자유롭기만 하면 행복할 거라고 어느 누가 확신하겠습니까? 가족을 이루기 위해 다졌던 각오와 일과 가정을 양립하기 위해 감수했던 희생들은 결혼하기 전에 누렸던 자유로움 대신 아름다운 구속을 주지 않았던가요. 만약 골드미스와 자신의 처지를 비교하며 쓸쓸함을 느끼는 아내들이 있다면 이 아름다운 구속의 의미를 다시 한 번 곱씹어보기 바랍니다.

"골드미스가 뭐가 좋아, 자유로운 게 무슨 대수야. 집에 가서 만날 혼자 밥 먹고, 혼자 텔레비전 보고, 혼자 자고 또 일어나고. 고독사 하기 딱 좋지, 안 그래?"

이런 말이 아내를 진심으로 위로하지는 못할 것입니다. 다만 누구의 인생을 나의 것과 비교해서 더 낫고 더 나쁘고 하는 문제를 떠나 지금 나를 둘러싼, 내가 선택한 환경에 대한 확신이 필요하다고 생각합니다. 내가 선택한 남자, 내가 낳은 아이, 내가 만든 가족이라는 테두리 속에 지금 이 환경에 대한 나의 강한 확신만이 당당하게 살아갈 수 있도록 만들어주는 것이 아닐까요?

그리고 직장에서 만나는 골드미스들을 적이 아닌 내 편으로 만드는 작업도 필요합니다. 결혼에 대해 대단히 부정적인 생각을 가진 사람이 아니라면 여자로서 먼저 많은 것을 겪은 인생 선배가 되어 골드미스들에게 좋은 선례가 되는 것도 방법이겠지요. 경쟁자로서가 아니라 일하는 여성으로서 아내들이 좋은 선례를 남겨야만 나중에 결혼해서 비슷한 길을 겪을 골드미스들이 시행착오나 불이익을 덜 당하는 것이라는 사실을 지혜롭게 이해시켜 보세요.

선의의 경쟁자로서, 또 여자의 일생이라는 유사한 삶을 살아가는 동반자로서 서로 경쟁할 때는 경쟁하고 또 함께 바꿔가야 할 것들을 힘을 모아 바꿔가면서 그렇게 더 강하고 끈끈한 '여성시대'를 만들어가면 어떻겠습니까?

남편의 포스트잇

## 결혼을 후회하지 않게 만들어 주세요

아내의 직장에 잘 나가는 골드미스 이야기를 들으면 어떤 반응부터 보이시나요? "그래서, 뭐, 결혼한 거 후회 하냐?" 혹은 "그 여자는 엄청 능력 있고 예쁜가 보지" 이런 말을 한 적은 없었나요? 그거야 말로 정말 결혼한 것을 후회하게 만드는 말입니다.

아내가 직장 내 골드미스 이야기를 꺼냈을 때 남편이 그 여자에 대해 어떻게 생각하는지에 대한 객관적인 평가는 단 1퍼센트도 중요하지 않습니다. 누누이 잊지 말라고 강조하는 것, 무조건 아내의 입장에서 말하는 겁니다. 객관적으로 생각하기에 그 골드미스가 잘한 일이건, 못한 일이건 "아, 그랬어? 그 여자 좀 심했네" 혹은 "아무리 그래도 당신이 하는 게 제일 정확했을 텐데, 그치?" 하며 아내의 마음에 공감해 주세요.

그 사람을 심하게 험담하지 않는 범위에서 아내의 자존감을 세워주는 한마디, 그것이 그녀처럼 화려하게 살 수 있었음에도 불구하고 지금 내 곁에서 나의 아내로, 내 아이의 엄마로 살아준 고마운 그녀에게 내가 할 수 있는 작은 성의가 되지 않을까요?

# 난 할머니만
# 있으면 돼

한 방송사의 장수 교육 프로그램 중에 '우리 아이가 달라졌어요'라는 프로그램이 있습니다. 아마 다들 아실 겁니다. 방송국에서 틀어 놓은 것을 몇 번 본 적이 있었는데, 매번 문제 사례 아동을 볼 때마다 입이 떡 벌어지곤 합니다. 욕하는 아이, 음식을 먹지 않는 아이, 폭력적인 아이 등등 하나의 문제를 단순히 문제라고 표현할 수도 없을 정도로 심각한 상황의 아이들이 보는 사람마저 안타깝게 하더군요.

한 번은 아내와 함께 그 프로그램을 시청한 적이 있었는데 유난히 아내의 탄성을 자아내게 만든 아이가 있었습니다. 워킹맘의 아이로 엄마의 손길을 대신해 할머니에게 맡겨진 아이였는데, 그 아이는 병적으로 엄마를 거부하고 있었습니다. 엄마가 주는 밥은 먹지도 않고, 엄마가 안아주려고만 해도 울음을 터뜨리는 아이를 보며 엄마는 눈물을 감추지 못했습니다.

저는 화면 속 아이 엄마의 모습을 보면서 이 땅의 수많은 워킹맘들의 눈물인 것 같아 마음이 찡했습니다. 엄마 꽁무니만 쫓아다니고, 엄마와 떨어지지 않으려고 생떼를 쓰는 아이의 엄마가 제일 부럽다는 엄마. 이제 웬만큼 살게 되어 아이와 함께 지낼 수 있게 되었는데도, 아이가 강하게 엄마를 거부하고 오직 할머니에게만 집착해서 이제는 그럴 수도 없게 되었다는 말을 전하면서 눈물을 쏟았습니다.

제 주변에도 일 때문에 부득이한 사정으로 아이를 시댁 혹은 친정에 맡기는 경우를 자주 봅니다. 어쩌면 나보다 더 금이야 옥이야 길러주실 것을 알고 맡기지만, 아이가 잘 적응하는 모습에 조금 방심을 하게 되는 것도 사실입니다. 매일 같이 아이와 지지고 볶으면서 아이를 귀찮아하고 미워하게 되는 것보다는 퇴근 후에 아이와 잘 놀아주고 친밀감을 느끼게 해주면 문제가 되지 않을 것이라고 위로했던 적도 많았을 겁니다. 하지만 아이를 데리러 가는 시간은 점점 더 늦어지고, 잠든 아이를 들쳐 엎고 가지 못해 아예 시댁이나 친정에서 재우는 날도 많아집니다. 아이 엄마의 잘못은 아니지만, 비누처럼 연약하고 부드러운 아이가 일하느라 자주 함께하지 못하는 엄마 대신 할머니에게 익숙해지고 집착하게 되는 것은 어쩔 수 없습니다.

문제는 엄마가 아이의 변화를 눈치 채고 난 다음에도 계속됩니다. 엄마라는 동물은 매우 예민합니다. 내 새끼에게 조그마한 변화라도 생긴다면 그것을 눈치 채지 못할 리 없지요. 아무리 일에 쫓기는 엄마라 할지라도 아이가 자기를 멀리하는 것을 느끼면 바로 그런 상황을 고치려고 시도합니다. 아이를 할머니에게 맡기는 시간을 줄이거나, 아니면 얼마 동안은 아예 할머니에게 보내지 않고 집에서 아이와 함께 생활하기도 하지요.

하지만 이렇게 아이의 문제 행동을 감지한 엄마의 갑작스러운 조치는 시댁이나 친정엄마의 제지를 받기 마련입니다. 아이를 돌보던 어른들이 서운해 하시는 거죠. 지들 일한다고 갖다 맡길 때는 언제고, 애가 할머니, 할아버지 좀 찾는다고 그게 서운해서 냉큼 애를 데려가냐고 핀잔을 들으면 엄마는 또 할 말이 없어집니다. 죄인이 됩니다. 오랜만에 아이 덕분에 왁자지껄 훈훈했던 어르신들의 집에서 아이를 데려가는 일이 매정하게 느껴지기도 하고 좌불안석입니다.

이때 남편이 또 한마디 거들죠. "명절 때마다 애가 할머니, 할아버지한테 안 가려고 해서 우리가 얼마나 민망했냐, 이제라도 할머니, 할아버지와 친해지는 게 뭐가 어때서 그러느냐……." 이렇게 대수롭지 않게 여기는 남편의 말에 아내는 다시 한 번 힘을 잃고 마는 거지요.

"난 할머니만 있으면 돼!"

사실 이 한 문장이 엄마의 마음에 얼마나 날카로운 비수가 되는지를 다른 사람이 어떻게 이해할 수 있을까요? 엄마의 존재가 필요 없어진 아이를 보는 심정은 당사자가 아니고서는 알 수 없는 것이죠. 일과 아이를 맞바꾼 것 같은 죄책감과 다시는 아이와의 관계를 회복할 수 없을 것 같은 공포가 밀려옵니다. 하지만 이 아픔을 엄마만이 정확히 안다고 해서 엄마와 아이 사이의 문제라고 단순히 생각해서는 안 되지요. 엄마를 부정하고 할머니에게 집착하는 아이는 아무리 할머니가 무한한 사랑을 준다고 해도, 부모 모두에게 동일하고 완전한 사랑을 받은 아이와는 차이가 날 수밖에 없을 테니까요.

전문가들은 이렇게 말하더군요. 워킹맘인 엄마와 아이가 함께 시간을 보내는 시간을 만들어 둘 사이의 친밀한 환경을 만들어 놓고 난 후에 그 속으로 할머니를 초대하라고 말입니다. 저는 그 솔루션을 보고 무릎을 쳤습니다. 이때 엄마 혼자 있는 것이 아니라 아빠도 함께 완전한 가정의 형태를 이룬 상황에서 아이가 할머니와 함께 집으로 오게 하는 것이 중요합니다. 일단은 심리적인 불안감을 느끼지 않도록 장기적인 호흡으로 할머니와 함께 하면서 엄마와 아빠 그리고 자신이 속한 가족이라는 개념을 천천히 받아들이게 하는 겁니다.

이 과정을 이행하면서도 워킹맘은 자주 눈물을 보입니다. 아이가 겪지 않아도 될 일을 겪고, 가족 모두가 남들은 하지 않는 새롭고 이상한 적응 기간을 거쳐야 하는 것이 마음 아프기 때문이겠죠. 그리고 이런 상황을 맞게 된 원인이 자신에게 있다는 자책도 들 것입니다.

하지만 그렇게 생각할 필요는 없습니다. 우리가 배를 타고 강을 건널 때, 바람은 한 곳에서만 불어오지 않습니다. 뒤에서 부는 순풍으로 배가 잘 밀려갈 때도 있지만, 좌우 그리고 앞에서 몰아치는 바람이 배를 흔들고 여정을 험난하게 만들기도 합니다. 우리는 배에 올라탈 때부터 이런 동요를 예감하고 준비했습니다. 이왕 겪어야 할 풍랑이라면 지금이라도 바람의 방향을 알고 돛을 잡게 된 것이 다행 아닐까요?

그리고 보면 참 자식이 애물단지입니다. 누가 우리만 좋자고 할머니, 할아버지 댁에 저를 맡겼나요? 바깥일도 멋지게 해내는 엄마를 나중에 더 인정해 줄 거라고 생각해서, 맞벌이 하게 되면 악기 하나라도 더 가르치고, 캠프 하나라도 더 보낼 수 있겠지 싶어서 선택한 엄마의 마음을 모르는 자식이 이럴 땐 참 야속하기도 합니다. 하지만 그런 전후사정을 몰라서 아이지, 다 알면 아이겠습니까? 때로는 엄마를 부정하는 대참사 앞에서 엄마 스스로가 아이의 특성을 이해하고 조금 더 덤덤해지는 것도 필요합니다. 마음속으로 무른 이빨 한 번 악 물어보면서 말이죠.

'너 이놈의 자식! 엄마한테서 안 떨어지겠다고 다시 울고불고 해봐라, 내가 이제 받아주나!'

## 당신은 지금도 사랑받고 있어

가족의 사랑은 돌고 돕니다. 엄마 좀 그만 사랑해 달라고 할 때는 죽도록 따라다니더니, 좀 크면 가장 쉬운 안부도 전하지 않는 게 자식입니다. 우리도 그랬고요. 아내에게 이런 이야기를 가볍게 전하면서 마음을 편하게 만들어 주는 것도 필요합니다.

여자는 사랑을 받지 못할 때, 사랑을 잃어버렸을 때 가장 약해지곤 합니다. 아이의 감정과 사랑을 회복할 때까지 아내가 나에게만은 충분히 사랑받고 있다고 느낄 수 있게 해주세요. 좌절을 경험하고 있는 아내에게 용기를 주는 말 한마디, 따뜻한 포옹 한 번은 큰 힘이 될 것입니다. 지금도 사랑받고 있는 존재라는 걸 늘 일깨워주세요.

# 가사분담은
# 연봉 순이 아니잖아요

　자본주의 사회에서 힘의 균형이 자본, 즉 돈에 좌지우지 되는 것은 어찌 보면 당연한 일일 수도 있겠지요. 좀 확대해서 말하자면 돈이면 뭐든 다 된다는 식의 잘못된 사회인식이 어느 새 뿌리깊이 박힌 것도 부정할 수 없습니다. 이런 사회 분위기 속에서 한 가정에서 남편과 아내 모두가 경제 활동을 할 때, 그 힘의 균형은 어떻게 양분될까요? 많은 가정이 동등하기 위해 노력할 테지만, 그래도 가정 내에서 이른바 '입김'이 센 사람은 어쩔 수 없이 돈을 조금이라도 많이 벌어오는 사람일 때가 많습니다. 부정하려고 해도, 그렇게 힘의 균형이 정해지는 것이 잘못된 것이라고 해도 자연스럽게 저울의 눈금이 맞춰지는 것을 부정할 수 없습니다.

　좋습니다. 직장에서 더 스트레스 받고 더 힘들게 일하면서 더 많은 돈을 벌어오는 사람이 어떤 의사결정에 있어 좀 더 높은 목소리를 내는 것 정도는 용인하자고 하지요. 진짜 문제는 돈을 조금 더 번다고 해서, 단지 그 이유만으로 두 사람이 함께 해야 하는 집안일에도 열외가 되려고 하는 마음가짐에 있습니다.

침대를 둥지 삼고 소파를 벗 삼아 퇴근해서 집에 들어오는 순간부터 주말 내내 척추가 펴지지 않는 사람처럼 행동하는 남편이 언제나 당당할 수 있는 주제는 단연 "내가 돈 더 많이 벌잖아!"입니다.

우리가 어떤 사람한테 '치사하다'라는 표현을 쓸 때는 절로 인상부터 구겨집니다. 정말 마음 깊이 치사스러움이 밀려옵니다. 그리고 그 말을 입에서 뱉을 때는 단순한 불평을 넘어서 상대방의 됨됨이에 대한 개탄도 포함되지요.

벌어들이는 수입을 떠나 일주일 내내 같이 출근하고, 같이 일하고, 같이 파김치가 되는 아내이건만 경제적으로 우위에 있다는 이유로 가사분담에서 유리한 위치를 차지하려는 남편은 치사하다 못해 비열하게 느껴질 정도입니다. 하지만 이런 남편이 가끔 너무 얄미워서 투정이라도 부릴라치면 남편은 언제나 비슷한 논리를 꺼내곤 합니다.

"나는 내가 받아오는 월급만큼 피곤하다. 고로 쉬어야 한다."

솔직히 말해 이렇게 대놓고 경제적 우위를 바탕으로 자신의 월권을 주장하는 남편은 그래도 좀 귀여운 편이라고 하더군요. 딱히 말로 주장하지는 않지만, 마지못해 가사 분담을 하면서 내내 마뜩찮은 표정으로 아내를 불편하게 하는 사람이 더 많고 더 고단수라고 말입니다.

돈을 얼마를 벌건 가정을 건사해야 하는 공동 목표가 분명하건만 결정적인 순간에 경제적 우위를 내세우며 아내의 기를 죽이는 남편. 그럴 땐 참 이게 아군인지, 적군인지 구별이 안 됩니다.

앞서 이야기했듯이 우리 집에서 장보기는 언제나 내 담당입니다. 아내가 간곡히 청해서도 아니요, 훈훈한 남편 코스프레를 하고 싶어서도 아닙니다. 누가 부탁해서 억지로 하는 것이 아니라 어느 순간 자연스럽게 내 일이 되었지요. 이유는 단순합니다. 그저 아내보다 내가 더 과일을 잘 고르고, 채소를 잘 고르고, 물건을 꼼꼼히 보며 장을 잘 보기 때문입니다. 가장 간단한 원리, 잘하는 사람이 하면 되는 겁니다.

몇몇 남편들이 경제적 우위를 내세우며 집안일에서 해방되는 것처럼 아내의 수입과 제 수입을 비교하며 자유를 누리는 게 영리한 걸까요? 하지만 여기는 사랑하는 가족이 함께 사는 가정이지, 서로 값을 매기며 눈치보고 경쟁하는 시장통이 아니지 않나요? 가족 간의 관계마저도 돈으로 결정된다면 그것만큼 슬픈 일이 어디 있겠습니까.

정말로 몇몇 남편들이 주장하듯이 연봉 순으로 가사노동의 양을 결정해야 한다면 그것은 오히려 남편들을 더 서글프게 하는 일이 아닐까 생각합니다. 남자들이 늘 발끈하는 말이 있지 않습니까?

"남자가 돈 벌어오는 기계냐?"

맞습니다. 남편은 돈 벌어오는 기계가 아닙니다. 그러니 아빠이자 남편이자 우리 가족의 구성원으로서, 돈을 벌어온다는 이유 하나만으로 많은 것들로부터 열외가 되어서는 안 된다는 룰도 지켜야 하지 않을까요? 어쩌면 아내는 늘 직장에서 쓸모가 없어지면 고장 난 부속품처럼 버려질까 걱정하는 남편이 가족 안에서까지 돈으로 자신의 가치를 판단하는 것이 슬픈 것인지도 모르지요.

가족을 행복하게 만드는 수많은 가치들이 돈 위에 있듯, 남편도 아내가 벌어오는 돈의 가치, 그리고 아내가 가정과 일을 양립하며 안간힘을 쓰는 수고와 노력을 좀 더 인정해 주기를 바라는 것입니다.

처음부터 잘하는 사람은 없습니다. 아내도 결혼하기 전에는 스타킹 한 짝, 이불 빨래 한 번 안하고 곱게 살던 아가씨였습니다. 남편과 마찬가지로요. 그러니 돈 좀 더 번다고 유세하며 집안일에서 벗어날 생각일랑 말고 함께 하도록 합시다. 그러자면 가사 분담을 효율적으로 하는 지혜도 필요합니다. 우선 부부가 모든 가사노동을 한 번씩 접해보고 그중에 각자의 적성에 잘 맞고 비교적 재미있게 할 수 있는 일을 선택하는 것도 한 방법이지 않을까요? 저에게 그것이 장보기이듯 다른 남편들도 '아, 나에게 이런 재능이?'라고 생각할 정도로 재미가 붙는 살림살이가 있을 것입니다.

만약에 남편이 모든 것을 다 잘 못하고, 흥미도 없고, 또 나쁜 경우 잘 못하는 척을 하며 아내에게 모든 것을 떠밀면 어떻게 해야 할까요? 방법이 없는 것은 아닙니다. 성과급제를 도용하는 겁니다. 즉 수십 개가 넘는 가사노동 중에서 더 많은 것을 하는 사람에게 권한을 주는 방법입니다. 가족을 위해서 많은 일을 한 사람이 아이 교육에 있어 더 강한 발언권을 가지고, 하다못해 주말 저녁 예능 프로그램을 결정하는 리모컨 주도권이라도 주는 거지요. 게임처럼 즐겁게 가사노동을 할 수 있고 무엇보다 집안일은 모두가 나눠서 하는 것이라는 기본적인 인식을 심어주는 데 도움이 많이 된다고 합니다.

사실 일하는 아내들이 남편이 도와주었으면 하고 바라는 가사노동은 그리 대단한 것이 아닙니다. 남편이 아내보다 일찍 퇴근한 날 아이와 둘이 먹은 저녁 설거지 해주기, 말하지 않아도 음식물 쓰레기나 분리수거 도와주기, 이불 빨래 같이 힘이 필요한 일 도와주기…… 이런 간단한 일들이 대부분 아닐까요? 내가 사랑하는 사람이 나를 향해 치사하다는 생각을 하게 만들지 마세요. 인간적으로 실망시키는 일은 더 더욱 없어야 하고요.

가사분담은 연봉 순이 아니라는 것을 기억합시다. 경제적인 우위로 아내 위에 군림하는 못난 폭군은 되지 말아야 하지 않겠습니까?

남편의 포스트잇

### 나에게 맞는 일이 있다

내가 이런 일에 재미를 느끼는구나, 싶은 가사노동이 반드시 하나 정도는 나타날 것입니다. 그리고 가사분담을 하게 될 경우 가장 큰 장점은 아이들 이 아빠를 더욱 가깝게 느낀다는 것입니다. 저 같은 경우는 직접 장을 보다 보니 아이들이 좋아하는 음식을 공급하는 사람이 아빠라는 인식이 강합니 다. 아이들은 아빠가 돌아오면 열광합니다. 먹는 게 제일 큰 즐거움일 때니 까 말입니다.

소싯적 군대에서 유난히 각을 잘 잡았다 하는 분들이라면 청소와 정리에 그 숨은 기량을 발휘해보는 것도 좋겠지요. 관물대에 모포와 각종 군장들 을 칼 정렬했던 예비역 병장의 진면모를 집에서도 보여주는 겁니다. 아이 와 함께 하는 청소, 아빠가 들려주는 아빠의 옛날이야기는 아이와의 교류 에 더없이 좋은 촉매제입니다.

남편이 아무리 경제적인 우위를 주장해봤자 아내가 아이들에게 정서적으 로 쥐고 있는 우위에 비하면 부질없다는 것, 여러 번 느끼지 않았습니까? 공허한 경제적 우위 말고, 가족의 위한 작은 일을 하며 얻는 정서적 우위 를 점령해보시기 바랍니다.

# 엄마의
# 포커페이스

피겨요정 김연아 선수하면 어떤 것들이 떠오르시나요? 가녀린 몸으로 은반을 누비는 모습? 안타까운 듯 허공을 바라보며 짓는 애절한 표정? 아니면 광고 속 발랄하고 상큼한 이미지? 저는 개인적으로 김연아 선수를 보면 무표정이 생각납니다.

극도의 긴장감이 감도는 대회를 앞두고 연습을 할 때나 심지어 우승을 하고 돌아온 공항에서조차 김연아 선수는 특유의 시크한 표정을 짓곤 합니다. 그 모습을 보며 얼굴에 감정을 드러내 상대방에게 허점을 주거나, 이겼다고 자만하는 모습을 보이고 싶지 않기 때문이 아닐까 조심스럽게 짐작해봅니다.

은반 위의 요정 김연아 선수처럼 얼음요정이 되어야 하는 사람이 또 있습니다. 바로 워킹맘인 우리 아내들입니다. 감정을 드러내지 말라고 강요하는 사람은 없지만, 아내 스스로 감정의 자기검열을 할 때가 있습니다. 특히 직장에서 일이 재밌어질 때, 혹은 남편보다 자신이

더 빨리 진급할 때, 아내는 마음 놓고 기뻐하거나 웃지 못합니다. 내가 일을 재밌어 하고 승진을 위해 쏟은 시간 뒤에 엄마와 시간을 많이 보내지 못한 아이가 있고, 아이를 맡아 기르는 친정엄마, 혹시나 열등감을 느낄까 걱정스러운 남편이 있기 때문입니다. 이렇게 감정의 자기검열을 거치면서도 아내는 스스로에게 물어보지 않을까요?

"왜 나는 일이 잘 될 때, 일이 재밌을 때 죄책감을 느껴야 할까?"

유리천장을 뚫고 우리나라에서 최초 타이틀을 단 어느 외국계 기업 여성 CEO는 가족을 향한 죄책감을 극복하는 것이 가장 힘들었다고 말했습니다. 아이에게 나타나는 작은 문제점, 남편과의 갈등 등이 자신이 이루어낸 직장에서의 성공을 죄책감으로 바꿔놓았다는 것이었습니다. 이것이 비단 나만의 걱정이요, 오해라면 스스로 죄책감을 버리고 내가 이뤄놓은 것들에 대해 객관적인 평가와 축하를 할 수 있겠지만 쉽지 않습니다. 슬프게도 사람들은 성공한 워킹맘에게 관대하지 못한 것이 현실이기 때문입니다. 승진 발표나 프로젝트에서 중요한 역할을 맡으면 앞에서는 축하해주던 사람들이 뒤에서 수군거립니다.

"아니, 애는 잘 크고 있나? 회사 일에 저렇게 물불을 안 가리는데, 집에서도 저렇게 잘 하나?"

물론 아무리 뒤에서 사람들이 수군거려도 쟁쟁한 경쟁자들을 물리치고 선두를 차지한 아내가 그렇게 쉽게 풀이 죽지는 않을 것입니다. 하지만 짧은 훅도 계속 맞으면 KO를 당하게 만드는 법이지요.

'언제부터 그렇게 남의 가정사에 관심이 많았다고 그러나, 남 잘 되니까 배가 아픈가보지?' 하면서 호기롭게 넘기려고 해도 신경이 쓰이기 마련입니다. 그리고는 '내가 지금의 이 성공을 위해 희생한 것은 과연 무엇이었나' 자꾸만 곱씹게 됩니다. 우승 트로피를 쥐고도 웃을 수 없는 처지가 된 것이지요.

그래도 회사는 어차피 치열한 경쟁을 해야 하는 곳이니 그나마 이해할 수 있습니다. '옹졸한 회사 사람들의 뒷담화 따위 두렵지 않아, 나에겐 가족이 있으니까' 하고 돌아온 집. 하지만 그곳에서도 아내의 성공을 진심으로 축하해주는 사람이 없다면, 아내는 손에 든 트로피를 들고 어디로 가야할지 막막할 것입니다.

참 이상하지요. 왜 남편도, 모든 가족 구성원들도, 심지어 아내 자신까지도 여성이 직업적으로 성공하면 가정의 어떤 부분은 희생되었을 것이라고 생각하는 것일까요? 설령 가정 내의 어떤 부분들이 조금 잘못되었다고 해도 그게 왜 일하는 엄마, 특히 사회적으로 성공한 엄마 탓일까요? 우리는 이 물음을 진지하게 다시 생각해봐야 하지 않을까요? 이런 생각을 하는 기저에는 여자가 가정과 일 두 가지를 모두 잘해내야 한다는 암묵적인 강요가 깔려 있습니다.

하지만 막상 일과 가정을 모두 완벽하게 컨트롤 하려고 안간힘을 쓰면 '독하다'는 표현을 써가며 브레이크를 걸지 않습니까? 둘 다 열심히 하면 독하다고 하고, 하나만 잘 하는 것 같아 보이면 죄책감을 강요합니다. 너무나도 불공평한 처사 아닌가요?

아내가 자신이 이뤄낸 결과 앞에서 마음껏 웃을 수 있도록 해주세요. 더 성공하고, 더 돈 많이 벌어서 나와 우리 가족이 더 나은 미래를 살 수 있도록 도와달라는 말은 남편의 무능함을 뜻하는 것이 아닙니다. 가족이라는 테두리를 만들면서 우리는 바로 이 역할을 하겠다고 약속하지 않았던가요?

기뻐도 안 기쁜 척, 재밌어도 재미없는 척 죄책감의 멍에를 쓰고 아내가 불편한 기쁨을 누리지 않도록 '한편'인 남편이 먼저 시끌벅적 축하해 주자고요.

남편의 포스트잇

## 칭찬은 아내를 더욱 춤추게합니다

요즘 젊은 남편들은 아내가 먼저 승진하거나 연봉이 오르면 아낌없는 축하와 격려를 보낸다고 하죠? 젊은 사고가 참 좋습니다. 옹졸한 마음을 내비칠 곳이 없어 집과 회사를 전전긍긍하며 마음 졸인 워킹맘 아내 아니겠습니까? 얼마나 자랑스럽습니까!

어떤 남자들은 아내가 자기보다 잘 나가면 자기를 무시할 것 같아서 대놓고 축하하거나 인정하지 않는다고 하더군요. 하지만 아내가 회사를 그만둘 생각이 없다면 앞으로도 같은 사회인으로서 계속 한 그라운드에 있어야 하는데 굳이 그녀의 성공을 축하해 주지 않을 일이 무엇이겠습니까? 원래 아군이었던 아내까지 경쟁 상대로 만들면서, 그렇지 않아도 적군뿐인 정글 속에서 더 외롭게 지내지 맙시다.

상대의 작은 성취에도 최고의 찬사를 보내던 연애시절의 열정은 아니더라도, 땀 흘리며 게임이 끝난 후에 내 편 네 편 할 것 없이 서로 어깨를 토닥여주는 남자다운 예의라도 갖춰야 하지 않을까요? 아내에게 가장 중요한 것은 다름 아닌 남편의 칭찬과 격려일 것입니다. 아내가 더욱 힘차게 나아갈 수 있도록 어깨를 두드려 주세요.

# 불만 있으면
# 그만 둬

　'마미트랩'이라는 말을 들어보셨나요? '엄마의 덫'이라는 뜻으로 워킹맘이 육아 때문에 직장을 그만두게 되는 것을 일컫는 신조어라고 합니다. 하지만 많은 엄마들이 마미트랩에 걸려도 쉽게 직장을 포기하지는 않습니다. 자신이 이루고 싶은 꿈 때문에, 혹은 맞벌이를 해야 하는 경제적인 이유로 매일 아침 아이와 전쟁 같은 생이별을 하고 어금니를 꽉 깨물고 직장으로 향합니다. 그리고 또 다른 전쟁터인 직장에서도 아내는 만만치 않은 파도를 넘어야 합니다.

　많은 직장 상사들이 워킹맘들을 향해 하나같이 말하는 것이 바로 업무의 집중도입니다. 아이에게 오는 전화, 아이를 맡긴 곳에서 오는 전화, 그리고 업무 시간에 개인 업무를 본다는 것이 이유였습니다. 사실 이 대목에서 나는 절대로 그러지 않는다고 부정할 수 있는 워킹맘들이 얼마나 되겠습니까? 그렇다고 상사가 지적하는 것만큼 다른 사람에 비해 근무에 태만하지도 않았고, 성과로 보자면 다른 동료에게

뒤지지 않기 때문에 당당하게 항의해본 적도 있을 것입니다. 하지만 용기 내서 말한 돌직구는 쇠직구가 되어 돌아옵니다.

"불만이야? 불만 있으면 그만 둬."

웹툰 '미생(未生)'은 직장인들이 겪는 고뇌와 그 속에서 벌어지는 사건을 사실적으로 표현한 작품입니다. 남자들의 이야기인 줄로만 알았던 '미생'에서 가장 열렬한 호응을 얻은 에피소드 중 의외로 여성 캐릭터가 주인공인 편이 있습니다. 바로 아이를 기르면서 직장생활을 하는 워킹맘 '선 차장'의 이야기입니다.

이 에피소드가 성별과 연령의 구분 없이 호응을 받은 이유는 단순히 가정과 회사 사이에서 균형을 잡지 못해 어려움을 겪는 워킹맘의 모습만 담은 것이 아니기 때문입니다. 좁게 보자면 직장 상사, 넓게 보자면 한국 사회에서는 직장이나 가정 이외의 다른 공간, 다른 영역의 존재는 인정하지 않는 경향이 강하지요. '선 차장'의 이야기는 '직장이냐, 가정이냐'에 대한 이분법적인 선택을 여자들에게 강요하는 이러한 우리의 현실을 적나라하게 보여줍니다.

대기업에서 꽤 높은 자리까지 올라간 워킹맘 '선 차장'이 직장 동료나 상사들에게 들었던 말을 남편에게도 듣는 장면에서 많은 워킹맘들이 울분을 토했을 텐데요. 소파에 앉은 남편은 잠든 아이 옆에서 빨래를 개는 아내에게 별일 아니라는 듯 직장을 그만두라고 합니다.

"나 결혼 전부터 다닌 회사야. 정말 코피 흘려 가며 차장 단 거구. 소미 가졌을 때, 아이도 곧 생기는데 우리 집 한 칸 있어야 하지 않겠냐며 무리해서 집 사고선 회사 눈치 보며 출산 휴직, 육아 휴직 반 토막 쓰고 일 나갈 때, 당신 뭐랬어? 빚 다 갚을 때까지 눈물 꾹 참고 견디자며?"

하지만 승진을 앞둔 남편은 이렇게 말하지요.

"알지, 알아. 그래도 애 엄마니까 우선순위를 갖자는 거 아냐. 퇴근 때 보면 엄마들하고 나온 아이들, 얼마나 부러워 보이던지. 우리 소미도 그런 행복이 필요해."

남편도 결국, 불만 있으면 그만두라던 직장 상사와 똑같은 말을 아내에게 하고 있습니다. 필요가 생기면 아내의 직장은 언제든지 그만둘 수 있는 것이라고 누가 그러던가요? 워킹맘들은 하나 같이 말합니다. 왜 아이에 대한 1차 양육 책임을 언제나 엄마가 져야 하냐고요.

제가 아는 대학 강사인 워킹맘은 어느 날 갑자기 어린이집에서 아이를 데려올 사람이 없어 예고 없이 휴강을 하고 말았습니다. 평소 아이를 데려오던 시어머니가 교통사고를 당했다는 상황은 학교와 학생들, 교무처에는 변명으로 밖에 여겨지지 않았지요. 결국 그녀는 다음 학기에 수업을 할 수 없었습니다.

사실 예전에는 결혼한 여성들이 미혼여성에게 절대로 결혼하지 마라는 농담반 진담반 같은 이야기를 할 때 이해가 안 되었습니다. 하지만 제 눈앞에서, 제가 속한 사회에서 능력 있는 많은 워킹맘들이 자신의 꿈을 포기하는 것을 보게 되니 그 이유를 깨닫게 되었지요.

워킹맘들은 직장은 꿈이고 미래이고 이뤄야 할 목표가 있는 곳이라고 말합니다. 또한 가정은 양립해야 할 소중한 내 인생의 다른 축이지, 회사에서 쫓겨나면 받아주는 최후의 보루 같은 것이 아니라고도 말합니다. 소중히 키운 딸이 훗날 지금 내가 마주하고 있는 똑같은 장애물 앞에서 넘어지지 않기를 바라며 우리 워킹맘들은 오늘 하루를 버티는지도 모르겠습니다. 그들의 수고와 노력이 결국에는 세상을 바꾸게 될 것입니다. 그렇다면 우리도 그 변화에 함께 움직여야 하지 않을까요? "불만 있으면 그만 둬"라는 말 뒤에 숨지 않기를, 워킹맘을 있는 그대로 직장 동료로 봐주기를 바라는 마음, 결코 큰 욕심은 아닐 것입니다.

**남편의 포스트잇**

## 아내의 꿈에 귀기울여 주세요

아내도 이루고 싶은 꿈이 있습니다. 남편들은 아내의 꿈에 대해 얼마나 관심을 갖고 있을까요? 아내의 꿈, 특히 직장에서 이루고자 하는 꿈의 대화를 자주 나누는 것이 중요합니다. 작정이라도 한 듯 워킹맘의 애환을 절대로 봐주지 않는 상사를 설욕하는 아내의 업무 필살기는 무엇인지 단지 들어주는 것만으로도 아내의 어깨를 한 뼘 정도는 거뜬히 올릴 수 있습니다.

아내가 이루고 싶은 꿈에 귀를 기울여 주세요. 어쩌면 워킹맘으로 살아가는 우리 집 '선 차장'이 바라는 것은 이렇게 작은 것일지도 모르겠습니다.

# 3

누군가의 아내,
누군가의 며느리

# 혼수 대란
## 신부의 가치는 얼마인가요

우리나라의 이혼율이 높다는 것은 이제 새로울 것도 없는 뉴스입니다. 해마다 많은 사람들이 백년해로를 약속해 놓고, 왜 많은 부부들이 이혼을 하는 것일까요? 여러 가지 이유가 있겠으나 그중 지긋지긋한 그 이름, 혼수 이야기를 안 할 수가 없겠습니다.

"구더기 무서워 장 못 담근다"는 말이 요즘은 "혼수 무서워 시집 못 간다"는 말로 바뀌었다지요? 그럴 법도 합니다. 어느 기관의 조사를 보니까 2012년 예비 부부들이 예식장 비용으로 평균 172만 원, 혼수에 포함되는 예물, 예단 그리고 신혼여행에 평균 4,867만 원을 사용한 것으로 나타났다고 합니다. 이런 것들을 단순히 합쳐서 계산하기만 해도 혼수를 포함한 결혼 준비 시장은 자그마치 21조 5천억 원에 달하는 어마어마한 규모입니다.

이제는 남녀평등을 넘어서서 오히려 역차별을 걱정해야 되는 사회가 되었다고 하면서도 여전히 줄기차게 신문에 오르내리는 단골 기사

112

는 혼수 문제로 인한 갈등입니다. 아파트와 억대 혼수품을 받은 뒤에 또 다시 추가로 혼수품을 요구한 의사 남편과 그의 부모에게 결혼이 깨지게 된 책임을 물어 거액의 위자료를 지급하라는 법원의 판결이 생각납니다. 또 자식이 원하는 만큼 혼수를 마련해주지 못해 미안하다며 자살한 부모, 혼수비용을 마련하기 위해 강도짓까지 서슴지 않았던 예비 신부까지, 참 안타까운 사연들이 많습니다.

물론 해마다 새로운 가정을 꾸리는 40만 쌍의 부부들이 모두 이러한 혼수 갈등을 겪는 것은 아닐 테지요. 그렇다보니 어른들 입장에서는 세상이 이렇게 요지경 속으로 돌아가도 우리가 며느리에게 요구하는 것이 지나치다는 생각은 별로 하지 못하는 듯합니다. 우리가 평균, 이 정도는 해야 중간이라고 생각하는 게지요. 하지만 신부, 그러니까 며느리 입장에서는 그 평균과 중간을 납득할 수 없는 경우가 많을 수밖에요. 게다가 시어머니가 이 정도만 해오면 된다고 내미는 혼수 리스트를 본 후에 이건 못 하고 저건 할 수 있다고 말할 수 있는 며느리가 과연 몇이나 되겠습니까?

아내들이 이해할 수 없는 부분은 이런 것입니다. 왜 아들의 학력이나 직업, 지위가 며느리가 해 와야 하는 혼수와 연관이 되느냐는 거지요. 물론 시어머니의 희생으로 남편이 열심히 공부하고 훌륭한 사람이 된 것은 감사한 일입니다. 하지만 마치 혼수라는 재화로 타이틀 좋은 남편을 사기라도 하는 것처럼, 또 나는 남편에 비해 하찮고 보잘 것 없는 존재라는 듯이 혼수를 이야기하는 것은 누가 들어도 부당하다고 느낄 수밖에 없지 않을까요?

무엇보다 안타까운 점은 혼수 리스트가 왔다 갔다 하면서 서로 감정이 상하고, 그로 인해 앞으로 수십 년을 함께 살아갈 결혼생활에 대해 건설적인 계획을 세워도 모자랄 예비 부부들이 다툼을 벌이는 상황입니다. 몇 해 전 드라마 작가인 김수현 씨가 추석 특집극으로 쓴 드라마에 이런 대사가 등장합니다.

> "삯바느질로 삼남매 대학 졸업까지 시킨 너희 집에 무슨 여력이 그리 있겠느냐만 그건 너희 사정이고, 실은 네 윗동서가 혼수를 정말 잘 해왔거든. 워낙 있는 집이라 제대로 해 보냈어. 네 혼수가 너무 부실하면 시집와서 너도 큰애한테 깔보이지 않겠니? 예물시계는 내가 봐둔 게 있다. 내 코트랑 숄, 핸드백은 내가 상품 넘버랑 상품 이름 다 챙겨놨으니까 준비하고, 아파트에 들일 가구 살 가구점 전화번호도 적어 놨다."

이 드라마가 방영된 직후 방송사 게시판에는 수천 개의 댓글이 달렸다고 합니다. 그만큼 많은 사람들이 공감했다는 증거겠지요. 십 년이 지난 지금, 글쎄요. 상황이 좀 변했을까요? 별로 그래 보이지는 않습니다. 여전히 우리를 혼수상태로 만드는 혼수는 존재하니까 말입니다.

정말 진심을 다해서 시어머니에게 혼수를 분수에 맞게 열심히 해오겠다고 답한 여자 주인공의 말이 어렴풋하게 기억납니다. 아마 지금 결혼을 준비하는, 그리고 또 혼수대란을 뚫고 결혼을 했던 많은 며느리들이 그런 생각을 했겠지요. 결혼 생활의 첫 시작을 준비하는 혼수인 만큼 오래 써도 좋은 제품으로 꼼꼼하게 준비하고, 어른들에게 잘 살겠다는 인사 표시는 꼭 하겠노라고, 이 정도면 신혼부부가 새 출발을 하는데 있어 충분한 것이 아니냐고 말입니다.

물론 시어머니 입장에서도 드라마에 등장하는 으리으리한 집안의 사모님이 아니고서야 서로의 형편에 맞게 하는 혼수가 무슨 문제가 있겠습니까? 그러나 문제는 우리를 괴롭히는 해묵은 '체면' 문화입니다. 누구네 며느리는 뭘 해왔다더라, 우리 딸은 이 정도 받았다…… 이 정도면 됐다고 생각했던 마음을, 그래도 아이가 참 착해서 마음에 든다던 첫 마음을 서서히 망가뜨리는 것은 바로 이 비교에서 오는 상대적인 박탈감입니다.

며느리와 아들은 염치없게도 부모에게 '다시 부모의 마음'을 기대합니다. 평생 자식에게 져 주고, 이해해 주고, 자식 일이라면 눈 감아 주는 부모의 마음 말입니다. 부모는 자식의 부도수표를 받아 주는 언제나 인심 후한 은행 같은 곳이라고 생각합니다.

"엄마! 내가 나중에 커서 대통령 되면 엄마 호강시켜 줄게~!"

매일 반에서 꼴찌만 도맡아 하던 녀석의 호언장담이었지만, 그래도 그 녀석을 믿고 희망을 걸었던 어머니셨듯이 조금은 모자라게 혼수를 해오며, "어머니, 제가 시집와서 잘 할게요"라고 죄송한 듯 수줍게 건네는 며느리의 마음도 믿어주면 어떨까요?

어떤 면에서 며느리가 잘 해온 혼수는 오히려 덜미가 되어서 시어머니가 며느리에게 바른 소리 한마디도 못하게 만드는 족쇄로 작용할 수도 있습니다. 어디까지나 제 생각이지만 말입니다. 시어머니가 원하는 것, 바라는 만큼 다 해온 뒤에 '난 이제 할 거 다 했소' 하면서 시댁에 찬바람이 쌩쌩 부는 며느리보다는 지금은 부도수표인 것 같아도 살면서 조금씩 보상받는 즐거움을 주는 며느리가 더 낫지 않을까요?

사랑하는 아들의 아내인 며느리와 사랑하는 남편의 어머니인 시어머니 사이를 남극 북극보다도 멀게 만드는 혼수 대란은 이제 그만. 이제 정말 중간과 평균을 떠나 다른 누구도 아닌 '우리에게 맞는' 혼수로 돌아가야 하지 않을까 생각해봅니다.

> **남편의 포스트잇**
>
> ## 혼수 대란, 초장에 잡으세요
>
> 혼수 문제에 있어서만큼은 남편이 정확한 입장 표명을 해야 합니다. 우리는 이 정도 예산을 잡아서 이렇게 저렇게 하겠노라고 확실하게 부모님께 못을 박아야 합니다. 내가 의사건 판사건 대통령이건 자식 이기는 부모 없다는 억지 논리를 끄집어내서라도 분란의 원흉을 초장에 때려잡아야 합니다.
>
> 너무 과격하다고요? 천만에요. 줄다리기 하는 시어머니와 며느리 사이에서 멍 하니 구경만 했다가는 새로운 시작을 준비하는 단계를 모두 망치기 십상입니다. 아내가 결혼 전에 준비한 돈은 얼마이고, 내가 마련한 돈은 얼마인지, 주택자금에 들어갈 돈과 결혼식 부대비용에 들어갈 돈은 얼마인지 따지고 따져봅시다. 그렇게 두 사람의 힘으로 최대한 부모님께 경제적으로 의지하지 않고 결혼을 준비한다면 우리가 흔히 혼수 문제에서 자주 남이야기처럼 듣게 되는 40평 아파트를 채워라, 호텔 식사비 대신 혼수로 해와라 등의 이야기는 더 이상 들을 일이 없을 테니까요.
>
> 한 여자를 평생 행복하게 해주겠다며 결혼하자고 했을 남편이 그 첫 단추를 채우는 혼수에서부터 비틀거려서는 안 됩니다. 이 문제에서만큼은 확실한 결정권자가 되어야 합니다.

# 비밀번호의
# 비밀

주부들에게 유난히 인기가 많은 어떤 유명한 라디오 프로그램에서 DJ가 농담처럼 이런 질문을 던졌습니다.

"요즘 아파트 이름들을 왜 그렇게 어렵게 짓는 줄 아세요?"

생각해보니 온갖 좋은 외래어는 다 갖다 붙이고, 그것도 모자라 뜻도 정확히 알 수 없는 신조어까지 아파트 이름에 붙이는 추세인지라, 저도 왜 그렇게 쓸데없이 아파트 이름을 어렵게 짓는지 궁금해졌습니다. 하지만 이유가 참 충격적이었습니다.

"시골에서 올라오는 시어머니들이 못 찾게 하려고!"

그 이야기를 들으면서 수많은 생각들이 스쳐갔습니다. 일단 처음에는 '왜?'라는 질문이었고, 두 번째는 '그렇게까지?'라는 반문이었습니다. 하지만 조금 과장된 표현이긴 해도 실제 생활에서도 충분히 있을 수 있는 상황과 마음들이라는 생각은 들었습니다. 며느리 입장에서는 불편한 관계, 가급적이면 가끔 보고 싶은 관계겠지요. 하지만 시어머니가 남편을 향해 주장하는 소유권은 좀처럼 효력을 잃지 않고, 때로 아들의 공간을 넘어 아들이 아내와 사는 공간까지 자세히 들여다보고 싶은 욕구로 이어지기도 합니다.

요즘 시어머니들 중 어떤 분들은 공공연하게 며느리에게 집 비밀번호를 알려달라는 요구를 한다지요. 그래서 결혼을 앞둔 여자들에게 '비밀번호를 사수하라!'는 선배 유부녀들의 당부가 이어지고 있다고 하더군요. 하지만 아무리 비밀번호를 지키겠다는 굳센 신념이 있다고 해도 신혼 초 어렵고 어려운 시어머니가 비밀번호를 물어보는데 대답하지 않을 며느리들이 과연 얼마나 될까요? 힘겹게 논리적으로 설명하며 알려드릴 수 없다고 말하는 며느리에게 시어머니는 이해할 수 없다는 표정을 지을지도 모르겠습니다.

시어머니들의 논리는 대충 이러합니다.

"내가 내 아들 집에 가겠다는 데 무슨 문제가 있느냐? 그리고 내가 너희 집에 가면 먹을 것 싸가지, 이것저것 집안 살림해 주지…… 도대체 뭐가 못마땅해서 그러는 거냐?"

하지만 아내의 입장에서 보면 시어머니가 주장하는 몇 가지 부분들을 쉽게 인정할 수 없고, 때로는 시어머니의 논리가 섭섭하게 느껴지기도 합니다.

먼저, '내 아들 집에 내가 가는데 무슨 문제?'라고 생각하는 대목에서 그렇습니다. 그 집은 '내 아들'만 사는 것이 아니라 '내 아들의 아내'도 살고 있는 집입니다. 시어머니가 내 아들의 집이라는 표현을 하는 것 자체가 아직도 며느리를 가족처럼 생각하지 않는다는 반증으로 느껴질 수도 있지 않을까요?

그리고 아무리 부모 자식 간이라 해도 사생활이라는 것은 분명히 존재합니다. 게다가 둘만의 공간에서 시작하는 새로운 삶 속에는 부모님이 불쑥 불쑥 들어와서는 안 되는 순간들이 있기 마련이지요. 또 있어야만 하고요. 24시간 언제 들어올지 모르는 시어머니를 대비해 쓸고 닦고 긴장하고 있을 수는 없을 테니까요.

하지만 시어머니들도 할 말은 있습니다. 편하게 있으면 되지 왜 불편해 하느냐는 것이지요. 딸처럼 생각해서 좀 지저분하고 좀 못마땅해도 내색 안 하고 챙겨줄 것만 챙겨주고 나올 텐데, 왜 그리 유난이냐는 겁니다. 그런데 아무리 살갑게 챙겨주고, 딸처럼 대한다고 해도 시어머니가 친정엄마처럼 편할 수는 없지 않을까요?

며느리들은 아마도 처음부터 그렇게 무차별적으로 찾아와서 이것저것 챙겨주는 과격한 배려 말고, 은근히 또 조심스럽게 알아가는 시간을 좀 가진 뒤에 시어머니와 며느리만의 유대관계를 가질 수 있길 바랄 것입니다.

두 번째, '내가 가서 먹을 것도 해주고 이것저것 집안 살림을 도와주는데 뭐가 못마땅하냐?'라는 부분입니다. 글쎄요, 저는 이 부분에서도 어머니의 편을 들어주기가 어렵습니다. 갓 결혼한 남편은 여전히 어머니의 손길에 길들여져 있고, 또 그것이 그리울 것입니다. 아내가 30년 이상 된 어머니의 살림 솜씨를 따라가기란 사실상 불가능한 것이고 말입니다. 그러니 지금 당장이야 어머니가 살림에 손을 대면 효율적이고 좋은 점도 있겠지요.

하지만 남편은 이제 아내의 어설픈 살림 솜씨에 길들여져야 합니다. 아내가 어떤 시행착오를 겪는지 지켜보고 서로에게 맞는 것을 찾아가야 합니다. 서로 싸울 일도 많고, 맞추고 이겨 나가야 할 것도 많은 시간에 시어머니가 살림을 도와주겠다는 이유로 불시에 집에 들어와 남편이 아내와 적응해가는 시계바늘을 거꾸로 돌린다면……. 글쎄요, 과연 그것이 아들 내외를 도와주는 일일까요.

그리고 시어머니에게 있어 가장 슬픈 일은 며느리가 아파트 현관 비밀번호를 알려주지 않는 것이 아니라, 내가 올까 봐 전전긍긍하며 기미만 보이면 집을 비우고 나가는 며느리의 '텅 빈 마음' 아닐까요? 아무도 없는 빈 집에서 파출부처럼 일만 하다 돌아가면, 서로 얼굴 붉히며 얻어낸 비밀번호가 아무 의미도 없는 것이 될 테니까 말입니다.


사랑에는 여러 종류가 있다는 생각이 듭니다. 늘 가까이 두고 꺼내보며 흐뭇해 하는 장신구 같은 사랑이 있고, 꼭 자주 보지 않아도 '아~ 그것이 거기에 있지' 하고 믿어주며 뿌듯한 적금 같은 사랑이 있습니다.

며느리는 시어머니에게 적금 같은 사랑을 기대하지 않을까요? 지금은 액수도 적고, 어딘지 불안하고 걱정되는 마음이 들어서 자주 들여다보고 닦아주고 챙겨주고 싶은 마음이 드는 게 당연합니다. 며느리도 그런 어머니의 마음을 아예 모르지는 않을 겁니다. 그래도 며느리 입장에서는 어머니가 자신을 믿어주고 성장하는 모습을 묵묵히 지켜봐 주었으면 하는 거지요. 그런 마음으로 아들 내외의 집을 찾는다면, 어쩌면 비밀번호 숫자 몇 자리를 아는 것보다 더 많은 것을 알고, 또 공유할 수 있지 않을까요?

# 비밀번호에 담긴 의미

어머니가 직접 아들에게 전화해 비밀번호를 알려달라고 하는 순간이 닥쳐올 수 있습니다. 아마 대부분의 남편들은 아무 생각 없이 비밀번호를 알려줄 겁니다. 왜? 우리 엄마니까요. 도둑이 아니라 우리 엄마이기 때문에 흔쾌히 비밀번호를 알려줍니다. 하지만 앞서 말했듯이 비밀번호에는 매우 많은 의미가 들어 있습니다. 엄마와 아내의 자존심이 한 치의 양보도 없이 대립하고 있습니다. 두 여자의 팽팽한 기 싸움 현장에 내가 와 있다는 사실을 잊어서는 안 됩니다.

저라면 일단, 무슨 일 때문에 비밀번호를 물어보시는 건지 물어보겠습니다. 만약 매우 급한 사정으로 집에 들러야 하는, 납득이 가능한 이유라면 알려드리고 바로 아내에게 전화를 하겠습니다. 하지만 별일 없이 '그저 알아두어야 할 것 같아서'라는 뉘앙스라면 알려드리지 않겠습니다. 심각하게 '비밀번호는 알려드릴 수 없습니다!'라며 차갑게 거절하라는 말이 아닙니다. 이제 자신이 어머니의 어린 아들이 아니라 한 여자와 가정을 이룬 남편임을 깨닫게 해드리라는 겁니다. 나 혼자 사는 집이 아니니 엄마가 아무 때나 오는 것은 불편하다. 섭섭하게 생각하지 마시고 오고 싶을 때는 언제든 연락을 주면 환영이다…… 이렇게 어머니를 설득해야 합니다.

어머니도 끼고 살던 아들이 갑자기 품을 떠나는 게 얼마나 섭섭하시겠습니까? 혹여나 잘 키운 아들을 며느리에게 뺏겼다고 생각하시지 않도록 두 여자 사이를 잘 중재하는 지혜가 필요합니다. 어머니와 아내 모두 소중한 가족이니까요.

# 눈물의
# 여왕

누군가 그런 말을 하더군요. 세상에는 두 가지 어머니가 존재한다고요. 하나는 무서운 어머니, 또 하나는 불쌍한 어머니라고 합니다. 무서운 어머니는 집안의 대장부 역할을 도맡아 하면서 경제활동은 물론 집안 대소사에 일일이 관여하는 그야말로 여걸 타입의 어머니입니다. 반면 불쌍한 어머니는 지극히 여성적이고 순종적이어서 경제적으로 무능한 아버지, 말썽 피우는 자식들처럼 바람 잘 날 없는 집안에서 그저 눈물로 세월을 보내신 분입니다.

저와 친한 친구 녀석의 어머니도 전형적인 불쌍한 어머니셨습니다. 예전부터 구슬픈 노래를 좋아하셨지요. 동백아가씨, 여자의 일생, 단장의 미아리고개……. 텔레비전에서 엘리제의 여왕 이미지가 나와서 노래를 할 때도 우시고, 이모님들이 집에 와서 소주 한 잔 기울이실 때도 우셨지요. 젊었을 때부터 밖으로만 나돈 아버지에 대한 원망과 가정형편을 원망하며 일찍 집을 떠나 시집가서는 제대로 연락도 되지 않는 딸에 대한 애틋함이 늘 친구 어머니의 눈에 눈물 마를 날이 없게 만들었을 것입니다.

그래서였을까요? 늘 친구는 어머니의 눈물에 약했습니다. 어머니를 기쁘게 해드리고, 행복하게 해드리는 것이 인생의 성공 척도라고 생각해도 과언이 아니었으니까 말입니다. 하지만 친구는 결혼 후 새로운 문제에 봉착하게 됩니다. 자신이 읽는 어머니의 눈물과 아내가 읽는 어머니의 눈물이 서로 의미가 달랐던 것이지요.

지방에서 작은 가게를 운영하셨던 친구 어머니는 부득이하게 아들과 떨어져 사셨는데 무슨 일만 생기면 서울에 사는 아들을 자주 호출하셨던 모양입니다. 막상 내려가 보면 대수롭지 않은 일도 있어서 이런 일은 가까운 곳에 있는 사촌 형님께 부탁하라고 말씀드렸다가 어머니께서 눈물을 그치지 않아 혼쭐이 났다고 하더군요.

곁에서 이런 상황을 자주 본 아내가 하루는 정색을 하고 어머니가 우신다고 뭐든 다 들어주는 것은 좋지 않다고 바른 소리를 한 모양입니다. 아내의 말이 일리가 있다고 생각하면서도 어머니의 눈물을 오해하는 것 같은 아내의 말이 못내 서운하더랍니다. 하지만 친구는 그 와중에 분명히 깨달은 것이 하나 있다고 하더군요. 어머니의 눈물에 담긴 의미를 아내가 이해하기는, 또 이해하기를 강요하는 것은 불가능하다고 말입니다.

어머니의 눈물 속에는 '한'이라는 정서가 가득 배어 있을 것입니다. 못 입고 못 먹으면서 아이들을 길러낸 세월의 한과 남편과의 불화 속에서 여자로서의 행복을 누리지 못한 것에 대한 한이 서려 있을 테지요. 다 그런 것은 아니겠지만, 이렇게 남편 대신 자식들에게 올인 했던 어머니들의 경우 자식과의 유대 관계가 상대적으로 무척 끈끈할 수밖에 없습니다.

문제는 자신의 한 서린 인생을 아들로부터 보상 받고 싶어 하는 심리가 깊이 깔려 있을 때입니다. 내가 이날 이때까지 희생해서 키운 아들이 내 자존심을 세워주고, 내 말이라면 자다가도 벌떡 일어나 달려올 만큼 아직도 아들에게 내가 최고의 우선순위임을 확인하고 싶은 마음 말입니다.

어머니와 아들 사이의 커뮤니케이션으로 끝나는 것이 아니라 그 사이에 며느리가 끼는 다자간 커뮤니케이션이 됐을 때 더욱 큰 문제가 발생합니다. 어떤 문제에 있어 무엇이 최선이고 어떻게 하는 것이 좋을지에 대해 아내는 시어머니와 남편, 세 명이서 머리를 맞대고 의논을 하고 싶을 겁니다. 하지만 시어머니가 그저 눈물만 훔치며 자신이 살아온 세월 속에 한과 서러움을 필두로 아들하고만 대화를 풀어가려고 한다면 어떨까요? 아내 입장에서는 당연히 어머니의 눈물을 아들과는 다르게 볼 수밖에 없겠지요?

한편으로 아내 역시 같은 여자 입장에서 시어머니가 살아온 삶과 희생이 안타깝고 대단하게 느껴지기도 합니다. 친정엄마가 살아온 삶이 오버랩 되기도 하면서 시어머니에게 좀 더 잘 해드려야겠다는 생각이 들 수도 있겠지요. 하지만 시어머니가 끝까지 '눈물의 여왕' 역할만 고수한다면 아내 역시 지치고 두 사람 사이의 대화는 단절되고 말 것입니다. 어떤 문제를 해결함에 있어 매번 남편과 시어머니가 하는 눈물의 대화가 아닌, 아내도 포함된 혹은 아내와 시어머니가 직접 이야기하고 해결하는 구도도 필요합니다. 하지만 시어머니가 이러한 시도

에 대해 며느리가 모자 사이를 끊어 놓으려고 한다는 오해를 하게 된다면 사태는 점점 더 심각해집니다. 그래도 한 번쯤은 진지하게 생각해봐야 합니다.

언제까지나 시어머니가 눈물로 아들과 대화하고 며느리는 모든 상황을 다 결정된 후에 알게 된다면, 결국 끝까지 시어머니와 며느리는 진짜 가족이 되지 못할지도 모릅니다. 가장 슬퍼해야 할 대목은 바로 이 대목이 아닐까요?

물론 아들, 즉 남편의 입장에서는 시어머니가 살아온 세월에 대해 아내가 좀 더 이해하고 남들보다 유달리 돈독한 모자 관계를 받아들여 주기를 바라겠지요. 하지만 아내가 원하는 것은 두 모자 사이가 소원해지는 것이 아닙니다. 다만 아들하고만 의사소통을 원하는 어머니를 조금만 더 아내 쪽으로 돌려보려는 것뿐이지요. 이제 함께 가족이라는 단위로 묶인 며느리의 입장에서 희생과 눈물로만 기억되는 과거의 어머니가 아닌, 새로운 가족 구성원으로서 적응해가는 서로의 노력을 보고 싶은 겁니다.

여자 둘이 싸우고 있을 때 한 사람이 울고 있으면 남자는 자동적으로 울고 있는 여자의 편을 든다는 심리 연구 결과가 있다지요? 울고 있는 여자보다 울지 않는 여자를 으레 더 강한 쪽이라고 인식하게 된다고 합니다. 세상 어느 아들이 어머니가 눈물을 무기로 자신을 조종한다고 믿고 싶겠습니까? 그리고 자식을 향한 어머니의 눈물을 무언가를 얻기 위한 수단으로 여겨진다는 것이 얼마나 서글픈 일이겠습니까? 중요한 것은 어머니의 눈물이 어떤 의미를 갖고 있는지 파악하는 것이 아니라 아내와 어머니 사이에 불통을 만드는 벽이 무엇인지 진단

하는 것입니다. 혹시 어머니의 눈물 앞에서 내가 사리분별이 약해지지는 않았는지, 그래서 객관적으로 건설적인 방안을 내놓는 아내에게 괜스레 서운해 하며 어머니를 울린 '강한 여자' 취급을 하지는 않았는지 돌아볼 일입니다.

---

**남편의 포스트잇**

## 두 여자 사이에 다리를 놓아주세요

최악의 상황을 말씀드리자면, 시어머니의 눈물이 남편에게 통한다는 사실을 눈으로 확인한 아내 역시 눈물을 무기로 사용할지도 모른다는 점입니다. 어머니는 어머니대로 통한의 눈물을 흘리고, 아내는 아내대로 서글픔의 눈물을 흘립니다. 두 눈물의 강 사이에서 이리 첨벙, 저리 첨벙 하지 않으려면 남편의 지혜가 반드시 필요하겠지요.

일단, 어머니가 나만 보면 우는 이유, 즉 어머니 표 '여자의 일생'을 아내에게 전달하는 것은 영리한 행동은 아닙니다. 설령 그것이 객관적인 사실의 전달일지라도, 아내의 귀에는 결국 남편은 어머니의 편을 들 수밖에 없다는 변명으로 들릴 뿐입니다. 차라리 어머니가 살아온 인생에 대해 아내가 직접 어머니에게 들을 수 있도록 기회를 주는 것이 좋겠습니다. 여자들끼리는 통하는, 우리가 알 수 없는 그 무언가가 있으니까요. 어머니가 살아온 눈물 없이는 들을 수 없는 삶의 역사를 아내도 공유할 수 있도록, 그리고 그 이야기를 어머니가 며느리에게 풀어 놓을 수 있도록 가교 역할을 잘 하는 것이 두 눈물의 강에서 익사하지 않는 길이 아닐까요?

# 시어머니와 시누이
# 누가 더 매운가요

   속담에 "때리는 시어머니보다 말리는 시누이가 더 밉다", "시누이는 고추보다 맵다"라는 말이 있지요. 도대체 왜 시누이와 며느리는 이처럼 상극인 관계가 되었을까요?

   물론 시누이와 올케 사이가 자매처럼 다정한 경우도 자주 볼 수 있습니다. 나이도 비슷하고 또 같은 여자니까 그렇게 다정한 자매처럼 지내면 참 좋을 텐데 아직도 많은 시누이, 올케 사이가 그렇지 못한 모양입니다. 왜 시누이, 올케 사이는 자매처럼 될 수 없냐고 혼잣말을 했더니 무슨 도인처럼 아내가 그러더군요.

   "그게 다 서로의 질투 때문이지."

   질투. 생각해보니 맞는 말입니다. 시어머니도, 시누이도, 그리고 며느리인 아내도 따지고 보면 다 여자입니다. 여자들을 대변하는 감정 중에 하나인 질투가 쌍방도 아닌 삼방에서 뿜어져 나오는 마당이니, 트러블이 안 생기는 것을 기대하는 남자들이 순진한 것이겠지요.

물론 시누이 입장에서 며느리인 올케가 하는 행동이나 생각이 마음에 들지 않을 수 있습니다. 또 손위 시누이가 어른된 입장에서 몇 가지 일러주는 것을 무조건 잘못이라고 할 수도 없지요. 문제는 대화의 방법이 아닐까요? 예를 들어 김장 날짜를 깜빡한 며느리가 오후 늦게 시댁에 도착했다고 가정해봅시다. 안 그래도 부랴부랴 달려온 며느리가 사나운 눈에 팔짱을 척 낀 시누이를 마주치게 되면 머릿속에는 "시누이는 고추보다 맵다"라는 속담이 절로 스치게 되겠지요.

왜 늦었는지 이야기를 들어볼 새도 없이 시누이 입장에서는 나이 드신 엄마 혼자 일하게 둔 올케가 괘씸한 마음이 듭니다. 반대로 며느리 입장에서는 사정은 듣지도 않고 날 잡았다는 듯이 달려들어 집중 폭격을 하는 시누이가 야속하고 짜증이 나지요. 생각해보면 시누이인 누나나 여동생도 자신의 시댁에서는 며느리입니다. 시누이 본인도 누군가의 올케이고, 고추보다 매운 시누이가 있을지도 모르는데, 왜 서로의 입장을 이해할 수 없을까요?

우리가 잘 아는 한자성어 중에 '역지사지(易地思之)'라는 말이 있습니다. 《맹자(孟子)》에 나오는 '역지즉개연(易地則皆然)'이라는 표현에서 비롯된 말인데요. 그 이야기를 좀 해볼까 합니다.

여기에는 우(禹)라는 사람이 등장합니다. 그는 중국 하(夏) 나라의 시조로 치수(治水), 즉 수리 시설을 이용하여 홍수나 가뭄의 피해를 잘 막아냈던 사람이었지요. 또 한 사람, 후직(后稷)이라는 사람이 있었는데 중국에서 농업의 신으로 불릴 정도로 숭배되는 인물이었습니다.

맹자는 "우와 후직은 모두 같은 길을 가는 사람으로 서로의 처지가 바뀌었더라도 모두 같게 행동했을 것"이라고 평하였다고 합니다. 서로의 처지가 바뀌더라도 똑같이 그러했을 것이라는 뜻의 '역지즉개연(易地則皆然)'이라는 표현이 오늘날의 역지사지가 된 것이지요.

　결혼해서 가정을 이루고 새로운 가족의 구성원으로 살아야 하는 우리 모두는 우와 후직이 아닐까요? 시누이도 돌아가면 시댁에서 며느리로 살아야 하고, 며느리인 올케도 시누이가 되는 친정이 있듯이 말입니다. 그렇다면 지금이야 말로 역지사지 처방전을 받아들여야 할 때가 아닐까 싶습니다. 시어머니가 매운 꾸지람을 하셔도 역지사지 처방전을 받으든 시누이가 아내를 거들어 한마디 해준다면, 딸자식을 둔 시어머니 입장에서도 며느리가 조금은 너그럽게 이해가 될 수 있을 것입니다.

　여자 셋이 만나면 접시가 깨지고, 질투의 3파장만 흘러나오는 것이 아니라 연대의식 속에서 서로를 배려하는 역지사지의 처방전도 나올 수 있다는 것! 우리 남자들한테도 좀 보여주시기 바랍니다.

　제 아내 역시 아슬아슬 실수 연발이었던 신혼 초에 과일 하나 깎는 것, 차 한 잔 내오는 것도 덜덜 떨리던 그 시절 나이 많은 저희 누나의 따뜻한 한마디가 큰 힘이 되었다고 회상하더군요. 살뜰하게 아내의 안부를 챙기며 낯선 환경에서 힘들어 하지는 않을까 걱정해 주던 누나에게 고마운 마음입니다.

　가족은 '어디 어떻게 하나 두고 보자' 하며 눈에 불을 켜는 감시자가 아니지요. 아이들이 기고, 앉고, 서고, 걷는 모습을 지켜보며 기다려 주었듯이 며느리라는 새로운 구성원이 그 집에 적응하고 발 맞춰가는 시간도 지켜보며 기다려 주어야 하지 않을까요? 집안의 대소사를 관장하는 만능 살림꾼인 우리 어머니들도 한때는 서툴고 실수투성이던 '새댁'이었을 테니까 말입니다. 열이 오르고, 머리에서 김이 날 때 가슴 속에 고이 간직했던 역지사지 처방전, 꼭 꺼내보자고요.

## 남편의 포스트잇

### 남편? 남의 편?

언제나 문제를 키우는 것은 남자들이라는 사실을 고백해야겠습니다. 아내가 누나나 여동생 때문에 속상한 일이 있다고 말하면 득달같이 전화를 해서 다짜고짜 아내 편만 드는 남자들이 그렇고, 또 우리 누나 혹은 내 동생은 그런 사람이 아니라며 '남의 편'이 되는 남자들이 그렇습니다. 아내가 바보가 아닌 이상 남편에게 당신 누나 혹은 여동생이 이상한 사람이라고 고자질을 할까요? 아내는 단지 오늘 시누이와 있었던 일이 힘들었으니 자신을 위로해 달라는 뜻이었을 것입니다.

만약 당장에 잘잘못을 가려야 하는 시급한 문제라면 아내가 자신을 붙잡고 하소연하는 상황에서 끝나지 않았겠지요. 어머니를 비롯한 누나, 여동생이 총출동해서 나에게 전화를 하고 사태의 심각성을 알렸을 테니까요. 하지만 그런 경우가 아니라 단순히 어떤 문제로 인해 감정이 상해 있는 상태라면 먼저 마음을 다쳤다고 말하는 아내의 이야기를 들어주는 것이 순서입니다.

시댁은 천 년을 살아도 못 찾아가는 지도 속의 집과 같다는 말이 있지요. 지금 우리가 할 일은 지도 속에서 잠시 길을 잃은 아내의 손을 잡아주는 것뿐입니다.

# 너네 엄마가
# 그렇게 가르쳤니

며느리가 시어머니에게 듣는 모욕적인 언사로 가장 높은 순위에 랭크되는 것은 바로 가족과 관련된 말이라고 합니다.

"너네 엄마가 그렇게 가르쳤니?"

내가 한 잘못만 가지고 혼나도 서운하고 속상할 텐데, 가만 있는 친정엄마까지 들먹이는 시어머니의 언사는 차마 듣기 괴로운 것이 어쩌면 당연한 것이겠지요. 게다가 여자들에게 친정엄마란 결혼하기 전에는 몰랐지만 결혼해서 살림하고 아이 낳고 살다보니 가슴에 사무치게 그립고 미안한 사람이 아닙니까? 그런 친정엄마에게 잘해 드리지는 못할망정 시집 와서 시어머니 입에 나쁘게 오르내리게 하나 싶어 아내는 더욱 서러움이 북받칠 것입니다.

사람이 감정이 상하면 나 자신도 제어할 수 없는 말들이 쏟아져 나오기도 하지요. 하지만 말은 엎질러지면 담을 수 없는 물, 쏜 후에는 다시 돌이킬 수 없는 화살과도 같습니다. 말로 벤 상처는 세월이 아무리 지나도 반드시 흔적을 남깁니다. 세월이 지나 이제는 시어머니가 정말 가족처럼, 친정엄마처럼 느껴지는 때가 오더라도, 언젠가 그때 친정엄마를 들먹이며 상처가 되는 말을 했던 기억은 좀처럼 잊히지 않을 것입니다.

가만 생각해보면 우리의 어머니도, 우리의 아내처럼 모든 것이 서툴고 자잘하게 시댁 풍습과 어긋났던 그때 그 시절이 있었겠지요? 아내는 시어머니가 친정엄마라는 아킬레스건을 건드리며 마음 아픈 말을 쏟는 모습을 보면서 '외람되지만 개구리 올챙이 적 시절도 생각해주셨으면' 하고 바랄지도 모르지요.

여러분도 기억을 가만 가만 더듬어 보면, 어머니가 돌아가신 친할머니에 대한 호된 기억을 회상했던 것을 떠올릴 수 있을 것입니다. 맵다 맵다 해도 그렇게 매운 시집살이가 없었다며 시작하는 어머니의 이야기 속에 등장하는 친할머니는 우리에게는 더없이 정겹고 그리운 분이시만, 어머니에게는 호랑이처럼 무서운 분이셨을 테지요. 아궁이에 장작이 조금만 비집고 나와도 초가삼간 다 태우겠다며 불호령을 내리면서 친정에서 불 때는 것 하나 못 배우고 왔냐고 호되게 야단을 치셨던 분이셨을 겁니다. 또 갓 시집온 어머니에게 이불 호청을 꿰매라고 시키고서는 방법을 몰라 쩔쩔 매는 어머니의 손에서 번개처럼 바늘을 잡아채시고는 "여자 손 끝 매운 건 친정엄마를 닮는다는데…… 쯧쯧……" 하며 혀를 끌끌 차기도 하셨겠지요. 그때마다 어머니도 멀리 있는 친정엄마를 그리며 눈물 흘리지 않으셨나요?

요즘 어른들, 젊은 사람들 바라보며 '참 세상 좋아졌다'는 말씀 많이 하시지요? 그러니 이 좋은 세상에 태어난 젊은 며느리들까지 마음에

앙금으로 남을 말을 남길 까닭이 있겠습니까? 며느리는 새로이 한가족이 된 소중한 식구입니다. 괜스레 말로 준 상처로 인해 마음 저 깊은 곳에 서운함이 남아서 매번 비슷한 일이 있을 때마다 며느리가 그때의 기억을 떠올리며 진저리를 친다면 결과적으로 시어머니에게도 별로 좋은 일은 아닙니다.

모르는 것은 가르치고, 눈물이 쏙 빠지도록 알려줘야 다음에 똑같은 실수를 반복하지 않는다고 말씀하실지도 모르겠네요. 맞습니다. 하나를 알려줘도 똑바로 알려줘야 한다는 말씀에는 누구도 반기를 들 수 없을 겁니다. 다만 꾸중을 하실 때의 방법에 대해 조심스레 말씀드리는 거지요. 아무리 잘못된 것을 바로잡아 주시더라도 상대방의 아픈 곳은 건드리지 말아야 한다는 것입니다. 남자인 저도 가끔 들으면 그 안에 숨겨진 여러 가지 의미들로 마음이 뭉클해지는데 며느리들이야 오죽할까요?

아마 어머니들의 기억 속에도 외롭고 힘들던 시절에 시어머니가 나에게 따뜻하게 손 한 번 잡아주었더라면 얼마나 좋았을까 하고 생각했던 때가 분명히 있을 것입니다. 그때 한 번쯤 나는 나중에 시어머니가 되면 잘 해줘야지, 저렇게 상처가 되는 말은 하지 말아야지 하셨다면 그 마음 지금부터 실천해 주시면 어떨까 합니다.

나그네의 옷을 벗기는 것은 세찬 바람도, 휘몰아치는 눈보라도 아니지요. 따뜻한 햇살이 내리쬐면 나그네는 자기 스스로 옷을 벗습니다. 지금은 모든 것이 서툴고 또 마음에 들지 않는 며느리일 수 있습니다. 하지만 시어머니의 햇살 아래서 점점 처녀 때의 태를 벗고 가족의 중심에서 든든한 역할을 하는 사람이 되어 갈 것입니다. "너네 엄마가 그렇게 가르쳤니?"라는 가시 박힌 말보다, "너는 이제 내 새끼니 내가 더 끼고 가르쳐야지" 하는 진심 어린 잔소리가 며느리를 더욱 더 영글게 만들 것이라 믿습니다.

남편의 포스트잇

## 아내의 아킬레스건

시어머니, 그러니까 우리 어머니가 장모님 흉을 봤다고 속상하다는 아내에게 설마 "그럼 장모님한테도 우리 엄마 욕하라고 해"라고 말하는 철부지 남편들은 없겠지요? 애들 싸움이 어른 싸움으로 번지는 것을 그대로 재현하려는 생각이 아니라면 이런 말은 절대 금물입니다.

지금은 말조심을 해야 하는 순간입니다. 친정엄마라는 가장 예민한 아킬레스건을 공격당한 아내를 자극하지 마세요. 그렇다고 아내에게 동조해 어머니 흉을 함께 보는 것도 별로 좋은 생각은 아닙니다. 그것보다는 어머니가 주로 아내에게 화를 내는 포인트가 무엇인지 통계학적으로 접근해보면 어떨까요? 그리고 아내보다 어머니를 좀 더 오래 봐온 아들인 남편이 원인을 분석하고 아내에게 앞으로의 행동 방향을 제시해 주는 주세요. 남편 입장에서도 답이 안 나올 때는 어머니와 가장 가까운 누나나 여동생에게 SOS를 치는 것도 현명합니다. 무엇보다 아내를 자극하지 않고, 어머니가 아내를 자극하지 않을 방법도 찾는 것이 중요합니다.

# 공동경비구역
# 그리고 평화유지군

어릴 때 어머니에게 겨우 허락을 받고 뒤늦게 동네 놀이터로 뛰어가면, 두 패로 나눠서 싸움이 진행 중일 때가 있습니다. 놀이터에 도착한 저에게 다짜고짜 양쪽에서 물어댑니다.

"야! 너 누구 편이야?"

뭐 때문에 싸우는지 알 겨를도 없이 저는 어느 한 쪽 편을 선택해야 했고, 자동적으로 다른 편에게는 적이 되어야 했습니다. 간혹 아내와 어머니 사이에 다툼이나 의견 충돌이 생겼을 때도 비슷한 느낌을 받게 됩니다. 어느 쪽 편을 들어도 욕먹는 것은 마찬가지다보니 그냥 집으로 돌아가 버릴까 생각했던 바로 그때의 심정 말입니다.

아내 말을 들으면 어머니가 심한 것 같고, 어머니 말을 들으면 아내가 잘못한 것 같습니다. 괜히 입을 잘못 놀렸다가는 두 여자 모두에게 인심을 잃고 마니, 그저 입 다물고 지켜보는 것이 상책이라고 생각하지만, 이런 모습 또한 아내를 섭섭하게 만들더군요.

아내들은 시어머니와 갈등이 생기는 순간에 망부석처럼 아무런 결정도 내리지 못하고 우왕좌왕하는 남편의 모습에 더욱 화가 난다고 합니다. 또 하나, 아내와 시어머니의 화를 동시에 돋우는 것 중 하나가 모든 일을 대수롭지 않게 여기는 것입니다.

"에이~ 뭘 그런 걸 가지고 다투고 그래~. 서로 양보하면 될 걸, 여자들은 꼭 별 것도 아닌 것 가지고 목숨 걸더라."

그렇지 않아도 감정이 상해 있는 두 여자 사이에서 별일 아니라며 서로 양보하고 화해하라는 교장선생님 훈시 같은 소리나 해대는 남편, 괜히 오지랖 넓게 미주알고주알 지적하는 남편이 시어머니보다 더 밉다는 겁니다.

자, 이쯤 되면 남편들의 머릿속은 더 복잡해집니다.

'그럼 도대체 어쩌란 말인가?'

흔히 남편들은 아내가 무조건 자기편을 들기를 바란다고 생각합니다. 하지만 아내가 어머니와 문제가 생겨서 집에 돌아와 성토하는 말들을 자세히 들어보면 꼭 그런 것만도 아닙니다.

악의를 가지고 시어머니에게 대들며 일부러 분란을 일으키는 며느리가 세상에 어디 있겠습니까? 하지만 한국 사회에서 며느리와 시어머니 사이의 작은 분쟁은 그것이 말다툼이건 의견충돌이건 사건이 확대되는 경향이 있습니다. 별것도 아닌 것으로 시작해 감정싸움으로 이어지는 것이 문제라는 거지요. 하다못해 아이에게 먹일 과자 같은 작은 문제를 놓고도 아내의 생각과 할머니인 시어머니의 생각이 다를 수 있습니다. 그저 해석과 생각의 차이라고 받아들이면 좋겠지만 그러기가 어렵지요.

기성세대인 어머니는 며느리가 어른 말대로 따라주었으면 하는 마음이고, 신세대 며느리 입장에서는 그저 엄마인 자신에게 맡겨주었으면 하는 입장입니다.

　이렇게 어머니와 아내가 한 치의 양보도 없이 소리 없는 교전을 벌일 때 남편들은 이른바 '편 공포증'에 시달립니다. 하지만 앞서 언급한 대로 시어머니와의 분쟁 속에서 아내가 남편에게 바라는 것은 누구 편인지 확실하게 선을 긋는 것보다 어찌된 일인지 전후좌우 상황을 객관적으로 말하고 들어줄 수 있는 공동경비구역을 만들어주는 일입니다.

　공동경비구역, 흔히 JSA라고 부르는 곳을 알고 계시지요? 남한과 북한이 비무장지대에서 서로 대면하고 있는 지역 말입니다. 한국전쟁 이후 정전협정이 맺어짐에 따라 이곳에서 남한과 북한이 공동으로 경비를 하고 있지요. 그리고 애초에 정전협정을 할 때 중간에서 역할을 했던 유엔군도 함께 경비를 하고 있습니다. 평화유지군의 형태라고 생각할 수 있는 것이지요. 남편은 바로 공동경비구역을 만들고, 칼날 같이 대립하는 남과 북의 중간에서 평화를 유지하는 유엔군이 되어야 한다는 생각입니다.

　공동경비구역 내에서 남편에게는 수많은 이름이 존재합니다. 어머니의 아들, 아내의 남편, 누나의 동생, 여동생의 오빠, 아이들의 아빠, 한 가정의 가장……. 어차피 분단에 이르는 절체절명의 사유가 아니라면 이 말을 들으면 이 말이 맞고, 저 말을 들으면 저 말이 맞는 상황이 대부분입니다. 하지만 남편이 이 이름으로 이쪽 편을 들어준다고 해서, 저 이름으로 저쪽 편을 들어준다고 해서 문제가 해결되는 경우는 별로 없을 테지요. 그러니 아내 입장에서는 노여워진 시어머니가 며느리의 진심을, 며느리가 말한 것이 정확히 어떤 뜻인지 알 수 있는 공동경비구역을 만들어 주기를 바라는 것이 아닐까요? 서로가 서로의 마음을 좀 제대로 들여다볼 수 있는 자리가 중립적으로 마련되기를 원하는 것이지요.

사실 신혼 초에는 무조건 내 편을 들어주는 남편이 고맙게 느껴지기도 한다더군요. 하지만 세월이 지날수록 남편의 그러한 팔불출 같은 태도는 시어머니와 자신의 관계를 더욱 악화시키는 악수 중에 악수라는 것을 금세 깨닫게 됩니다. 생각해보세요. 며느리와의 의견 충돌만으로도 화가 나는데, 거기다 아들이 매번 쪼르르 달려와 자기 아내 편만 들면 어느 시어머니가 며느리를 탐탁하게 여길까요? 그러니 남편은 분쟁이 일어날 때마다 그저 묵묵히 평화유지군의 옷으로 갈아입고 판문점 안으로 들어가면 됩니다. 그 정도 역할만 잘 해내도 충분합니다.

살아온 환경이 다르고, 생각하는 가치관이 다른 사람들이 가족이라는 테두리에 묶여 살아가는데 어떻게 매번 딱딱 들어맞는 톱니바퀴처럼 굴러갈 수 있겠습니까? 그런 것을 기대하는 것 자체가 욕심이겠지요. 그래도 가족이니까 그렇게 덜컹덜컹 바퀴에 돌부리가 걸릴 때마다 서로 멈춰 서서 어디가 잘못되었는지 이야기하고 고쳐나가야 하는 것 아닐까요? 어쩌면 속상한 마음에 집에 돌아와서 눈물을 훔치는 아내도 이렇게 바퀴를 바라보며 무엇이 잘못되었는지를 확인하는 과정이 필요하다고 생각할 것입니다.

판문점에서 아내의 이야기를 들어주세요. 또 나에게는 잘 털어놓지 않는 시어머니의 이야기도 들어주세요. 도저히 좁혀지지 않을 것 같은 두 여자 사이의 간극도 객관적이고 중립성이 보장되는 곳에서 여러 번 터놓다보면 언젠가는 서로가 원하는 합의점을 찾을 수 있지 않을까요? 누구도 실망시키지 않고, 누구도 상처주지 않는 방법을 두 여자를 가장 잘 아는 남편이 찾아주기를 아내는 오늘도 기다리고 있습니다.

**남편의 포스트잇**

## 논리가 아닌 공감으로

살아보니 아내가 남편에게 바라는 것은 훌륭한 재판관이 아니더군요. 아무리 논리적이고 객관적으로 선이 이렇고 후가 이래서 이것은 누가 잘했고 저것은 누가 잘못했다고 분석해 주어봐야 결국 돌아오는 것은 아내의 답답하다는 원망 섞인 눈초리뿐입니다.

상황을 분석하려 들지 마세요. 남편들은 애초부터 잘잘못을 가릴 수 없는 위치에 있는 사람, 즉 절대로 객관적일 수 없는 사건의 당사자입니다. 왜? 아내의 남편이자 시어머니의 아들이기 때문입니다. 그런 우리가 어떻게 사건을 바라보며 객관적이고 중립적인 판단을 할 수 있다고 감히 생각할 수 있겠습니까?

들어주세요. 그저 들어주는 겁니다. 무엇 때문에 속상하고, 무엇 때문에 화가 났는지 그저 귀를 열고 들어주는 겁니다. 그리고 공감하세요. 마음을 다독여주는 겁니다. 속상했겠구나, 힘들었겠구나……. 그저 공허한 말뿐이 아닙니다. 여자들에게 공감은 중요한 것입니다. 평화를 유지하기 위해서는 열린 귀와 따뜻한 말 한마디가 필수라는 것, 잊지 말아야겠습니다.

# 엄마가 만든 밥
# 먹고 싶어

군대를 다녀온 대한민국 남자라면 모두 공감할 텐데요. 군 생활 기간만큼은 생의 어떤 순간보다도 어머니를 그리워한다고 하지요. 특히 어머니의 손맛이 그렇게 생각납니다. 물론 고된 훈련을 하고 난 후에 먹는 밥은 돌덩이도 달게 느껴지지만, 어머니가 차려주신 밥상에 비하겠습니까. 어머니가 정성껏 만들어주신 음식들은 단지 배고픔이 아니라 그리움으로 목매이게 합니다. 이렇게 어머니의 음식에 한 번쯤 목말라 본 남자들은 결혼한 후에 아내에게 이 어머니의 손맛을 기대하거나 혹은 강요하는 경우도 있지요.

"우리 엄마는 된장찌개 하나를 끓여도 밥 두 공기는 뚝딱 비우게 하는데, 도대체 당신 된장찌개는 어느 별에서 온 거야?"

혹시 알고 계시나요? 아내가 가장 싫어하는 표현 중 하나가 바로 이 '우리 엄마'라는 것을요. 저도 처음에는 '아니, 우리 엄마를 우리 엄마라고 부르지, 그럼 뭐라고 불러?' 했지만, 아내는 '우리 엄마'라는 말

속에 담긴 뉘앙스를 싫어하는 거라고 하지요. 즉 남편이 아직도 우리 가정이 아닌 어머니의 아들로 속해 있는 가정에 더 익숙하다는 느낌을 받는다는 겁니다. 그리고 아내가 갖추어야 할 덕목의 기준에 시어머니라는 잣대를 대고 있다는 느낌을 받기도 하고요. 일리가 있습니다. 남편이 이른바 '시어머니 월드' 속에 나를 끼워 맞추려고 하는 것이 못내 기분 나쁘고 속상하다는 것이지요. 이해가 되지 않으십니까?

눈치 없는 남편의 밉상 짓은 가끔 시어머니가 집으로 오신 날, 극에 달할 때가 있습니다. 오랜만에 시부모님이 오셔서 음식 대접을 하려고 부엌에서 분주하게 움직이는데 거실에서 텔레비전을 보시는 어머니를 굳이 주방으로 모셔와 간을 맞추라는 둥 엄마가 하면 안 되냐는 둥 미운털 박힐 짓만 골라서 합니다.

남편 입장에서야 오랜만에 엄마 손맛이 그리워서 그런다고 하지만, 옆에 있는 아내의 기분은 어떻겠습니까? 이미 음식 할 의욕도, 의지도 짓밟힌 지 오래지요. 이때 시어머니라도 '너는 네 아내 김새게 무슨 말을 그렇게 하냐? 나는 우리 며느리 음식 맛있더라' 하며 아들에게 귀여운 핀잔이라도 해주시면 참 다행입니다. 슬프게도 '너는 시집 온 지가 몇 해가 됐는데 남편 간을 하나 못 맞추니?' 하시며 팔을 걷어붙이시면 아내 입장에서는 정말 속상할 따름입니다.

사실 아내가 잘할 수 있는 음식과 어머니가 잘할 수 있는 음식에는 분명히 차이가 있습니다. 목포에서 나고 자라 막 잡아올린 싱싱한 꽃게로 30년 넘게 간장 게장을 담근 시어머니와 게라고는 만져본 적도 없는 서울내기 아내의 요리 솜씨가 비슷할 수는 없지요. 담백한 음식만 먹고 자란 충청도 며느리에게 맵고 짠 음식이 많은 경상도 음식을

144

단박에 흉내 내라는 것도 무리입니다.

무엇보다 지금 결혼을 하고 가정을 이룬 젊은 아내들은 누가 누군가에게 맞춰서 입맛을 바꾸고 맛을 터득해야 한다는 논리 자체를 받아들이기 힘듭니다. '나도 우리 엄마가 해준 음식이 제일 맛있는데 왜 내가 남편 입맛에 맞게 음식을 해야 하는 거지?' 이런 생각에 의아해 할 수밖에요. 이 세대는 함께 즐겁고, 함께 목표를 이뤄나가는 가정을 지향하는 세대입니다. 어쩌면 시부모님들도 이런 사실을 받아들이는 과정이 필요하지 않을까요?

아들이 혹여 제대로 된 밥 한 그릇 못 얻어먹을까 봐 걱정되시나요? 그래도 모르는 척, 며느리가 어련히 잘 알아서 자기 남편 잘 먹이겠냐 하며 넘어가세요. 정말로 며느리가 요리에 영 재주가 없다면, 꾸중하고 힐책하기보다 재료를 오래 싱싱하게 보관하려면 어떻게 해야 하는지, 육수를 맛있게 우려내려면 어떻게 해야 하는지 등 오랜 경험을 바탕으로 쌓여온 중요한 비법들을 가르쳐 주세요. 그리고 어느 요리책에도 없는 중요한 정보들도 알려주세요. 남편은 아버지를 닮아 걸쭉한 찌개보다는 담백한 국을 더 좋아하고 소고기보다는 돼지고기를 더 좋아한다고, 또 시아버지는 밥을 드시기 전에 국물부터 한 사발 다 들이키실 만큼 건더기보다는 국물을 좋아하신다고 전해 주세요. 내가 하는 요리법이 정답이라는 것이 아니라 그저 시댁 식구들 입맛은 이렇단다 하고 정보를 주는 거지요.

아내를, 며느리를 요리 학원의 열등생으로 만들지 마세요. 마치 떡을 만드는 장인이 자신의 비법을 전수 받기 위해 남은 단 한 명의 수제자에게 맛의 비밀을 알려주듯이 정성과 사랑으로 알려주세요. 그 마음이 전달되면, 아무 것도 모르고 시집와서 걱정이 태산 같던 며느리도 하나씩 하나씩 익히며 자연스럽게 시댁의 맛에 익숙해지는 그런 날이 오지 않을까요?

### 남편의 포스트잇

## 아내의 정성을 기억하세요

칭찬은 고래도 춤추게 합니다. 아내가 정성껏 차려준 음식이 내장이 뒤틀리고, 헛구역질이 나는 정도가 아니면 그냥 참고 먹어주세요. 그래도 이건 아니다, 엄마 손맛은커녕 씹어 삼킬 수가 없을 정도다 싶으면 하나의 칭찬 후에 우회적으로 지적해 주세요.

"와~ 처음 했는데 잘 만들었다. 진짜 식당에서 파는 비주얼인데? 간만 좀 더 맞추면 완벽하겠다."

어머니가 집에 와서 아내에게 요리 특훈을 할 때도 섣부른 훈수는 절대 금물입니다. 무턱대고 어머니의 맛을 그리워하는 멘트도, 아내에게 핀잔을 주는 것도 안 됩니다. 그저 두 여자가 주방에서 만들어내는 맛을 기다리고 나온 후에는 그 합동 작품에 찬사만 보내면 됩니다.

때리는 시어머니보다 말리는 시누이가 더 밉다고, 안 그래도 주눅이 들어 요리의 '요' 자만 들어도 식은땀이 나는 아내에게 엄마한테 잘 배워두라는 둥, 아무리 노력해도 엄마 손맛은 안 나온다는 둥 밉상 짓은 이제 그만. 그래도 열심히 한 번 배워보겠다고 무서운 시어머니 앞에서 앞치마를 동여맨 아내의 고마운 용기부터 기억해야겠습니다.

# 살림의
# 여왕


한 5년 전 즈음이던가요, 주말에 라디오 프로그램을 진행할 때 있던 일입니다. 경북 한 소도시 태생의 작가와 함께 일을 하게 되었습니다. 평소에는 점잖고 일도 잘하는 친구가 음식 타박이 좀 심한 편이었습니다. 물론 가게 주인에게 뭐라고 하는 것은 아니었지만, 조미료가 들어갔는지 안 들어갔는지 재료는 국산인지 꼼꼼하게 따지면서 먹는 것이었습니다. 몇 번 지켜보다가 '아, 젊은 사람이 왜 이렇게 몸을 챙겨?' 하며 물어봤더니 자기도 아차 했는지 이야기를 털어놓더군요.

작가의 어머니는 종갓집 맏며느리로 동네에서도 살림 잘하기로 정평이 나있는 분이셨다고 합니다. 종택 입구부터 뒤뜰까지 늘어선 수십 개가 넘는 장독 항아리는 언제나 유리알처럼 깨끗하고, 간장부터 고추장까지 일 년 내내 음식 재료 떨어지는 일 없이 층층시하 시할아버지까지 모시고 살아오셨다고요. 그런 어머니 밑에서 매일 특별히 신경 쓰고, 정성을 다한 음식만 먹고 자라서 그런지 유난히 음식 타박이 잦다며 이야기하는데, 절로 고개가 끄덕여졌습니다.

생각해보세요. 매일 그렇게 임금님 수랏상 같이 정갈하고 정성이 가득한 음식만 먹고 자란 친구가 서울에 올라와 대충 끼니만 때우려고 먹는 음식이 성에 차겠습니까? 그런데 그런 작가의 어머니도 고민은 있으셨다고 하더군요. 뛰어난 살림 솜씨로 어른들의 사랑을 받았지만, 동네 아주머니들 사이에서는 늘 따돌림의 대상이었다고 합니다. 하도 손끝이 야물고 살림을 잘해서 다른 집 시어머니와 시아버지가 그 집 가서 살림 좀 배우고 오라고 시키는 일도 있었다고 합니다. 자기도 나름 한다고 하고 있는데 비교가 되는 다른 집 며느리들은 작가의 어머니가 싫었을 수밖에요. 그리고 또 한 명, 작가의 오빠에게 시집온 올케 역시 죽을 맛이라고 합니다.

연애 시절 유난히 음식이나 정리정돈에 예민했던 지금의 남편을 보면서 어머니가 살림을 잘 하시나 보다 예상하긴 했지만, 실제로 만난 시어머니가 예상을 뛰어넘어 마사 스튜어트도 울고 갈 살림의 여왕인 경우가 있습니다. 반면 나는 할 줄 아는 음식이라고는 라면과 계란 프라이가 전부이고, 집안 청소는커녕 내 몸 씻고 정리하기도 바빴던 사람이라면 아내의 공포는 거의 극에 달할 테지요.

아내가 어느 정도 살림을 배우고 왔다고 해도 별반 달라지는 것은 없을 것입니다. 살림이라는 것이 정확한 교과서나 정해진 법칙이 없다 보니 살면서 내가 터득한 방법이 진리라고 생각하며 그대로 굳어진 어머니들도 많기 때문입니다. 그런 경우 며느리가 결혼 전에 조금 배워 왔다고 하는 살림 방식이 마음에 들 리 만무할 테지요.

148

남편들은 흔히 생각합니다. 모르는 건 서로 배우고, 어머니의 노하우와 며느리의 새로운 지식이 시너지를 발휘하면 더 좋은 것 아니냐고요. 저도 그렇게 생각했지요. 하지만 그렇게 이야기하면 아내들은 '순진한 소리 하고 있구나' 하는 얼굴로 바라봅니다.

시어머니에게 살림은 인생이요, 자존심이라는 것입니다. 30년 넘게해온 방식, 어쩌면 시어머니의 시어머니까지 거슬러 올라가는 집안의방식을 깨고 싶지 않고, 섣불리 그것에 대한 지적이나 조언을 하려다가 도리어 혼이 나는 경우도 많다는 것이지요.

저도 이 대목에서는 시어머니가 살아온 세월의 노하우나 연륜을 더깊이 헤아리지 못하고, 일단 새롭거나 편리한 방법이라고 해서 섣불리말을 꺼낸 며느리가 좀 더 주의했어야 한다고 생각합니다. 편리함과빠름보다는 은근함과 정성으로 쌓아온 시어머니의 살림 역사를 존중하는 태도를 보이는 게 우선이지요.

하지만 시어머니가 이렇게 자신의 살림에만 자존심과 원칙을 고수하면 좋을 텐데, 그 영역을 며느리 집안 살림에까지 확대하려고 할 때문제가 발생합니다. 시어머니 입장에서는 내가 살림을 하다 보니 이건이렇게 하는 것이 편하더라, 또 저건 저렇게 하는 것이 좋더라 일러주고 싶은 것들이 많습니다. 또 무엇보다 나의 살림 방식에 길들여진 아들과 함께 살고 있으니, 며느리가 내 방식을 배우고 그대로 따라하는 것이 당연하다고 생각하는 것입니다. 그렇지만 이걸 어쩌지요. 며느리에게도 며느리만의 살림 방법이 존재하니 말입니다.

가끔 시어머니가 한 번 다녀가시면 살림 위치를 싹 다 바꿔놓으셔서 매번 다시 정리를 해야 한다는 며느리의 한탄을 들은 적이 있습니다. 편하라고, 좋으라고 수고를 무릅쓰고 하신 것이겠지만, 며느리에게도 며느리만의 편한 자리와 동선이라는 것이 존재할 수 있겠지요. 시어머니께는 좋았던 방식이 오늘을 사는 며느리에게는 조금 불편하고 낯설 수 있다는 것을 알아주시면 어떨까요?

우리가 보약을 지을 때 자주 들어가는 단골 메뉴 중에 녹용이나 인삼이 있지요. 하지만 아무리 좋은 한약재라고 해도 모든 사람에게 다 녹용과 인삼이 좋을 수는 없습니다. 몸에 열이 많거나 특별히 그 한약재가 맞지 않는 사람들은 아무리 비싸고 좋은 한약재라 해도 별 효과가 없고 오히려 해가 되는 경우도 있습니다. 물론 살림의 방식에 있어서 시어머니의 방식을 따른다고 해서 무슨 큰 해가 있겠습니까. 하지만 편하라고 전하는 노하우가 오히려 그 사람을 불편하고 힘들게 한다면 안 하는 것만 못하겠지요.

아마도 며느리는 내가 하는 방식, 특히 며느리의 집에서 며느리가 하는 방식을 조금은 인정해주는 범위 내에서 시어머니의 놀라운 살림 노하우를 배우고 싶지 않을까 생각합니다. 달리 설명하자면, 그렇습니다, 퓨전이나 시너지라는 말을 써도 되겠군요. 신구의 조화를 이루며 새로운 시대의 새로운 살림 비법을 만들어가는 것도 의미 있는 일이 아닐까요? 내가 하는 방식이 옳으니까 무조건 이렇게 따라하라고 주입식으로 배우는 것보다는 시어머니와 여러 방법을 의논하고, 또 시어머니가 내 이야기도 들어주면서 새롭게 만들었던 방법들이 며느리의 기억 속에는 더 오래 기억되지 않을까요?

살림의 여왕에게 존경을 보냅니다. 오랜 세월, 손에 물마를 날 없이 밤낮 가족을 위해 희생해온 당신의 삶에 감사합니다. 하지만 그런 당신의 삶을 그대로 따라하는 것만이 존경과 감사의 표현은 아니라는 것을 현명한 당신은 알아주시리라 믿습니다. 며느리는 며느리의 자리에서 열심히 잘 보고 배울 테니, 며느리의 손끝도 조금은 믿어보시는 건 어떨까요? 그 작은 한 뼘 만큼의 허락이면 우리 며느리들은 충분할 겁니다.

**남편의 포스트잇**

## 어느 때라도 비교는 금물

비교하지 말아야 합니다. 모든 원흉은 비교에서 옵니다. "우리 엄마는 이렇게 했는데, 당신은 왜 저렇게 해?" 아무리 결과물이 마음에 들지 않더라도 엄마와 결혼한 것이 아닌 이상, 결혼 후에 엄마와 동일한 결과물을 내는 아내를 기대해서는 안 됩니다.

게다가 요즘은 살림이 여자들의 전유물인 시대도 지나갔습니다. 하다못해 음식물 쓰레기, 분리수거, 장보기까지 남자들이 담당하고 있는 부분도 큽니다. 굳이 어머니가 무언가를 우리 가정에 가르치고 싶으시다면 내가 배워도 무방합니다. 예전에 엄마가 해주던 손길이 그리웠는데 잘 됐다고 넉살 좋게 말해보는 겁니다. 아내는 바쁜 시간을 쪼개서 열심히 살아온 자신의 살림을 지킬 수 있고, 어머니는 자신의 살림 노하우를 썩히는 걸 안타까워하지 않아도 되니 일석이조입니다. 괜히 어머니와 아내를 비교해서 더 큰 분란을 일으키지 말고, 정 어머니의 솜씨가 그리우면 내가 배우면 될 일입니다.

# 며느리
# 줄 세우기

길다 - 짧다, 예쁘다 - 못생겼다, 쉽다 - 어렵다, 착하다 - 못됐다……
우리 사는 세상에는 이렇게 극명하게 비교되는 많은 표현과 기준들이
있습니다. 특정한 사물을 놓고 그것의 차이를 비교하는 것이 필요한
경우는 있겠지만, 저는 적어도 사람의 특성을 두고 두 사람을 비교하
는 행위는 지극히 비인간적인 처사라고 생각합니다. 사람은 '틀린' 것
보다는 '다른' 것일 경우가 많으니까 말입니다. 작아도 예쁠 수 있고,
어렵지만 재미있을 수 있습니다.

비교는 언제나 마음에 상처를 남깁니다. 우리나라에 '엄친아, 엄친
딸'이라는 말이 존재하는 것도 따지고 보면 슬픈 배경이 존재하는 것
아니겠습니까? '엄마 친구 아들은 뭐도 하고 뭐도 했다는데 너는 뭐
야?'라며 다른 아이와 비교하는 엄마의 푸념이 아이에게는 큰 상처를
남깁니다. 그래도 경쟁으로 바글바글했던 학교를 졸업하고, 직장생활
까지 해서 '아~ 이제는 비교 당할 일 없겠구나' 싶은데, 아뿔싸, 아직

도 거쳐야 할 비교의 관문이 남아 있습니다. 바로 시어머니가 다른 며느리들과 자신을 비교하는 과정 말입니다.

생각해보면 아들이 하나 이상 있는 집에서 어머니들이 형제를 크게 비교하면서 키우지는 않는 편입니다. 하나가 월등히 모범생이고, 또 나머지 하나가 부모 속을 새까맣게 태우는 말썽쟁이가 아니었다면 대부분 형제의 다른 점을 비교하기보다는 이런 자식 있으면 저런 자식도 있지 하고 받아들이는 경우가 많더라는 겁니다. 첫째 아들은 공부도 잘하고 잔소리 안 해도 알아서 척척 하는 듬직함이 있는 반면, 둘째 아들은 일일이 잔소리해야 하고 따라 다니면서 공부를 시켜야 하긴 했지만 집안 살림도 곧잘 도와주고 애교도 많아 딸처럼 키웠다는 집들도 많으실 겁니다.

딸도 마찬가지입니다. '언니 좀 닮아라', '동생보다 못 하니!' 하며 꾸중은 했지만, 그래도 큰 딸은 큰 딸대로, 작은 딸은 작은 딸대로의 개성을 마음 깊이 이해하고 있습니다. 그런데 왜 이렇게 내 자식의 아롱이다롱이는 인정하고 받아들이면서 며느리들의 서로 다른 차이점은 쉽게 받아들이지 못하는 걸까요?

아마도 기대 때문일 것입니다. 기대에 못 미치면 불만을 가지게 되고 좀 더 나아보이는 것과 비교하게 되는 것이 사람 심리이기 때문이겠지요. 하지만 비교를 당하는 며느리 입장에서 보면, 며느리도 자식이고 상대적으로 좀 못나 보이는 며느리도 며느리인데 왜 누구는 예뻐하고 또 누구는 덜 예뻐하는지 속상하지 않을까요?

이 세상에서 사랑받지 않아도 괜찮은 존재는 없습니다. 아무리 쿨한 척, 괜찮은 척 해도 비슷한 상황에서 다른 사람과 비교되어 외면당하거나 사랑받지 못한다고 느낄 때 상처받지 않을 사람이 과연 있을까요? 더군다나 며느리로서 시어머니에게 사랑 받고 싶은 욕심이 있던 사람이라면 다른 며느리와 비교 당하는 상황은 상처를 넘어 어떤 상실감으로 다가올 테지요.

"비교 당하기 싫으면, 잘하면 된다!"라고 생각하실 분들도 있을지 모르겠습니다. 하지만 앞서 서로 반대되는 말들을 나열하면서 이야기를 나눴듯이 하나를 잘 못하는 특성이 있으면 또 다른 잘하는 것으로 커버되기도 하는 것이 사람 아닐까요? 그 사람의 다른 좋은 면을 보려는 노력이 부족한 것뿐이지, 보려고만 들면 세상에 장점이 없는 사람은 없다고 생각합니다. 비교를 하려는 매의 눈보다는 장점을 찾으려는 매의 눈이 더 필요한 것이지요.

이렇게 며느리끼리 줄 세우며 비교하는 문화는 한 집안에 며느리들을 쉽게 갈라놓습니다. 가끔 만나서 친구처럼 차도 마시고, 시댁 흉도 좀 보고, 같이 아이 기르고 바삐 살아가는 젊은 세대들끼리 충분히 잘 지낼 수도 있을 텐데 시어머니의 '비교체험 극과 극' 속에만 들어갔다 나오면 그런 관계는 물 건너 가버리고 맙니다. 자연스럽게 며느리들끼리 경쟁하게 되고, 경계하게 되고, 가족보다는 영원한 라이벌이 되는 슬픈 결과를 초래하게 되지요.

명절 때마다 다 같이 둘러 앉아 식사할 때 할아버님이 하시던 말씀 중에 제일 많이 들었던 말은 아마도 "우애 있게 지내라" 아니었을까요? 하지만 전 부치는 모양 하나, 용돈 넣은 봉투의 두께까지 하나하나 모두 비교의 대상이 된다면 과연 그게 가능할까요? 어쩌면 우애 있게 지내라는 웃어른의 말씀이 끝나자마자 모든 며느리들이 시어머니를 바라보는 웃지 못 할 일이 벌어질지도 모르겠습니다.

며느리에게 장가를 든 시어머니의 아들도 처가에서 매일 백 점만 맞는 사위는 못 됩니다. 자주 찾아뵙지도 못하고, 넉넉하게 용돈을 드릴 형편도 아니지요. 그렇다고 내 아들이 처가에 가서 손위 동서나 손아래 동서보다 못한 대접을 받는다고 생각해보세요. 아마 당장이라도 사돈댁으로 달려가고 싶을 어머님들 많으실 겁니다. 며느리도 마찬가지 아닐까요? 열 손가락 깨물어 안 아픈 손가락이 없다는 말이 며느리들에게도 적용되기를 바라고 있습니다.

가족이기 때문에 허물도 덮어주고, 어른이기 때문에 참고 기다려주시리라 믿는 마음, 어렵기만 한 시어머니가 아니라 사랑하는 남편의 어머니로 더욱 가까이 가고 싶은 마음, 이 마음의 시작은 비교의 잣대를 버리는 것에서부터 시작되어야 하지 않을까요?

"우리 큰 며느리는 손끝이 매워서 한 번 알려주면 찰떡 같이 알아들어 예쁘고, 작은 며느리는 종달새처럼 조잘조잘 늘 내 기분 맞추려고 세심하게 신경 쓰는 마음 씀씀이가 예쁘지요."

친척 분들이 오셨을 때, 마음으로 두 며느리 모두 칭찬하는 것을 들었을 때 며느리들의 기분이 어떨지 저는 감히 상상도 안 됩니다. 어렵다고 느꼈던 사람에게 인정받고 또 사랑 받는다는 것을 알았을 때 느끼는 감동은 아마 다른 경우보다 몇 배는 더 하겠지요.

새끼 제비를 키우는 어미 제비는 바쁘게 먹을 것을 물어와 모든 새끼들에게 골고루 음식을 먹입니다. 결코 공평함을 잊지 않습니다. 어떤 새끼가 예쁘다고 한 녀석에게만 먹이를 주는 법도 없습니다. 시어머니도 사실은 어미 제비의 마음임을 알고 있습니다. 그래도 어쩌다

한 번 먹이를 거른 새끼 제비는 참 서럽답니다. 잊지 말고, 더 배고프다고 쩍쩍거리기 전에 알려주세요. 너도 내 둥지 안에 귀엽고 소중한 새끼라고 말입니다.

## 사랑하는 아내가 사랑받는 며느리가 되도록

아내의 장점을 가장 잘 알고 있는 사람은 바로 남편입니다. 솔직히 말해 며느리가 어떻게 자기 자신을 프레젠테이션 잘할 수 있겠습니까. "나는 이건 못 하지만 저건 잘한다"는 말이 입 안에서만 맴돌다 사라집니다. 이럴 때 남편이 좀 나서주면 어떨까요?

아내가 잘하는 것을 선보일 수 있는 기회도 만들어 주고 티 안 나게 영업도 하세요. '뭘 그렇게까지 해야 하나?' 싶으신가요? 아내 자랑하는 팔불출은 되기 싫다고요? 좀 드라이한 비유를 해보자면, 내가 좋다고 선택한 어떤 물건이 다른 대중에게는 외면당하는 것, 자존심 상하지 않으시나요?

저는 그렇습니다. 내 아내가 다른 사람들도 아닌 내 가족, 내 어머니에게 비교 당하며 낮은 점수를 받는다면 결국 이것은 내 점수나 마찬가지입니다. 어릴 때처럼 따질 것입니다. "왜 형만 예뻐하고 나는 찬밥이야? 나는 엄마한테 이것도 해줄 수 있고, 저것도 해줄 건데!" 하고 말이지요.

내가 사랑하는 아내를 우리 어머니도 사랑하는 것, 간단하고 별 것 아닌 것 같아도 그것만한 행복과 다행이 없습니다. 요령껏 아내를 프레젠테이션 하는 방법, 연구 한 번 해보는 건 어떨까요?

# 나보다 예쁜
# 시어머니

저는 제 어머니 연배의 어르신들이 외출 하신다고 고운 스카프를 매고, 화장도 꼼꼼히 하고 곱게 단장하시는 모습을 보면 그렇게 보기 좋을 수가 없습니다. 제 아내 역시 직업 특성상 화장을 하는 편이 잦아서, 가끔 그런 부탁을 넌지시 하기도 했습니다. 지금은 갖춰 입고 화장하는 게 귀찮고 싫겠지만, 나중에 우리가 더 나이가 든 후에 같이 외출할 때는 곱게 화장을 해달라고 말입니다. 자신을 곱게 가꾸며 나이에 상관없이 아름다움을 간직한 여인에게는 늘 은은하고 고운 향기가 나기 때문입니다.

어릴 적에 친구 집에 놀러갔을 때, 집에서 아무 화장도 하지 않고 계시는 저희 어머니와는 달리 집안에 있는데도 항상 곱게 화장을 하고 계시는 친구 어머니를 봤을 때 느꼈던 생경함이 떠오르기도 합니다. 물론 곱게 화장을 한 친구 어머니가 집안일을 소홀히 하며 바깥출입이 잦으셨던 것은 아닙니다. 다만 어린 마음에도 '어딘지 모르게 우리 엄마와는 참 다르다' 그렇게 느꼈을 뿐이지요.

　나중에 돌이켜보니 그것은 어디까지나 개인의 취향과 선택의 문제더군요. 화장을 하느냐, 안 하느냐에 따라서 어머니의 진정한 모습이 결정되는 것은 아니더라는 것입니다. 그러나 매일 화장을 하고, 자신을 가꾸는 일에 부지런한 시어머니를 둔 며느리들에게는 이것이 그리 간단한 문제가 아니라고 합니다.

　여자들 중에는 밥은 안 먹어도 화장은 꼭 하는 유형이 있는 반면, 일 년에 한두 번 중요한 행사 때 외에는 화장하는 법이 없는 유형의 여자도 있습니다. 밥은 안 먹어도 화장은 꼭 하는 유형의 며느리가 집에서도 고이 화장을 하는 시어머니에게 배정되면 둘 사이에 무슨 문제가 있겠습니까? 하지만 문제는 꼭 화장을 곱게 하고 있어야 한다고 생각하는 시어머니 밑에 죽어도 민낯이 편하다는 며느리가 따라가는 경우입니다. 이게 바로 운명의 장난이 아니고 뭐겠습니까.

　대부분 화장을 곱게 하는 시어머니의 경우 자신을 가꾸는 일에도 매우 열심이십니다. 공들여서 손톱 관리도 하시고, 대중목욕탕에서 사우나도 빼놓지 않으십니다. 명품이나 비싼 옷이 아니더라도 자주 가는 옷가게가 있으셔서 정기적으로 가서 쇼핑도 하시지요. 전반적으로 자신의 얼굴과 몸, 그리고 여자로서 아름다워 보이기 위한 노력을 게을리 하지 않으신다고 할 수 있겠습니다. 그렇게 함으로써 젊음도 유지하고, 스스로 자존감도 높일 수 있다면 칭찬 받아 마땅한 부지런함이요, 보고 배울 것 역시 많다 하겠습니다.

　하지만 세상에 모든 여자들이 아름다움에 똑같이 관심이 있는 것은 아니잖습니까? 아마도 나보다 아름다운 시어머니의 뷰티 클래스를 따

라 다니는 것이 생각만큼 그렇게 즐겁고 재밌지 못한 며느리들도 많을 것입니다. 시어머니가 좋아하시니까, 함께 가길 원하시니까 동행해 드리고 장단은 맞추지만, 실상 며느리는 나 자신을 가꾸는 일보다는 다른 일에 더 관심이 많을 수도 있지 않을까요?

다시 말해 이것은 어디까지나 취향의 문제, 개인의 취향일 뿐입니다. 시어머니 입장에서는 며느리가 예쁘고 화사하게 갖춰진 모습으로 자기와 공통의 취미를 가지면 서로 빨리 가까워지고 좋을 거라고 생각하셨을 테지요. 하지만 네일숍에서 의상실로, 다시 마사지 받으러 데리고 다니기 전에 미리 한 번 정도는 취미가 무엇인지, 너는 무엇을 좋아하는지 물어봐주었더라면 어땠을까요?

"아가, 넌 뭘 좋아하니?"

"나는 네가 나와 같이 다니는 것이 참 좋구나."

"오늘은 나 좋아하는 곳 갔으니, 다음에는 너 좋아하는 곳도 가보자."

인류의 먼 조상인 호모 사피엔스는 동시대를 살았던 인종 네안데르탈인이 멸종한 뒤에도 살아남았는데, 그 원인에 대해 여러 가설들이 있습니다. 그중 제가 흥미롭게 생각하는 것은 바로 '입천장 가설'입니다. 호모 사피엔스의 입천장은 지금 우리와 비슷하게 둥글었던 반면, 네안데르탈인의 입천장은 유인원과 마찬가지로 평평했다고 하지요. 이런 까닭에 네안데르탈인은 호모 사피엔스에 비해 발음이 부정확했고, 서로 의사소통을 원활히 하기가 어려웠다는 겁니다. 결국 상대적으로 의사소통이 잘 이루어졌던 호모 사피엔스가 혹독한 빙하기를 견디고 살아남아 우리의 조상이 되었다는 게 입천장 가설입니다.

시어머니와 며느리는 모두 둥근 입천장을 갖고 있는 같은 인종입니다. 얼마든지 의사소통이 가능하다는 말입니다. 무엇을 좋아하는지 입을 열고 며느리에게 건네는 시어머니의 목소리가 며느리의 마음도 녹이고, 둘 사이에 언 강처럼 놓였던 고부갈등도 녹일 수 있지 않을까요?

남편의 포스트잇

## 남편의 의견도 들려주세요

솔직히 말해, 조금 이기적인 심정으로 아내가 화장을 하고 안 하고는 우리 남편들에게도 선택권이 있는 것 아닐까요? 저는 그렇게 생각합니다. 남편이 아내가 화장을 하고 있는 것이 좋다면, 사랑하는 사람의 사랑을 좀 더 오래 유지하고자 하는 노력의 일환으로 우리 어머니처럼 화장을 좀 하고 있었으면 좋겠다고, 저는 요구할 수 있다고 봅니다. 아내가 화장하는 것을 너무 싫어하지만 않는다면 말이지요.

하지만 남편인 내가 아내가 화장하는 것보다는 민낯으로 자연스러운 것이 좋다면, 그리고 아내 역시 화장하는 것을 별로 즐기지 않는다면 어머니에게 당당하게 말할 수도 있겠지요.

"엄마! 저는 이 사람이 화장하는 게 별로 안 좋아요."

나는 공산당이 싫어요, 같은 뉘앙스가 살짝 풍기기도 하지만 저는 그렇게 생각합니다. 집 안에서 아내의 화장 유무를 결정하는 것은 첫 번째가 아내의 의사요, 두 번째 정도는 남편의 의사도 반영되어야 한다고 말이죠. 이 권리를 어머니께 잘 설득해 보십시오. 의외로 잘 통할지도 모릅니다.

# 경상도 시어머니
# 전라도 며느리


얼마 전 케이블 채널에서 인기리에 방영되었던 드라마 '응답하라, 1994'를 보았습니다. 한 하숙집에 전라도, 경상도, 서울 친구들까지 한데 어울려 지내면서 벌어지는 사랑과 우정의 이야기가 참 유쾌하고 싱그러웠습니다.

저는 서울에서 나고 자란 서울내기, 서울 촌놈입니다. 그래서 대학에 가서 만나는 지방 친구들의 사투리가 신기하기도 하고, 그렇게 정감이 갈 수가 없었습니다. 제가 이 드라마를 유심히 보게 된 것도 구수한 사투리 연기 때문이었지요. 화가 난다는 표현 하나도, 생각하면 조금 살벌하긴 하지만, "확 그냥 창시를 뽑아다가 젓갈을 담가불랑게~"라는 구수한 표현으로 재탄생되고, 조용히 하고 밥이나 먹으라는 표현도 "고마 쎄리 마 주디를 주 잡아 째뿔라!"라는 알아듣긴 힘들어도 어딘가 카타르시스가 있는 표현으로 나옵니다.

그리고 또 하나! 제가 그 드라마를 웃으며 흐뭇하게 보았던 이유에는 청춘이라는 이름 속에서 지역감정이라는 해묵은 우리의 병폐를 찾아볼 수 없다는 점도 있습니다. 사실 제가 학교에 다닐 때만 해도 알게 모르게 지역감정이 존재했습니다. 누구도 정확히 무엇 때문에 왜 생겼는지 알 수 없는, 그저 서로에게 남겨진 아픈 현대 역사의 상처를 가지고 더 큰 상처를 만들고 있는 지역감정은 지금 이 순간, 우리 가정에도 존재하는 곳이 있습니다.

제 대학 동기 중에 신입생 때 만나 결혼한 커플이 있습니다. 여자는 전라도 광주 출신이고 남자는 경남 진주 출신이었기 때문에 영호남의 결합이라고 '영결커플'이라는 별명이 있을 정도로 나름 유명했습니다. 하지만 두 사람에게는 커다란 장애물이 있었습니다. 두 집안 사이의 지역감정은 결코 간과할 수 없는 것이었지요. 노골적으로 전라도 며느리를 싫어하는 경상도 시어머니의 구박 아닌 구박은 친구를 아주 오랫동안 힘들게 했다는 후문이었습니다.

결혼한 후 4~5년 정도가 지나서 길에서 우연히 만난 동기가 "걔는 학교 때도 못 고친 사투리를 경상도 시어머니 만나면서 싹 고쳤더라" 하는데, 어쩐지 마음이 아팠습니다. 아마도 시어머니가 며느리의 전라도 사투리가 집안에서 들리는 것을 마뜩치 않아하셨겠지요. 하지만 세상에 어느 누가 태어날 때 부모를 선택하고, 나고 자랄 지역을 선택해 태어날 수 있겠습니까? 며느리는 그저 사랑하는 부모님 밑에서 태어나 고향에서 자라 대학에 왔고, 그곳에서 다른 지역 출신의 남편을 만났을 뿐입니다. 하지만 시어머니는 마치 며느리에게 나쁜 피라도 흐른다고 생각하시는지 돌이킬 수도, 바꿀 수도 없는 문제로 감정의 골을 키워가는 게 무척 안타까웠습니다.

물론 지방마다 조금씩 가풍이 다르고, 음식을 하는 방법에도 많은 차이가 있을 테지요. 또 사투리가 심하건 심하지 않건 간에 서로 간에 사용하는 말이 다르면 당연히 거리감이나 이질감이 느껴질 거고요. 하지만 시댁 식구들이 이질감을 느끼는 만큼 며느리도 이질감을 느끼고 있지 않을까요? 시어머니나 시아버지가 하는 말 역시 며느리에게는 마치 외국어처럼 듣기 힘든 것입니다. 며느리가 살던 지방에서는 본 적도 없는 음식을 맛봐야 하고, 또 몇 번 지나면 비슷하게 흉내라도 내야 하는 며느리를 그저 우리와 다른 이방인 취급해 버린다면 오늘도 며느리는 집 안의 외로운 섬으로 떠있게 되지 않을까요?

설령 저 멀리 목성이나 화성에서 왔다고 해도 며느리는 결코 낯선 사람일 수 없다는 생각이 듭니다. 왜냐고요? 당신 속으로 낳은 아들이 선택해 사랑한다고, 함께 살고 싶다고 한 여자이기 때문입니다. 며느리를 바라보며 사랑에 빠졌던 아들의 눈도 당신이 준 것이요, 며느리에게 처음 사랑을 고백하며 꿇었던 무릎도 당신이 만든 것입니다. 며느리는 외계인도 아니고, 전라도와 경상도라는 눈에 보이지도 않는 경계로 판단할 수 있는 사람도 아닙니다.

인기 코미디 프로그램인 '개그콘서트'에서 예전에 선보인 코너 중에 '생활사투리'가 있었습니다. 같은 표현을 경상도 말로도 배우고 전라도 말로도 배우는 것이 참 재미있었지요. 가끔 볼 때마다 어쩌면 그렇게 각 지방의 사투리를 콕콕 집어서 알려주는지 신기하기까지 했습니다. 다른 것을 배운다는 것은 이렇게 즐겁고 호기심 넘치는 일 아닐까요? 그리고 찾아보면 경상도, 전라도 방언 중에 배꼽 잡고 웃을 만한 재미있는 표현들이 참 많을 겁니다. 우리가 모르는 다른 환경에서 나고 자란 며느리에게 생전 첨 듣는 걸쭉한 사투리도 들어보고, 그건 우리말이 더 화끈하다 싶은 것 있으시면 알려도 주시고…… 그렇게 하나 알려주고 하나 알아가면서 우리는 가족이 되어갈 겁니다.

아픈 역사는 다시 되풀이하지 말아야 할 과거 속에 묻어 두시고 "영남의 쾌활한 기운과 호남의 호방한 기운이 만나서 집안이 술술 잘 풀리겠다!"라며 덕담으로 맞아주시면 어떨까요?

**남편의 포스트잇**

## 아내의 파수꾼이 되세요

늘 강조하지만, 아내보다는 내가 부모님을 더 잘 압니다. 유난히 싫어하는 것이나 꼭 알아두어야 할 지방색이 강한 특징이 있다면 기억해두었다가 미리 아내에게 알려주세요. 서로의 사투리에 익숙해지기 전까지 되도록 표준어를 사용하는 것도 방법이겠지요. 그리고 가능하면 가족의 대화에서 정치이야기는 빼는 것이 좋겠습니다. 혹시나 뉴스를 보면서 정치 이야기가 화제로 올라올 것 같으면 눈치껏 남편이 아내를 다른 곳으로 부르거나, 부모님의 시선을 딴 곳으로 돌리는 지혜를 발휘하세요.

급한 불은 끄고 봐야 하고, 소나기는 일단 피해야 합니다. 아내를 가족으로 받아들이기까지, 아내 역시 낯선 지역 색을 가진 집안에 적응하기 전까지 위험 요소들을 미리 알려주고 상황을 피할 수 있도록 도와주는 파수꾼의 역할을 남편이 해주자고요.

# 4

엄마의
탄생

# 손가락 열 개
# 발가락 열 개

　요즘 신혼부부에게 언제 아이를 가질 거냐고 물어보는 것은 눈치 없는 행동이라지요? 처음에 그 이야기를 들었을 때는 요즘에는 옛날처럼 결혼한다고 모두 아이를 낳는 것은 아니라서 그런가보다 싶었습니다. 아이 없이 부부끼리 살기로 했다는 이들도 종종 보았고요. 그런데 꼭 그런 이유 때문만은 아니라고 하더군요. 실제로 자의에 의해 아이를 낳지 않는 경우도 있지만, 아이를 갖고 싶은데도 생기지 않는 경우가 생각보다 많기 때문이라는 거지요.

　예전에는 결혼을 하면 임신을 하고, 또 출산을 하는 것이 자연스러운 과정이었습니다. 하지만 최근에는 특별한 이유가 없는데도 아이를 갖지 못하는 경우가 늘어나고, 또 어렵게 아이를 가졌음에도 불구하고 임신 중에 아이를 잃어버리는 경우도 종종 있습니다. 사랑하는 아이의 태명을 짓고, 지인들에게 아이 선물도 잔뜩 받았는데, 두근거리는 아이의 심장박동 소리까지 들었는데 아이를 한 번 안아보지도 못한 채 떠나 보내야 하는 엄마의 심정을 감히 누가 이해할 수 있을까요?

하지만 사람들은 참 잔인합니다. 자신들이 잊었다고 해서, 상대방도 잊었을 거라고 믿는 거죠. 그래서 한 번 아이를 잃었던 엄마가 다시 아이를 가진 뒤 임신 10개월 동안 조금은 유난스럽다 싶을 정도로 조심하는 모습을 대수롭지 않게 여깁니다. 이럴 때 엄마들은 잘 모르는 사람들의 무신경함보다 오히려 가까운 사람들의 작은 무관심에 더 큰 상처를 받습니다. 지난 번 아이를 임신했을 때 자신이 무심코 했던 행동들이 혹여 아이에게 안 좋은 영향을 미친 것은 아닐까 곱씹어보고 또 곱씹어보는 것이 엄마이기 때문입니다. 같은 실수를 두 번 다시 반복하고 싶지 않은 마음이겠지요.

아이를 만날 날이 다가올수록 더욱 긴장하고 걱정하는 엄마는 또 있습니다. 바로 아이의 유전적인 질환을 걱정해야만 하는 엄마들입니다. 엄마 자신이 특정 질환을 가지고 있는 경우도 있고, 먼저 태어난 아이가 이미 증상을 가지고 태어나서 동생에게도 나타날 확률이 큰 경우도 그렇습니다. 자신이 병을 경험해보거나 첫째 아이의 아픔을 보아온 엄마는 아이의 탄생을 마냥 기쁘고 즐거운 마음으로 기다리지 못합니다. 혹여 아이가 겪을지 모르는 삶에 대한 무게를 미리 온몸으로 느끼고 걱정합니다.

분만실에서 아이가 태어나면 가장 많이 하는 질문이 이것이라고 하죠?

"손가락, 발가락 다 있나요? 건강한가요?"

그렇습니다. 엄마는 아이가 세상과 만나는 그 순간 건강하고 우렁찬 울음으로 우리가 사는 세계를 깨워주기를 바랍니다. 소박하지만 강

럴한 소망이지요. 하지만 여러 가지 이유로 다양한 문제들을 걱정해야 하는 엄마들에게 그 소망은 그저 소소한 것이 아닙니다.

남자인 제가 모성의 마음을 다 안다고 할 수는 없지만, 어느 정도는 이해할 수 있습니다. 혹시나 아이를 잃지는 않을까, 아이에게 무슨 일이 닥치지는 않을까, 아이가 혹시나 건강에 이상이 있거나 우리가 흔히 말하는 정상적인 상태가 아니면 어쩌나…… 두렵고 떨리는 그 마음을 왜 모르겠습니까.

할 수만 있다면 세상의 모든 악하고 더러운 것들로부터 아이를 보호해주고 싶은 게 엄마의 마음입니다. 그런데 그것은 고사하고 태어나면서부터 무언가와 싸워야 하는 상황을 만들게 될까 봐 두렵고 미안한 마음인 것이지요. 출산 직후 피를 철철 흘리는 고통을 참아내면서 아이의 손가락과 발가락부터 확인하는 이 땅의 수많은 엄마들의 그 마음 말입니다.

아이가 참 귀한 세상입니다. 한 집에 하나만 있어도 다행인 시대가 왔습니다. 하지만 희소성의 가치에 기대어 아이를 소중하게 여길 어리석은 사람은 없겠지요? 모든 아이가 존재 자체만으로도 귀하듯, 이 아이들을 뱃속에서부터 보호하고자 하는 엄마의 마음 역시 존중받아 마땅합니다. 엄마의 두려움을 함께 이해하고, 혹시 미연에 방지할 수 있는 것들이 있다면 우리가, 또 사회가 나서서 아이를 보호하는 데 유난을 좀 떨어야 하지 않을까요?

'임신이 무슨 유세냐, 다들 잘만 낳아 기르는 아이 혼자만 낳느냐.' 이런 말들로 가뜩이나 두렵고 걱정스런 엄마의 마음에 더 큰 상처를 주지 말아야겠습니다. 엄마의 유난스러움이, 엄마의 걱정이 우리가 이룬 크고 작은 성취의 바탕이 되었음을 잘 알고 있지 않나요? 아이가 손가락과 발가락을 열 개씩 온전히 달고 태어나길 꿈꾸는 엄마의 기도를 함께 응원하면 좋겠습니다.

**남편의 포스트잇**

## 이성적인 논리는 바로 이럴때 필요한 것!

임신 기간 동안 나름대로 잘 버티던 아내가 주변 사람에게 들은 이야기나 인터넷에서 본 내용 때문에 급격히 패닉에 빠지는 경우가 있습니다. 출산을 코앞에 두고 아이가 사산되거나 아이가 질병을 가지고 태어나는 경우를 염려하는 거죠. 이런 경우에 모호한 긍정은 그다지 도움이 되지 않습니다. "잘 될 거야, 우리 아이는 괜찮을 거야"라는 식의 위로가 통하지 않는다는 겁니다. 또 "그런 쓸데없는 걱정 하지 마" 같은 타박도 금물입니다.

이럴 때 우리 남자들이 잘 하는 것을 해봅시다. 바로 이성과 논리를 바탕으로 눈에 보이는 해답을 제시하는 겁니다. 아이의 존재를 처음 확인했던 순간부터 아이가 제법 모습을 갖춘 지금까지의 초음파 사진을 모아서 보여주는 방법입니다. 차츰 차츰 우리와 비슷한 모습으로 커가는 아이의 사진을 증거로 아내를 이성적인 공간으로 인도해 주세요.

산모가 스트레스를 받거나 불안해 하면 태아에게도 안 좋은 영향을 미칠 수 있다고 합니다. 그러니 평소에는 재미없고 딱딱하다며 핀잔만 들어왔던 남편의 이성적인 논리로 아내의 감정적 균형을 찾아주는 것도 반드시 필요하지 않을까요?

# 태교
## 아이에게 건네는 첫인사

제가 아직 결혼을 하기 전에 있던 일입니다. 또래 중에 결혼이 늦은 편이었던 탓에 당시 어떤 자리를 가건 저 혼자 미혼 남성인 경우가 많았습니다. 그날도 남자 너덧 명이 모여 간단하게 맥주를 마시고 있었는데, 한 친구의 아내에게서 전화가 왔습니다. 그리고 수화기 너머로 빨리 들어오라는 친구 아내의 채근이 들려왔지요.

우리는 어서 일어나라며 전화의 주인공을 집으로 떠밀었습니다. 분위기가 깨진 것이 싫어서도 아니요, 얼른 그 친구를 집으로 보내고 험담을 하기 위해서도 아니었습니다. 단지 그 친구의 아내가 임신 중이었기 때문이었습니다. 하지만 이 친구의 대답이 가관이었죠.

"와이프 임신하고 나서 집에 가기가 싫다. 집에 가면 태교한답시고 앉아서 동화책을 몇 권 읽어야 되는지 아냐? 아주 미치겠다."

아마도 친구의 아내는 남편에게 일찍 퇴근해 함께 태교를 하자고 했던 모양이었습니다. 그 친구는 뱃속의 아이를 사랑하지 않는 것은

아니지만 태교는 엄마가 하는 것 아니냐며 손사래를 치더군요. 정말 태교는 엄마가, 아니, 엄마만 하는 것일까요?

아빠의 태교를 받아들이지 못하는 예의 그 친구는 경상도 출신이었습니다. 아! 그렇다고 모든 경상도 남자를 매도하려는 것은 절대 아닙니다. 단지, 아이에게 살갑게 무언가 하는 것을 부끄러워하는 많은 남자들에 대해 이야기하려는 것뿐입니다. 태교는 아빠가 아이에게 살갑게 대하는 첫 번째 시도이자 몸짓입니다. 엄마는 그것을 함께 하고 싶어 하고, 아빠는 그것을 쑥스러워 합니다. 임신이라는 예민한 상황에 있는 아내는 남편의 그러한 태도에 상처받고 남편을 원망하게 됩니다. 우리의 채근에도 불구하고 자리에서 일어나지 않던 친구 역시 울음과 원망이 뒤섞인 아내의 전화를 다시 받고 나서야 당황한 기색을 감추지 못하며 자리를 떠야 했지요.

다시 본래 질문으로 돌아가, 태교는 과연 엄마만 하는 것일까요? 이 질문의 대답이 '그렇다'라고 한다면, 아이가 태어난 후 자라면서 오로지 엄마하고만 대화하기를 바란다고 해도 아빠들은 할 말이 없을 겁니다. 아이가 뱃속에 있을 때부터 이미 모든 소통의 마이크를 엄마에게 넘겨주었으니까 말입니다.

아내는 태교에 있어 '솔로'가 아닌 '듀엣'을 원합니다. 엄마 혼자 좋은 태교 교재를 들고 무대에 오르는 대신 아빠가 기꺼운 마음으로 함께 해주기를 기대합니다. 아빠에게도 마이크를 나눠준 거죠.

요즘 젊은 아빠들은 엄마 못지않게, 때로는 더 열심히 태교에 임한다고 하더군요. 제가 아는 어떤 예비 아빠는 태교를 하나의 보험이라고 표현하기도 했습니다. 나중에 아이가 자라서 말도 안 듣고, 정서적으로도 불안해 부모의 애간장을 녹일 것을 대비해 열심히 뱃속에서부터 태교를 해두겠다는 겁니다. 영리합니다.

하지만 이런 귀여운 계산이 아니더라도, 아내는 남편이 알아주기를 바랐던 것으로 보입니다. 아이를 품 안에 안고 부모의 이야기를 들려줄 시간이 많지 않다는 것을 말입니다. 그러니 외식을 해도 스마트폰만 바라보고, 눈앞에서 문을 쾅 닫으며 자기 방으로 들어가 버리는 아이가 될 확률을 조금이라도 줄여보자고 말입니다. 그러니 남편들이여, 아내 혼자 태교의 무대에 올리지 말고 함께 하시기 바랍니다.

# 남편도
# 입덧을 할까

12월이 되면 연말이라 바쁜 시기이기도 하지만, 딸기가 제철인 때이기도 합니다. 뜬금없이 딸기 얘기를 왜 하느냐 하면 집에 여자가 셋이다 보니 쌀값보다 과일 값이 더 든다고 해도 과언이 아니더란 말입니다. 세 여자가 모두 과일을 좋아하다 보니 가계부는 허리가 휘어도 집에 과일은 안 떨어집니다.

우리 집 장보기는 언제나 제 담당이라 이제 과일 고르는 것쯤은 일도 아닌 경지에 이르렀습니다. 사과는 꼭지 부분부터 붉은 것을 고르고, 딸기는 가능하면 바구니에 담긴 랩이 씌워지지 않은 것으로 삽니다. 남자가 마트에서 꼼꼼하게 과일을 고르고 있으면 지나가는 아주머니들이 한마디씩 하시지요.

"아이고, 애들 엄마 입덧할 때도 과일 잘 챙겨줬겠어요."

맞습니다. 아내에게 해준 일 중에 자랑할 게 별로 없는 사람이지만, 그것 하나는 자부합니다. 아내가 두 딸을 임신했을 때 먹고 싶다는 것

176

이 있다면, 한밤중이건 먼 길이건 마다 않고 사다주었습니다. 아내는 아직도 가끔씩 그것에 대한 치하를 합니다. 그러면 저는 짐짓 별 일 아니라는 듯 "뭐 그런 걸 다 기억하냐"고 넘어가지만, 속으로는 '아, 그 야심한 밤에 달려 나가길 참 잘했구나' 하고 생각합니다.

믿거나 말거나 우리가 아는 속설 중에 입덧 중에 먹고 싶은 것을 제대로 못 먹으면 들창코 아이가 나온다는 이야기가 있습니다. 물론 아이가 들창코로 나올까 봐 무서워서 입덧하는 아내의 요구를 군말 없이 들어준 것은 아니었습니다. 다만 무엇이 먹고 싶다, 무엇은 못 먹겠다…… 이렇게 음식에 관해서 자신도 제어할 수 없는 상황에 이르는 아내의 모습이 안타까웠습니다.

평소에 그렇게 좋아하던 음식은 입에도 못 대고, 거들떠보지 않던 음식들을 찾게 되는 생경함에 본인은 얼마나 적응이 안 될까요? 자신조차 이해할 수 없는 뜻밖의 상황에 어리둥절할 것입니다. 임신은 이렇게 몸의 변화뿐만 아니라 마음의 변화를 더 많이 가져오곤 합니다. 그래서 작은 일에 크게 감동하고, 또 마음을 다치는 시기일 테지요.

저는 입덧하면 우연히 만난 젊은 예비 아빠가 떠오릅니다. 공갈빵으로 유명한 남대문의 한 제과점 안에서 연신 휴대전화를 들고 아내와 통화하는 남자는 누가 봐도 딱 예비 아빠였습니다. 엿들으려고 한 건 아니었지만, 좁은 실내에서 이야기가 오고가다보니 자연스럽게 대화를 들을 수 있었는데요. 말인즉슨 아내의 입덧 때문에 자신도 음식을 제대로 먹지 못한다는 것이었습니다. 말로만 듣던 '남편 입덧'을 하고 있었던 거죠.

그는 빵 냄새를 맡으니 역한 기운이 없어진다며, 얼른 사서 집으로 가겠노라고 말하고 전화를 끊었습니다. 서둘러 빵을 고르는 남자를 저 말고도 나이 지긋한 손님 여러 명이 물끄러미 바라봤던 기억이 납니다. 예비 아빠가 공갈빵을 들고 사라진 후에 몇몇 어르신들은 유난을 떤다며 핀잔을 주기도 했지만, 저는 어쩐지 그 모습에 미소가 지어졌습니다. 그는 과학적으로는 절대로 설명할 수 없는 연대감이 주는, 조금은 괴롭지만 특별한 경험을 하고 있었습니다.

물론 아내와 함께 입덧을 하는 남편이 다른 남자들에 비해 아내를 더 사랑한다고 말할 수는 없습니다. 중요한 것은 그가 아내의 고통을 함께 느끼고 있다는 사실이겠죠. 여자들이 원하는 것은 바로 그런 게 아닐까요? 고통분담이 아니라 공감 말입니다.

"내가 못 먹으니 너도 먹지 마라!"

"남은 굶고 있는데 입으로 음식이 넘어 가냐?"

아내가 임신했을 때, 이런 핀잔 들었던 적이 있으신가요? 그런 말을 하는 아내를 보며 오르락내리락하는 호르몬 때문에 신경이 날카로워져서 괜히 죄 없는 남편만 잡는다고 생각하지 않았나요? 하지만 아내는 남편이 진짜로 함께 굶기를 원했던 것이 아니라, 지금 아무것도 못 먹는 자신의 처지, 지금 갑작스레 어떤 음식이 먹고 싶은 자신의 마음에 공감해 달라는 것이었을 겁니다.

퇴근 후 남편의 손에 들린 공갈빵이나 딸기 한 봉지는 단순한 음식이 아닙니다. 입덧하는 아내가 무엇을 먹을 수 있을까 고민했다는 증거이고, 입덧이 오래가지 않았으면 하는 진심어린 바람입니다. 아내의 입덧을 누구나 거치는 당연한 단계로 일반화해 버린다면 아내는 딸기와 공갈빵을 볼 때마다 그때의 서운함을 떠올리겠지요.

"입덧 시기에 두어 달 잘 하면, 30년이 편안하다!"

남자들 사이에서 도는 명언입니다. 하지만 오해는 금물입니다. '입 덧 시기 두어 달'이라는 말 뒤에 '만'이라는 글자는 없으니까요. 입덧 시기 두어 달만 잘 하지 말고, 입덧 시기 두어 달에 '특히' 더 잘 하면 좋겠습니다. 그 후 30년이 편안한 건 부상으로 얻게 되는 걸 테지요?

## 입덧아, 빨리 끝나라!

일반적으로 입덧이 심할 때는 냄새가 섞이는 것을 더 못 참는다고 합니다. 과일 향과 김치 냄새가 섞이는 것, 찌개와 밥 냄새가 같이 나는 것처럼 말입니다. 요즘은 남자들도 비위가 약한 사람이 많아서 아내가 입덧하는 모습을 보고, 자기도 입덧하는 것처럼 속이 메스껍고 불편한 사람들도 많다고 하죠? 고통 분담도 좋지만, 같이 고달프면 아내를 지켜줄 사람이 누가 있겠습니까?

조금 더 부지런하게 자주 환기를 시켜주고, 한 번에 한 가지 냄새만 집중하고 맛을 온전히 느낄 수 있도록 옆에서 남편이 곰살궂게 도와주는 것 밖에는 도리가 없습니다. 입덧이라는 게 평생 지속되는 것도 아니고 임신 기간 일부에 해당되는 과정이니 유난 떤다 생각하지 말고, 당사자인 아내의 처지를 이해하고 위로하도록 합시다. 그리고 빨리 입덧이 끝나기를 기도하는 수밖에요!

# 잠들지 못 하는
# 당신의 긴 밤

어린 시절, 친구들과 수영하며 놀 때면 조종 잠수 내기를 하곤 했습니다. 물속에서 누가 더 오래 숨을 참나 겨루는 거지요. 별 것도 아닌 숨 참기 내기에 기를 쓰고 이겨보려고 볼때기가 터지도록 버티다가 하나둘 씩 물 밖으로 솟구쳐 오르곤 했죠. 그렇게 치열한 경쟁 끝에 거둔 기록이라고 해봐야 1분도 채 안 됩니다. 단 1분만 제대로 호흡하지 못해도 참을 수 없는 지경에 이르는 것이지요. 이처럼 숨을 쉰다는 것은 무척이나 중요하고 또 생존에 반드시 필요한 일입니다.

보다 쉬운 예도 있습니다. 과식을 했을 때를 떠올려 보세요. 배가 빵빵하니 가슴이 답답하고 숨을 쉬기가 불편하지요? 우리는 그럴 때 소화제를 먹기도 하고, 가볍게 걸어주기도 합니다. 우리에게 호흡은 그렇게 조절할 수 있는 범주의 것입니다.

하지만 임신한 아내는 어떨까요? 임신 말기에 가까워질수록 아내는 가장 단순한 욕구인 숨을 쉬는 것조차 자유롭지 못하게 됩니다. 이런 문제는 특히 밤에 잘 때 더 심해집니다. 부른 배를 지탱하느라 다리는 통통 붓고, 한숨 푹 자고 싶지만 숨이 차서 제대로 잘 수도 없습니다. 결국 베개 위에 다리를 올리고, 허리춤에 베개를 고이고, 비스듬히 누운 뒤에야 겨우 잠을 잘 수 있습니다.

"반듯하게 누워 자는 게 소원이야."

숙면이 고픈 아내의 입에서는 이런 소리가 절로 나옵니다. 어린 시절 수영장에서 친구들과 장난처럼 했던 내기를, 불쾌하게 과식한 배처럼 숨도 잘 쉬어지지 않은 상태를, 깊은 잠을 못 자고 뒤척이는 날들을 아내는 출산 전까지 계속해야 합니다. 그럴 때 옆에서 들리는 남편의 느긋한 숨소리가 과연 아내에게는 어떻게 들릴까요?

임신 말기, 즉 9개월 정도 되었을 때 아내의 인내심은 거의 극에 달했을 때입니다. 점점 늘어나는 몸무게와 아이의 존재감만큼 아내는 지치고 고단할 수밖에 없습니다. 이럴 때 남편이 할 수 있는 것은 무엇일까요? 그 시절 제가 곰곰이 생각한 끝에 도달한 결론은 단 하나, 관심이었습니다. 내가 아내를 대신해 아이를 품을 수도 없는 노릇이고, 베개에 머리만 대면 쏟아지는 잠을 아내에게 양도할 수도 없는 노릇 아니겠습니까? 그렇다면 최소한 아내가 부른 배를 안고 혼자 항해하고 있다는 외로운 느낌은 들지 않게 해야겠다고 생각했습니다.

관심은 어렵지 않습니다. 자주 전화하고, 자주 상태를 묻는 것, 무엇이 괜찮고 무엇이 불편한지, 필요한 것은 없는지 관심을 기울여 주는 것입니다. 오늘은 숨이 많이 가쁘지 않았는지, 허리에 받치는 베개가 너무 딱딱하지는 않은지, 어젯밤에는 몇 번이나 깼었는지 그저 물어봐 주는 것만으로도 아내에게는 큰 위로가 됩니다.

만삭인 아내를 편히 자게 하겠다고, 베개를 끌어안고 거실로 나가려다 불벼락을 맞는 남편들을 많이 보셨을 겁니다. 섣불리 그런 격리(?)를 감행하는 것은 곧 출산을 앞두고 불안해하고 있는 아내의 마음을 더욱 다치게 하는 행동입니다. 아내 혼자 가쁜 숨을 몰아쉬는 밤을 맞게 두지 마시기 바랍니다.

사실 잠을 못 잔다는 것이 얼마나 큰 형벌입니까? 제대로 숨을 못 쉰다는 것이 얼마나 고통스러운 느낌입니까? 하루의 바쁜 일과를 끝내고 이제 좀 쉬어보려고 하는 순간마저도 그 휴식이 허락되지 않는다면 몸과 마음의 고통과 스트레스는 이만저만이 아닐 것입니다.

누구나 다 겪는 일, 병원에 가봤자 소용없는 일, 내가 도와줄 수 없는 일, 이렇게 일반화 시켜버리는 것이 아내를 가장 속상하게 합니다. 임신한 여자라면 모두가 겪는 일이고, 병원에서도 딱히 해줄 것이 없고, 남편이 도와줄 수 없다는 사실은 아내도 알고 있습니다. 머리로는 알지만 가슴으로는 이해하기 어려울 뿐이지요. 비록 남편이 내 고통을 해결해 줄 수는 없지만, 그래도 내가 지금 겪는 이 고통을 알아주었으면 하는 것, 그것이 아내의 작은 바람입니다.

"사랑은 서로를 마주보는 것이 아니라, 둘이서 똑같은 방향을 바라보는 것이다."

우리가 사랑하는 생텍쥐페리의 소설 《어린왕자》의 유명한 구절이죠. 연애할 때 아내에게 잘 보이려 인용했던 이 문장을 만삭인 아내에게 적용해보면 어떨까요? 신혼 때는 서로 마주보며 꼭 껴안고 잠드는 것이 좋았지만, 아이를 갖고 가정을 이루기 위해 애쓰는 지금 이 순간 나는 당신의 등을 안으며 똑같은 방향을 바라보는 것이 더 좋다고 말입니다. 반듯하게 누워서 자는 것이 소원이라는 아내의 조금은 더 둥그래지고, 조금은 더 인간적이 된 등을 안아주세요.

## 백색소음을 찾아서

백색소음(White noise)을 아시나요? 백색소음이란 일정한 주파수 스펙트럼을 가지고 전달되는 소음으로, 귀에 쉽게 익숙해지기 때문에 주변의 다른 소음을 덮어주고 심리적 안정감을 준다고 하네요. 자연의 소리 중에서는 파도 소리, 빗소리, 폭포 소리 같은 것들이 해당되고, 규칙적인 심장박동음이나 풍경 소리 같은 것도 포함됩니다.

온몸의 신경이 곤두서고, 어떻게 누워도 불편한 만삭의 아내가 잠을 청하기 어렵다면 평소 아내가 좋아할 만한 백색소음을 찾아보세요. 연애 시절 시원하게 쏟아지던 소나기를 기억나게 하는 소리를 들려주거나 뱃속 아이의 심장박동 소리를 녹음해 들려주는 것도 좋은 방법이지요. 할 수 있는 것은 생각보다 많습니다. 게다가 이런 백색소음은 나중에 아이들이 칭얼거릴 때 잠을 재우는 데도 도움이 되고, 학습력과 집중력을 높이는 효과도 있다고 하니 여러 모로 추천할 만합니다.

# 오르락내리락
# 감정의 롤러코스터

2007년 즈음 오다기리 죠 주연의 영화 '도쿄타워'를 보러 극장에 간 적이 있습니다. "나의 첫사랑, 그리고 나의 마지막 사랑, 어머니"라는 영화 포스터에 적힌 카피가 마음을 움직인 덕분이었지요. 바쁜 시간을 쪼개 혼자 영화관을 찾은 제 옆에는 갓 배가 불러오는 임산부와 남편이 자리를 잡았습니다.

영화에 대해 조금 설명을 드리면, 좀처럼 가족에 정착하지 못하는 아버지를 떠나 홀몸으로 아들을 키운 엄마와 아들의 이야기입니다. 항상 아들을 믿고 응원하는 어머니의 사랑이 무색하게 아들은 늘 빈둥거리며 나태한 생활을 이어갑니다. 그런 그에게 어머니의 암 투병 소식이 전해지고, 어머니의 병은 그를 변화시킵니다. 엄마와 함께 사는 마지막 순간을 준비하는 어른으로 그를 성장시킨 것이죠.

스토리를 잘 아는 걸 보니 영화를 재미있게 본 것 같지요? 하지만 저는 나중에 DVD로 이 영화를 다시 봐야했습니다. 왜냐고요? 옆자리

예비 엄마의 대성통곡 때문이었습니다. 그녀는 영화가 시작된 지 채 15분도 되지 않아 훌쩍거리기 시작하더니, 이윽고 엄마의 암 투병 소식이 전해진 순간부터는 통제할 수 없을 지경에 이르렀습니다. 엉엉 울던 예비 엄마는 자기도 민망했는지, 이게 다 호르몬 때문이라며 변명 아닌 변명을 했습니다.

저는 눈물 콧물 흘리며 우는 예비 엄마의 모습을 보며 아내의 그때 그 시절을 자연스럽게 돌아보게 되었습니다. 앞으로 태어날 아이에 대해 이야기하며 날아갈 듯 즐겁다가도 금세 울고 싶은 기분이 든다며 얼굴을 바꾸는 아내를 보며 감정의 롤러코스터가 이런 것이구나 생각하던 때가 있었습니다. 기쁨에 겨워하다가 바로 짜증을 내고 우울해진다는 게 과연 가능할까 의구심도 들었습니다. 하지만 아내의 한마디가 모든 것을 설명해주었죠.

"이게 다 호르몬 때문이야, 나도 이러는 내가 싫어."

임신을 하면 일반적으로 겪게 되는 피곤함, 구역질, 잦은 소변, 허리통증에 잠 못 자는 수면 장애…… 이렇게 임신과 함께 동반되는 증상들이 아내를 우울하게 만들기도 하고, 급격하게 기분을 떨어뜨리기도 합니다. 어쩌면 아내는 아슬아슬한 줄 위에서 감정의 줄타기를 하는지도 모르겠습니다. 어떻게든 자신을 조절하려고 애쓰지만, 여러 가지 호르몬의 오르내림이 아내를 가만히 두지 않는 거지요.

이렇게 오락가리락 감정이 춤추는 상황에서 예비 엄마가 '도쿄타워' 같이 눈물샘을 자극하는 영화를 봤으니, 제대로 감정이 터질 수밖에요. 이제 아이 엄마가 된다고 하니 그동안 자신이 엄마한테 못되게 굴었던 것들이 주마등처럼 스치면서 갑자기 친정엄마가 보고 싶기도 했을 겁니다. 옆에 앉아서 연신 눈물을 닦아주는 남편도 갑자기 얄밉기 시작합니다. 이 와중에 왜 또 화장실은 가고 싶어지는지요. 남들 다 멀쩡히 영화 보는데 자기만 뒤뚱거리며 영화관을 빠져나가야 한다는 사실에 다시 한 번 눈물이 납니다.

걱정이 된 저도 예전에 찾아본 적이 있었는데, 임신 초기에서 중기 사이에 산모의 이러한 감정 기복은 지극히 자연스러운 현상이라고 하더군요. 하지만 아무리 롤러코스터의 안전장치가 잘 되어 있다고 해도 타고 내릴 때 어지럽고 중심을 잡기 어려운 것은 사실 아니겠습니까? 그럴 땐 아무래도 왜 내가 롤러코스터를 타게 되었는지를 생각해보면 어떨까요?

아이를 가진다는 것, 엄마가 된다는 것, 가정을 이룬다는 것. 이 위대한 인생 최대의 경험을 위해 지금 잠시 이런 감정의 홍수 속에서 살고 있다는 점을 아내와 함께 남편들도 상기해보는 겁니다. 모든 것을 그저 대수롭지 않게 호르몬 탓으로만 돌리다보면, 아내는 자신의 감정 변화를 더욱 두려워하게 되지 않을까요? 임신 기간 동안 계속 이렇게 불안하고, 업 다운이 반복되는 상태가 지속된다는 생각만으로도 견디기 힘든 형벌이 되고 맙니다. 또 점점 더 감정적으로 약해지는 자신을 원망할 수도 있습니다.

바로 이럴 때, 남편과 아내가 함께 애초에 롤러코스터를 타게 된 이유를 되짚어 보라는 겁니다. 그 길의 시작에는 엄마가 된다는 기쁨과 좋은 엄마가 되겠다는 원대한 포부에 가득 차 있던 아내와 모든 불행으로부터 아내와 아이를 지키겠다는 결의에 불타는 남편의 모습이 있을 테니까요.

정신없이 달려온 롤러코스터에서 내리면서, 후들거리는 다리를 부여잡고 "무섭지만 정말 재미있었다"라고 말하려면 상대방의 손을 꼭 붙잡고 있어야 합니다. 오르락내리락 숨가쁘게 지나온 시간을 두 사람이 함께 견뎌냈다는 사실보다 더 큰 행복이 있을까요?

## 함께 탑승해주세요

생각해보면, 임신 중 아내의 감정 기복은 연애할 때 아내의 생리 전 증후군과 비슷합니다. 그때 어떻게 대처하셨나요? 대부분의 남자들은 이 시기를 무조건 피하려고 합니다. 같이 있어봐야 별 도움도 안 되고 아닌 밤중에 홍두깨 격으로 무차별 감정 폭탄을 맞을 것이 두렵기 때문입니다. 하지만 그것이 두려워 요리조리 피하다가 더 큰 핵폭탄을 맞은 경험 없으신가요?

여자들의 말 중 '귀찮아, 저리 가, 혼자 있고 싶어'는 사실은 '이리 와, 안아 줘, 옆에 있어줘'라는 뜻이라고 하죠? 좀 시달려도, 좀 어이없어도 함께 있어 주세요. 자신조차도 무섭고 두려운 감정의 롤러코스터를 아내 혼자 타게 하지 마세요. 혼자 타는 롤러코스터는 무서운 공포체험일지 모르지만, 함께 타는 롤러코스터는 짜릿하고 재미있는 놀이기구가 될 것입니다. 사랑은 그렇게 힘든 순간을 함께해주는 것이니까요.

4 엄마의 탄생  187

# 여보
# 나 못 생겨졌지

한 심리상담가가 남자들에게 이런 당부의 말을 한 적이 있습니다.

"여자들이 남의 이야기를 할 때는 긍정을 하고, 자신의 이야기를 할 때는 부정을 해라."

예를 들어, "저 여자 너무 예의 없지 않아?"라고 물으면, "뭘 저 정도 가지고. 당신은 안 그런 줄 알아?"라고 말하는 대신 "그러게, 좀 그러네"라고 긍정의 대답을 하고, 반대로 "나 살 찐 것 같지?"라고 물으면, "아니, 별로 안 그런데?"라는 부정의 대답을 해야 한다는 겁니다.

저는 그 긍정의 대답과 부정의 대답을 적절히 사용해야 하는 가장 중요한 시기를 실제로 겪어 보았습니다. 바로 아내가 임신을 했을 때였습니다. 아내가 임신 중 자신의 바뀐 외모를 두고 질문을 할 때면 정말 솔직한 대답을 원하는 것인지, 위로를 바라는 것인지 사실 알 수가 없었습니다. 하지만 돌이켜 생각해보면, 아내는 그저 두려웠던 게 아닐까요? 내 안에 다른 생명을 품는다는 사실 자체도 무서운데, 그와 함께 자기 자신이 점점 다른 사람이 되는 것처럼 느껴지니까 말입니다.

보통 임신을 하면 태아의 무게와 함께 기본적으로 10킬로그램 이상 체중이 증가합니다. 아무리 임신이 축복이라고는 하지만, 체중 증가는 자존감을 하락시키기 충분한 조건입니다. 그뿐인가요, 임신 호르몬 때문에 기미나 주근깨 같은 색소 침착이 생기기도 하고, 머리카락도 가늘어집니다.

연애 시절, 아내와 함께 놀이동산에 가 본 경험 있으시죠? 여러 놀이기구 중에서도 연인들의 단골 코스는 귀신의 집 같은 공포 체험이죠. 대단할 것도 없는 공포 체험관 입구에서부터 아내가 겁을 먹고 제 팔을 꽉 붙잡으면 저는 "걱정하지 마, 내가 옆에 있잖아" 하며 다독이곤 했습니다.

임신과 비교할 수 있는 상황은 아니지만, 자신의 모습이 그저 뚱뚱한 배불뚝이로 여겨지는 상황에 놓일 때 아내가 느끼는 감정은 귀신의 집에 들어갈 때의 두려움과 별반 다르지 않습니다. 곧 지나갈 이 공포 속에서 아내가 떨고 있다면 어떻게 해야 할까요? 연애 시절, 공포 체험관 앞에서 아내를 잡아줬던 것처럼 꽉 붙들어줘야 하지 않을까요?

"여보, 나 못생겨졌지?"

아마 임신 기간 내내 이 질문은 끊임없이 계속될지도 모릅니다. 아내가 이런 질문을 던졌을 때 어떤 답변이 가장 정답에 가까울까요?

제 경험에 비춰어 보았을 때, 무조건 위로하는 것이 능사는 아니더군요. 그것은 자칫 '아니라고 말해줄 테니 근거 없는 투정은 이제 그만하라'는 말로 받아들여지기 십상이기 때문입니다. 성의 없게 들릴 수

있는 빠른 답변보다는 아내가 지금 어떤 점 때문에 걱정하는지 구체적으로 들어주는 것이 더 좋은 방법입니다. 아내의 고민과 염려를 충분히 들어준 후, 아내가 우울해 하는 것에 대해 공감해주고, 이것은 임신으로 인한 일시적인 것이라는 사실을 다시 한 번 일깨워주면서 아내를 다독여 주세요.

## 출구로 나갈때까지 손을 잡아 주세요

우리 아이가 보이지도 않는 작은 점으로 시작해, 손가락과 발가락이 생기고, 심장과 빛나는 눈을 가지기까지 많은 변화들을 겪겠지요. 지금 아내는 우리 아이를 품은 위대함으로 그 변화들을 겪고, 그것을 자신의 몸으로 표현하는 중입니다. 그리고 그 과정에서 불안해하는 아내에게 이 모든 것이 지극히 자연스러운 일임을, 그럼에도 불구하고 사랑받고 있음을 충분히 느끼게 해주어야겠지요. 귀신의 집에서 아내가 꽉 잡았던 내 오른팔의 느낌을 잊지 않도록 말입니다. 지금 이 시기를 지나면 우리는 결국 화려한 퍼레이드가 펼쳐지는 놀이동산의 다른 출구, 더 행복한 어느 날을 반드시 만나게 될 것임을 아내에게 알려주었으면 합니다.

# 아무것도
# 몰라요

김막내, 박종말, 안귀남, 이필남……. 이 이름들에 숨겨진 뜻을 아시나요? '제발 이 딸이 마지막 딸이게 해주세요'라는 뜻의 막내와 종말, '다음에는 반드시! 기필코! 아들을 낳게 해달라'는 기원이 담긴 귀남이와 필남이. 이렇게 딸 이름 속에도 아들에 관한 소원을 담았던 시기가 있었습니다.

이 과정에서 누구보다 잔인했던 것은 같은 여자인 시어머니였죠. 이제는 드라마에서나 등장하는 막장 시어머니는 아들을 낳지 못하면 쫓겨날 각오를 하라는 무시무시한 말도 거침없이 내뱉곤 했습니다. 마치 아들을 낳는 것이 며느리로서 반드시 지켜야 할 의무인 것처럼 말이지요.

그렇다면 이제 우리에게 더 이상 이런 상황은 존재하지 않을까요? 글쎄요, 남아선호사상은 사라졌을지 몰라도 특정 성별을 선호하는 상황은 여전히 남아 있는 듯합니다. 어떤 집은 사촌에 오촌까지 오랫동안 딸이 없어 그야말로 딸 기근에 시달립니다. 어떤 집은 이상하게 낳았다 하면 딸입니다. 5대 독자는 기본으로 가지고 가는 집인 거죠. 각 가정의 사연에 따라 임신하는 아내들에게는 각기 다른 주문이 쏟아집니다. 아들을 낳았으면 좋겠다, 딸을 낳았으면 좋겠다……. 대놓고 하는 말이든, 돌려서 하는 말이든 기호가 확실한 주문들이 은근슬쩍 아내를 압박하는 겁니다.

아내 입장에서도 어른들이 원하시는 아이를 낳아 사랑받는 며느리의 입지를 다질 수 있다면 기쁘고 좋은 일이겠지요. 딸이 귀한 집에서 건강하고 예쁜 딸을 낳는다면 시부모님은 며느리를 한동안 업고 다닐 만큼 기뻐하실 겁니다. 반대로 손이 귀한 집에서 아들만 연이어 낳는다면 집안에서 절대 권력, 미친 존재감으로 부상하는 것은 시간문제겠지요. 그러나 그게 어디 사람 마음대로, 특히나 아내 마음대로 되는 문제겠습니까? 그러니 아내도 미치고 팔짝 뛸 노릇입니다.

'낳는다.'

이 동사의 주체가 여자라는 이유 하나만으로 많은 사람들은 엄마가 아이의 성별을 좌우한다고 여기는 우를 범합니다. 사실 성별 결정은 아내와 전혀 무관한데 말이죠. 이 과정에서 죄인 아닌 죄인이 되어야만 하는 아내의 심정을 우리가 감히 이해할 수 있을까요?

아이의 성별은 보통 임신 초기에 대부분 알 수 있습니다. 남아선호사상이 극심했던 1990년대 초반까지만 해도 아이의 성별을 구분해 낙태하는 경우도 많아서 의사가 법적으로 아이의 성별을 고지할 수 없도록 했습니다. 요즘은 워낙 출산 자체가 줄어들고, 남아선호사상이 많이 약해져서 아내들이 겪어야 할 '아들' 스트레스나 부담감이 줄어

든 것처럼 보이기도 합니다. 오히려 남자아이보다 여자아이를 원하는
가정이 많아지기도 했지요.

하지만 여자든, 남자든 특정한 성별을 원하는 어른들의 시선 자체가
아내에게는 부담으로 다가오지 않을까요? 세상에서 가장 사랑받는 아
이를 낳고 싶은 것, 아이에게 가장 큰 사랑을 주고 싶은 것, 그것은 엄
마의 당연한 욕심이니까 말입니다.

이럴 때 본인도 상처받지 않고, 어른들에게도 현명하게 대할 수 있
는 방법은 '아무것도 몰라요' 전법이 아닐까 싶습니다. 엄마, 아빠도
너무 너무 궁금하지만 병원에서는 알려주지 않는다, 그러니 이걸 어쩌
나 하는 모습으로 일관하는 겁니다. 그리고 안정기에 들어서면 서서히
힌트를 주는 거지요. 병원에서 의사가 산모에게 주었던 은근하면서도
모호한 힌트들을 똑같이 부모님께 전해주면 됩니다. 여기서부터가 중
요한데, 뭔가 기대에 어긋날 것 같은 예감이 확신으로 변하는 순간 어
른들을 안심시키는 지혜가 필요합니다.

아이를 어떻게 기를 것인지, 아이가 함께하는 인생에 대해 어떤 것
을 기대하고 있는지 솔직하고 구체적으로 어른들과 이야기하는 시간
을 갖는 것은 어떨까요? 어른들이 특정한 성별을 원하는 것은 특정한
걱정이 있기 때문입니다. 그 특별하고도 특정한 걱정을 엄마와 아빠가
그리는 그림으로 풀어드린다면 갈등을 좀 더 지혜롭게 봉합할 수 있지
않을까요? 다른 무엇보다 커다란 축복이 될 출산을 앞두고 할아버지
와 할머니, 다른 가족들의 긍정적인 관심이 이어진다면 엄마는 더 기
쁜 경험을 하게 될 거라 믿습니다.

특정한 성별을 기대하는 가족 때문에 스트레스를 받고 부담을 느끼

기보다 아이와 함께 그리는 미래에 대한 그림을 보여주며 서로를 이해할 수 있는 기회를 얻는 것. 언제나 그렇듯 우리는 이러한 엄마의 현명함을 기대합니다.

## 아이가 축복 속에 태어날 수 있도록

특정한 성별을 은근히 원하는 시부모님 앞에서 아이와 미래에 대한 계획들을 설명할 때 남편은 부모님처럼 그저 듣기만 하면 되는 사람이 아닙니다. 아내와 함께 프레젠테이션을 해야죠. 아니, 오히려 남편이 더 중심이 되어 프레젠테이션을 해야 합니다.

자신의 부모님이 왜 특정한 성별을 원하게 되었는지에 대한 이유는 아들인 우리가 더 잘 알기 마련입니다. 그렇기 때문에 어떤 부분을 안심시켜 드리면 아내에게 괜한 기대나 부담을 주지 않게 되리라는 것도 잘 알고 있을 테지요. 그러니 아내에게 짐을 지우지 말고 내가 앞서 부모님이 아이의 성별에 대해 쉽게 받아들일 수 있도록 해야 합니다.

아이를 낳는 것은 아내이지만, 아내와 함께 꾸려나가야 할 가정의 가장은 남편, 바로 우리 아빠들입니다. 모두가 축복하고 기대하는 아이의 인생이 펼쳐질 수 있도록 아내와 부모님 사이에서 제대로 된 가교 역할을 해주세요. 할아버지, 할머니가 되는 즐거움을 불필요한 걱정들로 망가뜨리지 않도록 부모님을 잡아주세요. 그것이 아빠의 역할입니다.

# 산후조리원 VS
# 친정 VS 시댁

예전에는 딸이 아이를 낳으면 친정엄마가 산후조리는 물론이고, 혹여 딸이 직장이라도 다닐라치면 아예 같이 살거나 그것도 아니면 처가에서 아이를 맡아 키워주는 일이 흔했는데요. 요즘은 프리선언을 하는 친정엄마들이 늘어나고 있다고 합니다. 손자, 손녀가 태어나는 것은 기쁘고 축하할 일이지만, 손자, 손녀 때문에 이제 겨우 벗어난 험난한 가사노동에 다시 돌아가지는 않을 거라고 선언한다는 거죠. 하기는 이해도 됩니다. 어머님들 스케줄을 보면 저보다 더 바쁜 분들도 많이 계시더군요. 배울 것도 많고, 가야 할 곳도 많은 황혼입니다.

이렇게 친정엄마를 이해해주고 나면, 당장 산후조리를 해야 하는 산모, 즉 아내의 거취가 문제입니다. 아이를 낳고 당장 며칠은 산후조리원에 간다고 해도, 말도 많고 탈도 많은 산후조리원에 과연 얼마나 어떻게 있을지 생각하면 이것 역시 쉬운 선택이 아닙니다. 비용 또한 만만치가 않지요.

196

아직 아이는 태어나지도 않았는데, 이 갓난쟁이를 데리고 어디를 가야할지 고민하는 아내는 괜스레 서러워지고 막막합니다. 남들은 친정엄마가 하나부터 열까지 다 챙겨준다는데 나는 아예 눌러 살겠다는 것도 아니고 두어 달만 집에 있겠다는 건데 그것도 못해주나 싶은 거죠. 하지만 객관적으로 보면 친정엄마가 단순히 문화센터 노래교실을 다니기 위해 거절한 건 아닐 겁니다. 허리도 아프고, 다리도 아프고, 다 귀찮아지는 갱년기 우울증도 한 몫 했을 테죠. 그런 사정을 헤아릴 여유가 없는 딸은 친정엄마에게 볼멘소리를 하게 되고, 감정의 생채기만 얻습니다. 이럴 때 시어머니가 매력적인 제안을 합니다.

"아가, 친정어머니가 힘들다고 하시면 우리 집에서 산후조리 하렴."

산후조리를 핑계로 귀한 손자, 손녀를 품안에 몇 달 안고 싶은 시어머니의 마음도 이해가 됩니다. 어쩌면 시어머니도 다른 방향에서는 친정엄마일 텐데, 그 모든 불편함을 뿌리치고 기꺼이 산모와 아기를 돌봐주겠다는 제안을 하는 거죠. 특히나 이 제안은 남편 입장에서는 나쁠 것 없는, 어쩌면 생각해볼 필요도 없이 덥석 잡아야 하는 묘책입니다. 거절한 장모님이나 비싼 산후조리원 대신 '우리 집'에 가는 것이니까요. 남편들은 시어머니의 제안에 아내가 망설이면 주저하지 않고 이런 말로 아내를 설득합니다.

"우리 엄마가 얼마나 좋은데! 엄마가 먼저 오라고 하잖아."

하지만 며느리 입장에서 죽을 고비를 넘기는 분만 과정을 겪고 나면 잇몸부터 관절 마디마디까지 안 아픈 곳이 없다는데, 이런 산후조리 기간에 아무리 천사처럼 잘 해주는 시어머니라고 해도 그 대접이 어떻게 편하기만 하겠습니까? 남편 입장에서는 아내가 자기 어머니를 어렵게 생각하는 게 섭섭할지도 모르지만, 아내가 산후조리 장소로 시댁을 망설이는 마음을 십분 이해해주어야 합니다.

이쯤 되면 아내도 딜레마에 빠지게 됩니다. 이미 거절한 친정엄마에게 다시 부탁하자니 자존심 상하고, 산후조리원은 못 미덥고 비싸고, 그렇다고 시댁에 몸을 누이자니 그것도 가시 방석입니다. 사실 친정엄마가 산후조리를 해준다고 해도 눈치가 보이는 것은 매한가지요, 산후조리원에 가도 이것저것 간섭하는 시댁 식구들 때문에 스트레스 받는다는 산모들도 많겠지요.

산후조리를 할 장소를 정할 때 무엇보다 기본이 되어야 하는 것은 아내를 케어해줄 적당한 공간이어야 한다는 사실입니다. 어느 곳이든 아내가 편안하게 자신의 몸을 돌볼 장소여야 합니다. 일장일단을 포함하고 있는 여러 옵션이 있다면, 먼저 장소에 따른 장점과 단점을 아내와 함께 적어보는 것도 좋은 방법입니다. 이 과정은 단순히 장소를 정하기 위한 편의성 때문이 아닌 왜, 무엇이 불편하고 편한지에 대한 아내의 속마음을 알 수 있는 기회가 되기도 합니다. 그 이후에 이성적이고 객관적인 데이터를 접목시키는 겁니다. 지리적인 위치, 경제적인 이점 등등 말이죠.

불편한 몸에 밤낮이 바뀔 신생아, 거기다 출근할 남편까지 걱정해야 하는 아내에게 산후조리를 할 장소를 정하는 문제만큼은 조금 이기적으로 결정하게 놔두어도 되지 않을까 싶습니다. 몸과 마음이 편안할 장소를 아내 스스로, 원하는 대로 정할 수 있도록 분위기를 조성해주는 것이 중요하지 않을까요?

아내가 필요하다고 생각한다면 장모님을 설득하는 것도, 시어머니에게 의견을 전달하는 것도 기꺼이 남편이 나서는 겁니다. 방금 아빠가 된 남자의 실없는 미소 한 번이면, 어른들을 이해시키는 건 무척 쉬운 일이 될 테니까 말입니다.

## 아내의 매니저가 되어 주세요

아이를 낳은 후 한 달 동안은 아내의 남은 인생의 건강 상태 전체를 좌우한다고 할 만큼 중요한 기간입니다. 왜 흔히 우리 어머니들이 산후조리를 잘못해서 평생 추위를 달고 살고, 비가 오면 허리부터 쑤신다는 푸념들 많이 하시잖아요. 바로 그런 것처럼 말입니다.

일단 아내가 산후조리를 할 공간이 정해지면 그때부터는 남편이 아내의 개인 트레이너를 자청해 주세요. 산후조리 기간이 겨울이라면 바깥출입보다는 거실 같은 공간에서 환기를 자주 해주면서 가벼운 유산소 운동을 하는 것이 좋고, 여름에는 에어컨 빵빵한 실내보다는 나무가 많은 공원이나 삼림욕장 같은 곳에서 가볍게 산책이나 운동을 하는 것이 좋다고 하네요. 무엇보다도 도란도란 이야기 나누며, '함께' 하는 것이 중요하겠죠?

그렇지 않아도 호르몬 변화로 괴로운 아내에게 산후조리 할 장소가 마땅치 않아 이리 저리 오가는 스트레스와 서러움을 안겨주지 않도록 남편이 좀 더 세심하게 장모님과 우리 엄마, 산후조리원 사이를 오가며 매니지먼트에 신경을 써야 합니다.

# 아이 방 꾸미기
## 심야토론

저는 2010년 5월부터 지금까지 KBS 시사프로그램인 '심야토론'을 진행하고 있습니다. 어떤 주제에 있어서 저의 역할은 두 입장의 절충점을 잘 찾는 것입니다. 또한 쟁점을 시청자들에게 잘 부각시키기 위해 슬기롭게 싸움을 붙여야 하는 역할도 있지요. 두 가지의 경우에서 완급을 잘 조절해야 하는 것이 진행자의 가장 큰 자질임을 요즘도 절감하고 있습니다. 하지만 살다보면 진행자가 아닌 토론의 패널로 등장해야 할 때가 있죠? 나와 의견이 다른 사람에게 내 의견을 설득하기도 하고, 상대방의 의견을 받아들이기도 해야 합니다.

부부가 만나 결혼을 하고, 아이를 갖고, 또 그 아이가 세상에 나오기까지 열 달이라는 시간이 걸립니다. 남편과 아내, 각 개인이 겪어야 할 부모로서의 성장과정과 그에 따른 고민들이 있겠지만, 대부분의 경우 우리는 한 팀으로서 팀워크를 발휘하며 잘 헤쳐 왔습니다. 하지만 생각지도 못했던 부분에서 토론 테이블에 앉게 되기도 합니다. 바로 아직 태어나지도 않은 아기의 방을 꾸미는 문제에서 말입니다.

아이 방 문제뿐만이 아닙니다. 출산 준비물을 고르는 것에도 엄마와 아빠의 취향은 확연히 차이가 나기 마련이니까요. 색깔부터 기능까지 엄마와 아빠의 의견은 종종 대립되곤 합니다. 아직 태어나지도 않은 아이의 침대나 유모차, 심지어 장난감까지 풀 세트로 준비해야 한다는 상대방의 주장을 도저히 이해할 수 없다면 우리는 어떻게 해야 할까요?

어쩌면 아이 방 꾸미기에 대한 의견 충돌은 앞으로 아이를 기르면서 엄마와 아빠가 만나게 될 거대한 의견 대립의 시작일지도 모르겠습니다. 물론 엄마와 아빠가 같은 목표와 가치관을 가지고 아이를 일관적으로 훈육할 수 있다면 얼마나 좋겠습니까? 하지만 우리 인생이 그렇게 쉽게 흘러가지만은 않습니다. 내가 옳다고 생각하는 일이 상대방에게는 불필요하고 잘못된 것이라고 여겨질 수도 있으니까요.

이때 남자들이 가장 쉽게 범하는 오류이자 엄마인 아내들을 속상하게 하는 행동이 바로 '당신이 알아서 해!'라고 말하는 것입니다. 처음 몇 번 의견이 안 맞는다 싶으면 남자들은 밖으로 나가면서 예의 저 말을 툭 던지곤 합니다. 혼자 남은 여자들이 저 말에 어떤 의미를 덧붙이는지 알지도 못한 채 말입니다.

아내의 입장에서 남편이 던진 '당신이 알아서 해'라는 말은 방 꾸미기와 같이 아이와 관련된 모든 문제에 있어 자신은 더 이상 의견을 내지 않을 테니 앞으로 모든 결정을 당신이 알아서 하라는 뜻으로 다가옵니다. 나아가 '결과에 대한 책임도 당신이 지라!'는 뜻으로 확장되기도 합니다.

아이 방 꾸미기에서부터 시작되는 엄마와 아빠의 아이를 둘러싼 의견 대립의 해법은 바로 토론이 아닐까 싶습니다. 아내가 아이와 관련된 문제로 어떤 주장이나 생각을 말할 때, 무조건적인 옹호나 방관이 아닌 토론을 선택해보세요.

물론 요즘 사회에서 토론이라는 것이 구체적인 해결 방법 제시는 온데간데없이 그저 서로를 깎아 내리는 데에만 열중하는 것으로 비쳐지는 부분이 있지요. 잘 압니다. 하지만 토론의 힘은 결과가 아니라 그 테이블에 서로 마주 보고 앉아 있다는 자체라고 생각합니다. 그래서 남편과 아내가 문제가 생겼을 때, 특히 아이의 문제로 서로 의논해야 하는 일이 생겼을 때 협상 테이블에 앉기를 바랍니다. 무엇보다 이것은 아내들이 바라는 것이기도 합니다. 수수방관이나 강압적인 태도의 남편 그리고 아버지가 아닌, 대화의 테이블에 앉아 우리와 의논해주는 남편과 아버지를 말입니다.

이런 말씀을 드리면 도리어 고개를 내젓는 분들도 많으실 겁니다.

"난 아내와 말싸움으로 이겨본 적이 없어. 백전백패지."

"여자를 말로 이기려는 건 어리석은 짓이야."

다시 한 번 말씀드리지만, 그것은 토론의 정의를 잘못 이해하고 있기 때문입니다. 토론은 말로 이기는 게임이 아닙니다. 토론은 듣기가 기본인 가장 오래된 의사소통의 방법입니다. 상대방의 말을 끊지 않고 끝까지 들어준 후에 나의 발언 기회를 얻어 내 의견을 상대방에게 말해야 합니다. 왜 아이 방의 벽지는 빨강이 아니라 파랑이면 좋을지, 왜 아이의 영어 공부는 초등학교에 들어간 후에 시작하는 게 좋을지 그 모든 것에 대한 나의 생각을 차분히 전달하세요.

어쩌면 아내는 한 일자로 입을 다물고 묵묵히 쇼핑을 따라 다녀주는 남편이 필요한 것이 아니라 아이에 대해 스스로 관심을 표현해주는 수다쟁이 남편을 필요로 할지도 모르겠습니다.

아내와의 심야토론을 두려워하지 마세요. 시원한 물 한 잔을 앞에 놓고, 맹렬히 아내와 토론해보세요. 말싸움을 하자고 덤벼들면 말싸움만 될 것이요, 듣고자 하는 마음으로 자리에 앉는다면 그것은 토론의 테이블이 될 것입니다.

## 양자회담을 시작합니다

이야기를 해보면 여자들이라고 해서 남편이 무조건 져주는 것을 원하는 것은 아닙니다. 정확하게 아내에게 무엇을 원하는지, 어떤 지론을 가지고 있는지 말해주세요.

'6자회담 노하우'라는 것이 있다고 하더군요. 각국 정상들만 한다는 6자회담, 아내와 나라고 못할 거 없습니다. 우선 절대로 양보할 수 없는 것들의 순서를 매겨 보는 겁니다. 아내와 토론에 앞서 절대로 양보할 수 없는 TOP10을 적습니다. 10번에서 5번까지는 양보해도 좋겠죠? 하지만 1~4번까지는 진지하게 아내를 설득해보려는 노력도 필요합니다. 아내는 생각보다 열린 마음일 겁니다. 오히려 말해보지도 않고 말싸움하기 싫다며 물러섰던 건 우리 남편들이었을지도 모르겠습니다. 특히 아이 문제에서 물러서며 방관한다는 원망을 듣지 마시길.

# 당신은
# 어디 있나요

우리는 살면서 꼭 있어야 할 자리에 없고, 꼭 필요한 순간에 엇갈리는 경험을 간혹 하게 됩니다. 그럴 때는 시간을 거꾸로 돌려서 다시 그 상황 속으로 들어가 무언가를 고쳐보고 싶기도 하지요. 하지만 시간은 잔인하리만치 정확하고, 다시 한 번의 기회란 결코 오지 않습니다. 이런 사실을 잘 알면서도 왜 시간과 관련된 후회를 계속하게 되는 건지 참 알다가도 모를 일입니다. 가족의 탄생을 앞두고 아내들은 마치 예언이나 암시를 하듯 남편들에게 말합니다.

"입덧할 때 잘하고, 분만할 때 옆에서 잘 도와주어야 당신 일생이 편할 거야. 혹시 그날 엉뚱하게 애 낳을 때 없기만 해봐~"

아내 입장에서야 어딘지 모를 불안에서 기인한 당부였겠지만, 불행히도 우려가 현실이 되는 경우가 생깁니다. 사실 아이가 미리 도착시간도 알려주고, 현재 위치 알림 서비스까지 되는 택배라면 무엇이 걱정이겠습니까. 하지만 아이는 예고 없이 태어나기 일쑤지요.

새벽에 진통이 오거나 양수가 터져 병원에 가도 길게는 하루 이상 진통을 하는 산모도 있다 보니 직장생활을 하거나 특수한 상황에 놓인 남편들은 아이가 나올 때까지 하염없이 아내의 옆을 지킬 수 없는 것이 현실입니다. 하지만 이렇게 부득이한 경우 말고, 무관심이 빚은 대참사를 연출하는 남편들도 있습니다.

낚시 여행을 가느라, 또는 친구들과 술 마시느라 아내의 출산도 모르고 있었다는 무용담으로 평생을 반성해야 하는 남편들 있으신가요? 이 경우 아내는 진통과 함께 양수경의 노래 가사처럼 "당신은 어디 있나요?"를 연발하게 될 테지요. 하지만 이런 경우는 그야말로 논외겠죠. 남자인 제 입장에서도 이정도의 무관심이라면 평생 벌을 받아도 할 말이 없습니다.

하지만 앞서도 이야기했듯이 부득이한 이유로 남편이 아내 곁을 지킬 수 없는 경우도 있습니다. 이럴 때 아내는 모든 상황을 이해함에도 불구하고, 자신이 등 떠밀듯이 남편을 일터로 보냈음에도 불구하고 마음에 깊은 상처를 받게 됩니다.

사실 남편들이 언뜻 생각했을 때는 아내가 출산할 때 곁에 필요한 사람은 자신이 아니라 장모님이 아닐까 생각하기도 합니다. 거칠고 서툰 남편보다 섬세하고 다정한 엄마의 손길이 더 적절하지 않을까? 나름 아내를 배려한다고 한 행동이 아내를 더 섭섭하게 하고 화나게 하는 것을 보고 남자들은 좀 의아해합니다. 하지만 엄마와 공유할 수 있는 순간이 있고, 남편과 공유할 수 있는 순간은 다른 것이겠죠. 아마도 여자들은 이것을 구분하고 이해해 달라는 마음일 겁니다.

장모님도 계시고, 산모와 아이 모두 건강하니 어디까지나 합리적으

로 생각해서 집에서 자고 출근하겠다고 말했다가 불벼락을 맞았다는 남편들을 많이 봤습니다. 좁은 병원에서 있기도 그렇고, 장모님도 내가 있으면 불편하실 것 같고, 그래서 선택한 정말 합리적인 생각이었는데 아내에게는 뼈에 사무치게 서러운 기억으로 남는 겁니다. 아내는 아직도 출산의 과정이 끝나지 않았기 때문입니다.

직접 아이를 낳지 않는 우리는 아이가 세상에 나오면 출산이 모두 끝나는 것으로 생각합니다. 하지만 아이를 직접 낳는 아내에게 출산은 그것이 다가 아닌가 봅니다. 아이가 태어나고, 아이를 안고, 아이에게 처음 젖을 물리고, 아이와 처음 눈을 마주치는, 그렇게 '처음'이라는 단어가 붙는 모든 과정들이 출산의 기억에 포함되는 것입니다. 그렇기 때문에 그 과정을 혼자 겪고 싶지 않은 아내는 출산이 이어지는 시간 동안 오롯이 남편이 함께 해주기를 바라는 겁니다.

물론 우리나라의 사회적인 환경이 아빠가 출산 과정에 있어 마음 편히 아내와 함께할 수 있도록 배려하는 것이 부족한 것도 한 가지 이유입니다. 정말로 모든 순간을 함께하고 싶지만 그럴 수 없는 아빠들도 많이 있으니까요. 이럴 때 중요한 것이 바로 서로의 마음을 안아주는 것이 아닐까 싶습니다. 함께 있지 못해 미안하고, 내가 놓치는 순간들이 나 역시도 마음 아프고 아쉽다는 것을 말해주세요. 아내의 서운한 마음을 안아주고, 남편의 미안한 마음을 안아주는 이런 마음의 포옹이 서로를, 특히 아내의 섭섭한 기억을 잊게 해주는 가장 좋은 방법이 아닐까요?

살면 살수록 인생을 지배하는 것은 기억이라는 생각이 듭니다. 나이가 들수록 앞으로의 이야기보다 지난 이야기를 하는 이유도 아마 그런 것이겠지요. 인생이라는 퍼즐의 큰 조각인 새로운 가족, 아이의 탄생에 혹시 함께할 수 없다면 그 조각의 빈자리를 채워줄 따뜻한 무언가를 대신 주어야 하지 않을까요? 돈도 안 드는 마음 한 조각, 아마도 아내는 그 따뜻한 말 한마디를 기다리고 있을 것입니다.

남편의 포스트잇

## 유비무환, 무비유환

보통 출산이 임박한 아내들은 구급상자 같이 비상용으로 짐을 싸둔 가방을 준비하더군요. 언제 닥칠지 모르는 출산에 대비해 꼭 병원에 가져가야 할 짐들을 미리 싸두는 거죠. 마찬가지로 남편도 출산 대비용 구급 가방을 챙겨보면 어떨까요? 허둥대며 아내를 따라갔다가 혼이 쏙 빠지는 출산 과정을 겪고, 그제야 짐을 챙기러 집으로 간다며 아내의 옆자리를 비우기보다 아예 미리 준비해두는 겁니다.

면도기도 챙기고, 속옷도 챙기고, 휴대폰 충전기도 챙겨두세요. 아내에게 정말로 내가 필요한 순간, 그 결정적인 순간 자리를 비우지 않도록 준비하는 남편의 이런 작은 배려가 아내를 안심시키고, 또 피치 못할 이유로 분만 현장을 지키지 못하더라도 아내는 한결 서운한 마음을 덜 느낄 겁니다. 그 작은 가방은 남편이 매일 매일 그 순간을 준비했고, 기대해왔다는 증거일 테니까 말입니다.

# 울지 말고
# 사진 찍어

생명의 탄생은 언제 봐도 참 신비롭고 또 감동적입니다. 저는 텔레비전이나 가까운 지인의 아이들이 태어나는 것을 접할 때조차 매번 그렇게 신기할 수가 없습니다. 아빠로서 그 순간을 마주할 때 놀라고 뭉클했던 순간을 경험해봤기 때문이겠지요. 그런데 문 밖에서 아이 울음소리만 학수고대 기다리던 예전 아빠들에 비해, 요즘 아빠들은 탄생의 순간에 이렇게 감상에 젖을 여유가 없는 상황입니다. 아빠로서, 남편으로서 해야 할 미션이 너무도 많기 때문입니다.

일단 분만이 임박해오면, 간호사들의 손에 이끌려 소독이 된 가운을 입습니다. 그때부터 이미 심장 박동 수는 정상 범주를 넘어서기 시작합니다. 가운을 입고 벌벌 떨면서 가히 아비규환이라 할 수 있는 아내의 비명소리를 뚫고 마침내 분만 현장에 도달하면, 모르긴 해도 이미 남편의 정신은 저기 안드로메다로 향해 가고 있을 것입니다. 지금 아이가 태어나는 건지, 내가 다시 태어나는 건지 모를 정도로 혼이 나가게 되지요. 여기서 끝이 아닙니다. 간호사는 남편에게 속사포로 아이가 태어나면 어떻게 탯줄을 잘라야 하는지 설명합니다. 대충 고개를 끄덕끄덕 하고 있노라면, 드디어 아이 머리가 보이고 의사가 산모를 향해서 안도의 메시지를 전달합니다.

"자, 이제 아기 나왔습니다."

우리 아빠들도 드디어 안도하고, 아이를 한 번 내려다보려는 순간, 아내의 목소리가 들려옵니다.

"여보, 울지 말고 사진 찍어!"

아빠는 탯줄도 잘라야 하고, 눈물도 닦아야 하고, 발가락과 손가락도 확인해야 하며, 이어서 쪼글쪼글 태지가 묻은 얼굴도 찍어야 합니다. 그런데 아내는 참 신기하죠? 그 아픈 와중에도 정말 신기하게 각종 기록물을 남기라고 아우성입니다. 옆에 있기만 했던 남편도 정신이 쏙 빠져 어리둥절한 마당에, 방금 아이를 낳은 아내는 어디서 저런 힘이 나는지 도무지 알 수가 없습니다.

이쯤 되면 이런 생각까지 듭니다.

'별로 안 아픈가?'

정말 안 아파서일까요? 설마 그럴 리가요. 다만 여자들에게 기록은 그만큼 중요하다는 증거일 뿐입니다.

어떤 심리학자가 여자를 정의하길, '여자는 이야기의 동물이다'라고 했다죠? 저는 그 말에 전적으로 동의합니다. 나의 어머니, 누나, 아내, 두 딸, 나를 둘러싼 모든 여성들이 삶의 매 순간을 이야기처럼 간직하고 싶어 하는 것을 자주 보았기 때문입니다. 그러니 아내에게 있어 인생 최대의 사건인 분만은 '아이를 낳았다'는 '사실'보다 중요한 것이

'아이를 만났다'는 '이야기'가 되는 것입니다.

한글을 떼고 초등학교에 가면 아이들이 제일 많이 물어보는 질문이 바로 "엄마, 난 어떻게 태어났어?"라고 하더군요. 모든 아이가 특별하고 다 사랑받아야 하는 존재이기는 하지만, 이때 나의 아이가 누구보다 특별한 아이임을 알려주고 싶은 것이 바로 엄마의 마음입니다. 아이는 기억할 수 없지만 엄마와 아빠는 기억하는 탄생의 순간, 그 소중한 순간을 생생한 기록과 함께 가족의 역사로 간직하고 싶은 엄마의 마음이 바로 분만 당시 아빠에게 내지르는 함성, "여보, 울지 말고 사진 찍어!"로 대변되는 것이 아닐까요?

제가 좋아하는 유행가 중에 故 김광석의 '어느 60대 노부부 이야기'라는 노래가 있습니다. 그중에 이런 가사가 있지요.

막내아들 대학 시험 뜬 눈으로 지내던 밤들
어렴풋이 생각나오 여보 그때를 기억하오
큰 딸아이 결혼식 날 흘리던 눈물방울이
이제는 모두 말라 여보 그 눈물을 기억하오

가족의 역사, 흰 머리가 성성한 노부부가 되어 우리가 바라볼 삶의 파편. 비록 그것이 사진 한 장의 가벼움으로 남았다고 해도, 그 뒷면에 살아 숨 쉬는 이야기들을 우리는 언제고 다시 꺼내볼 수 있습니다. 그때 찍어둔 사진 한 장으로 말이죠.

그것이 기쁨과 슬픔, 애증과 번민이 뒤섞인 채 인생이라는 이름으로 우리와 함께한 시간들을 가장 쉽게 확인할 수 있는 방법이라면…… 그 아픈 와중에 사진을 챙기는 아내가 새삼 위대해 보일 것입니다. 그리고 그 순간의 위대한 기록자로 남은 자기 자신이 더욱 대견하게 느껴지지 않을까요?

## 소중한 기억을 기록으로 남겨주세요

관심만 있다면, 준비만 잘 한다면 분만실 안에서도 우왕좌왕 하지 않을 수 있습니다. 우선 아내와 산전 검사를 받으러 병원에 갈 때, 자료조사를 충분히 해두는 것이 좋겠죠? 그리고 사전에 분만실 안에서 어디까지 활약할 것인지 아내와 상의하고, 또 그 활약상을 펼칠 물리적인 요건은 허락되는지 확인하는 것도 필요합니다.

본격적인 분만이 이뤄지는 동안 아이가 나오는 모습을 남편이 보는 것을 아내가 꺼려할 수도 있고, 긴박한 상황이 벌어지거나 안전상의 이유로 탯줄을 자를 수 없는 경우도 생기니까 말입니다. 사진을 찍고 기록을 남기는 것도 중요하지만, 가장 우선시되어야 하는 것은 산모와 아이의 건강이니 아내가 편안하게 출산할 수 있도록 하는 게 먼저겠지요.

남편이 분만실 안에서 할 수 있는 것과 할 수 없는 것의 경계부터 확실하게 한 후에, 눈물을 거두고 '열심히' 셔터를 누르면 됩니다. 사랑하는 아내와 소중한 아이를 위해 '찍사'가 되어 주세요.

# 분만실의
# 고독한 마라토너

남자들이 모이면 군대 이야기, 축구 이야기가 빠지지 않는다고 하지요. 그렇다면 여자들은 어떨까요? 미혼 여성들은 모르겠지만, 일단 결혼을 한 후 아이를 낳아본 경험이 있는 여자들이 모이면 가장 많이 떠오르는 화제는 단연 분만 스토리가 아닐까 생각됩니다.

아내가 임신했을 때 같이 산부인과에 가면 대기실에 앉아 있는 몇 십 분 동안 생면부지의 남과 자연스럽게 대화를 나누고 심지어 정보까지 교환하는 예비 엄마들의 모습을 보고 속으로 많이 놀라기도 했습니다. 이렇게 여자에게 있어 아이를 낳는 경험과 그 속에 숨겨진 자신들만의 이야기는 아무리 되뇌고, 복기해 보아도 부족함이 없는 인생 최대의 경험임에 틀림없습니다.

이렇게 여자들이 유독 자주 회상하고 거론하는 이야기 중 하나가 바로 분만에 대한 것입니다. 신이 여자들에게만 준 특권이자 일종의 형벌이라고도 볼 수 있는 분만은 모두에게 특별한 사연들을 선물합니다. 기회가 생겨서 여자들의 분만 스토리를 유심히 듣고 있노라면, 크게 두 가지로 나누어 볼 수 있습니다.

하나는 진통에 대한 것, 즉 얼마나 아팠는지, 몇 시간이 걸렸는지, 얼마나 힘들게 아이를 낳았는지에 대한 무용담입니다. 그리고 나머지 하나는⋯⋯ 맞습니다, 분만 당시 남편의 거취와 태도, 조력의 정도입니다. 만약 아내가 분만 당시 이야기를 꺼낸다면 당당하게 자리를 지킬 수 있는 남편이 과연 얼마나 될까요? 그리고 과연 생과 사를 오가는 아픔이라고 표현되는 아내의 분만 과정에서 자신이 무엇을 어떻게 해주어야 하는 것인지 완벽하게 알고 있는 남자 또한 몇이나 될까요?

진통이 계속되고, 아이는 도무지 나올 생각을 하지 않는 상황에서 아내는 여러 가지 생각을 할 수밖에 없습니다. 실제로 출산 전 다양한 커뮤니티에서 다소 과할 정도의 정보를 수집하는 초보 엄마들은 유난히 길어지는 진통 시간에 공포를 느끼기 마련입니다. 혹시나 아이에게 문제가 생긴 것은 아닐까, 이 진통이 영원이 끝나지 않는 것은 아닐까 하는 생각에 떨리고 두렵습니다. 하지만 이럴 때 남편들은, 그렇죠, 대부분 지루해 합니다. 물론 처음부터 지루해 하는 것은 절대 아닙니다. 처음에는 아내처럼 당황하고 불안해 합니다. 문제는 이 상황이 10시간을 넘고, 심지어는 하루를 넘기는 상황에서 벌어지게 됩니다.

아내의 진통에 만성화 되어 가는 지루한 얼굴의 남편을 볼 때 아내들은 가장 서운한 마음이 들고 화가 난다고 합니다. 남편은 내가 언제 그랬냐며 펄쩍 뛰겠지만, 여기서 가장 쉽고 명확한 논리가 들어갈 수밖에 없습니다. 상대방이 그렇게 느꼈다면, 그런 겁니다.

오로지 뱃속의 아이와 자신, 그 둘만이 외로운 사투를 한다고 생각하는 순간, 아내는 얼마나 외로운 생각이 들까요. 아마도 마치 42.195킬로미터의 마라톤을 외로이 혼자 뛰는 마라토너처럼 고되고 쓸쓸하다는 생각이 들 것입니다.

마라토너에게 가장 필요한 것은 무엇일까요? 강철 체력? 성능 좋은 운동화? 마라토너에게 가장 필요한 것은 아마도 좋은 페이스메이커일 겁니다. 나와 비슷한 호흡으로 함께 뛰어주며, 연습했을 때 내가 기억했던 것은 무엇이고, 애초에 어떤 목표 때문에 이 마라톤을 뛰고 있는지 일깨워 주는 페이스메이커 말입니다.

첫 분만, 길어지는 시간, 극심한 고통 속에 불안해하는 아내는 페이스메이커와 같은 남편의 역할을 바라고 있습니다. 지금 상황이 어떤지 알려주고, 둘이 함께 연습했던 호흡법을 다시 일깨워 주기도 하고, 조금만 더 힘내라며 용기를 북돋아 주세요.

아내가 진통보다 더 견디기 힘든 것은 외로움일 것입니다. '내가 대신 아파 줄 수도 없는데, 과연 옆에 있는 것이 무슨 도움이 될까?' 많은 남자들은 이렇게 생각하기도 합니다. 중요한 건, 나는 아프고 너는 안 아프다는 사실이 아닙니다. 슬픔은 나누면 반이 되고, 기쁨은 나누면 두 배가 된다지 않습니까? 페이스메이커의 역할이 어렵지만 가치 있는 것은 같은 거리를 마라토너와 함께 있어 주기 때문입니다. 터질 듯한 마라토너의 고통에 공감해 주기 때문입니다. 마라토너의 목표를 누구보다 잘 알고 있기 때문입니다.

아내를 고독한 마라토너로 만들지 마세요. 아내의 손을 잡고, 아내의 고통을 피하지 말고 들여다보는 겁니다. 언젠가 아이에게 전해주게 될 아내의 영웅담에 목격자가 되어 주세요. 아내가 삶의 조각을 맞출

때, 그 순간을 함께했었다고 말하는 겁니다. 따지고 보면 남편들이 견디는 진통 시간은 열 달을 뱃속에 아이를 품고, 수많은 불편들과 씨름해왔을 아내의 시간과 비할 바가 아니지 않을까요? 아이가 태어나는 위대한 순간을 기억하는 것도 중요하지만, 그 시간을 위해 아내가 버텨야 했던 긴 시간들을 먼저 기억해 주길 아내는 바라고 있습니다.

남편의 포스트잇

## 준비운동이 필요합니다

본격적으로 진통을 시작하기 전까지는 보통 좀 여유가 있기 마련이죠? 이 때 아내의 긴장을 풀어주는 것도 도움이 될 수 있다고 합니다. 곧 힘든 여정을 시작할 아내가 조금이라도 편안한 마음으로 분만실로 들어갈 수 있도록 옆에서 기운을 북돋아 주는 역할을 해야 한다는 겁니다.

간혹 아내보다 더 긴장하며 불안해 하는 남편들이 있죠? 남편이 아내의 작은 통증에도 지레 겁부터 먹고 의료진들을 호출하거나 안절부절 못하면 아내는 더 당황하고 불안해질 수밖에 없습니다.

아내는 지난하고 힘든 마라톤을 앞두고 있는 셈입니다. 그러니 시작하기에 앞서 준비운동이 꼭 필요하겠지요. 아내보다 더 패닉에 빠져 동분서주하지 말고 침착하게 아내를 보듬어 주세요. 최고의 컨디션을 유지할 수 있도록 돕는 트레이너가 되어 주세요. 혈액순환과 긴장 완화를 위해 아내의 팔과 다리를 가볍게 주물러 주는 것도 큰 도움이 된다고 하네요.

# 5

## 아이와 함께
## 크는 엄마

# 우리의 밤은
# 당신의 낮보다 아름답다

불면의 밤입니다. 나는 너무나도 잠이 자고 싶습니다. 이미 눈은 반쯤 감기고, 곧 꿈까지 꿀 기세인데, 자꾸 깨어야 하고 무언가 해야 합니다. 한 번쯤 아이를 길러본 부모라면 누구나 겪는 바로 아이의 신생아 시기입니다. 이때가 되면 엄마와 아빠는 남모르는 신경전을 합니다. 한밤중에 아이가 울면 누가 일어나서 아이를 어르고, 기저귀를 봐주고, 우유를 타 줄 것인가? 피곤하고 졸린 것은 둘 다 마찬가지지만, 대부분의 경우 아이의 울음소리에 즉각적으로 반응하는 것은 아무래도 엄마들입니다. 하지만 남자들이 자주 잊고 있는 것이 있죠. 모성도…… 졸립니다. 힘듭니다. 피곤합니다.

이럴 때 남자들이 흔히 하는 변명 아닌 변명이 있습니다.

"나는 회사에서 하루 종일 시달리면서 일하고 왔잖아."

사실 이 말은 '나 피곤하니까 좀 봐주세요'라는 애교 섞인 뜻으로 꺼내는 경우가 많지요. 하지만 실제로 아내가 그런 뜻으로 해석하는 경우는 매우 드뭅니다. 그보다는 '당신은 아이와 함께 편히 집에서 있었으니 새벽에 아이를 보는 것은 당신 일이다'라고 해석되는 경우가 많습니다. 남편 입장에서 오해라고 억울해 해도 어쩔 수 없습니다. 아내가 아이와 지내는 낮은 밤과 별반 다르지 않기 때문입니다.

신생아들은 보통 두세 시간에 한 번씩 우유를 먹습니다. 그 주기와 맞먹게 똥도 싸고 오줌도 싸지요. 다시 말해 두세 시간에 한 번씩 깨는 밤이 똑같이 낮에도 반복된다는 것입니다. 남편이 밖에 나가 일하면서 사람들을 만나고 세상 돌아가는 이야기를 하고, 차 한 잔의 여유를 즐길 때 아내는 갓난쟁이를 들쳐 안고 이러지도 저러지도 못한 채 하루를 보내야 합니다. 다리 뻗고 앉을 시간도, 점심 식사를 할 시간도 제대로 나지 않습니다. 그러니 아내의 낮이 결코 당신의 낮과 비슷할 것이라고 생각하지 말아야 합니다.

엄마들은 남편이 집에 돌아오면 구세주를 만난 것처럼 느껴진다고 하더군요. 그도 그럴 것이 말도 안 통하는 갓난쟁이랑 하루 종일 씨름하다가 드디어 대화가 통하는 사람을 만나니 얼마나 반갑겠습니까? 남편이 오면 아이와 잠시 떨어져서 밀린 일도 좀 하고 쉬기도 하고 싶은 마음이 드는 것은 당연하겠지요. 물론 소중한 아이지만, 밤낮 없이 불침번을 세우는데 당할 장사가 어디 있겠습니까?

겨우 아이를 떼어놓고, 몸도 씻고, 미뤄놓은 집안일도 하는 아내는 쉴 새 없이 이야기를 건넵니다. 오늘 아이가 무얼 했고 무얼 먹었고, 나는 오늘 무얼 했고 무얼 먹었고……. 남자 입장에서는 별로 중요하지 않은 이야기처럼 들릴 수도 있고, 며칠째 똑같은 내용일 수도 있습니다. 그러나 아내에게는 전쟁터에서 돌아온 영웅담이나 마찬가지입

니다. 그러니 아내가 힘겹게 견뎌낸 '낮 이야기'에 귀기울여 주세요.

기왕에 불침번 이야기가 나왔으니 예전에 한 동료가 썼던 방법을 제안해봅니다. 자기는 일제시대에 태어났으면 독립운동은 못했을 거라며 말문을 열던 그 친구의 얼굴이 생각나네요. 친구 입장에서는 나름 한다고 회사에서 돌아와 열심히 아이를 돌보았는데, 아내는 부족하다고 생각하더랍니다. 그래서 이틀을 몰아서 새벽에 혼자 아이를 봤더니 말 그대로 이러다 죽겠다 싶었답니다. 그래서 생각해낸 것이 바로 불침번이었다고 하더군요.

퇴근 후 저녁부터 잠들기 전까지는 아빠가 아이를 보고, 이후 세네 시간은 엄마가, 또 그 다음 두 시간은 아빠가, 출근을 위해 일어나야 하는 시간까지는 엄마가…… 이런 식으로 시간표를 만들어서 두 사람이 번갈아가며 불침번을 섰더니 두 사람이 공평하게 아이를 볼 수 있었고, 또 무엇보다 단어로 규정할 수 없는 연대의식 같은 것도 생겼다고 합니다.

물론 이 불침번의 시간표는 각 가정의 생활 사이클에 따라 변할 수 있는 것이지만, 저는 이 방법을 듣고 참 합리적이라는 생각이 들었습니다. 각 가정의 생활 방식에 맞추어 가장 좋은 육아 방식에 대해 아내와 남편이 머리를 맞대고 고민해봅시다. 아내에게만 육아를 미뤄두지 않겠다는 의지를 보이는 것 자체가 중요하니까요.

사실 잠을 못 자는 것도 큰 문제지만, 아이와 밤낮이 바뀌는 생활을 하다보면 너무 피곤하고 지쳐 아이에게 나타나는 다양한 사인이나 성장 발달 증후를 못 보고 지나치는 경우도 많다고 합니다. 상대방이 서로 시간을 나눠 아이를 집중해서 보살피면 그런 위험도 줄어들겠죠. 하룻밤 사이에도 훌쩍 자라는 아이의 순간순간을 놓치지 않기 위해서라도 아빠에게 주어진 불침번은 귀중한 시간입니다. 우리의 밤이 당신의 낮보다 아름다운 또 하나의 이유가 되겠지요.

아이와 함께 깨어 있는 밤, 아내와 함께 돌아가며 불침번을 서는 밤. 어쩌면 아내와 나 사이에 또 다른 동지애가 생길 수도 있지 않을까요? 육아라는 전쟁터에서 전우애를 나눌 수 있는 우리의 밤 이야기, 놓치지 말아야 할 인생의 한 페이지입니다.

남편의 포스트잇

### 아빠 손은 약손

단순히 불침번을 서는 것만으로 일이 끝나지 않을 때가 있죠? 기저귀를 갈아줘도, 우유를 줘도 이 녀석이 울음을 그치지 않을 때가 있습니다. 그렇다고 자고 있는 아내를 다시 깨우는 것은 또 의리가 아니다 싶고 말이지요. 어른들에게 여쭤보니 너무 더워도 잠을 못 잔다고 하더군요. 그럴 때는 잠깐 아이를 거실에 데리고 나와 시원한 바람을 쐬어주는 것도 도움이 된다고 합니다. 그리고 가볍게 등을 긁어주는 것도 방법입니다. 어른들도 자다가 등에 무언가 배기면 뒤척거리게 되죠? 말 못하는 아이도 그럴 때가 종종 있다고 하네요. 시원하게 등을 벗겨서 살살 긁어주는 것도 좋습니다. 엄마 손만 약손인가요, 아빠 손도 충분히 약손입니다.

# 모유수유
# 다이어트

출산 후 텔레비전에 나온 모델 출신 연기자가 이런 인터뷰를 합니다.

"출산 전에 꾸준히 운동했고, 출산 후에는 모유수유로 몸매 관리를 했어요! 그랬더니 임신 전보다 더 날씬해졌지 뭐에요~"

그 말이 사실인지는 모르겠지만, 실제로 그녀는 임신 전보다 더 날씬해 보이긴 하더군요. 그 모습을 바라보는 아내의 마음은 어떨까요? 출산 전이라면, 나도 저렇게 될 수 있다는 희망을 가지고 있을 터이고, 출산 후라면 난 왜 저렇게 안 되지 하는 의문을 가지고 있을 겁니다.

출산 전 몸무게가 많이 늘어나는 것을 걱정하는 아내에게 주변 사람들은 흔히 이런 말로 위로하곤 합니다.

"아기만 낳고 나면 금방 돌아올 거야."

"모유수유 하면 되지, 그럼 금방 원상복귀 할 거야."

하지만 아이가 쑥쑥 자라고, 이윽고 돌잔치를 하는 날이 되어도 아내의 몸무게는 고작 몇 킬로그램밖에 줄어들지 않았습니다. 게다가 아무리 모유수유를 하고 싶어도 할 수 없게 되는 상황도 많습니다. 선천적으로 모유가 잘 생성되지 않는 엄마들도 있고, 아이가 빠는 힘이 약해 모유를 먹일 수 없는 경우도 많다고 하더군요. 이런 경우, 아이의 영양은 급한 대로 분유로 대체할 수 있지만 철석같이 믿었던 모유수유 다이어트는 물 건너가게 되는 겁니다. 이런 경우 당사자도, 지켜보는 남편도 참 황망하죠. 그러다가 슬슬 겁도 납니다. '영원히 아내가 지금 몸무게에서 탈출하지 못하면 어쩌지?' 하면서 말입니다. 이럴 때 아내가 가장 먼저 하는 것은 아마도 각종 후회일 것입니다.

'아이를 가졌을 때 좀 덜 먹을 걸, 좀 더 많이 운동할 걸.'

하지만 가장 위험한 후회가 있습니다. 바로 '아이를 가지지 말 걸' 하는 후회입니다. 극단적이라고요? 아닙니다. 아내의 돌아오지 않는 예전 몸무게는 우울함을 가져오기에 충분한 사유가 됩니다.

임신한 여성의 75퍼센트가 산후 우울증을 경험한다고 합니다. 그만큼 자연스러운 현상이라는 것이지요. 대부분의 산모들이 분만 후 우울함, 감정 변화, 불안, 수면 변화 등을 겪는데, 대체로 2주 이내에 해소되는 반면 25퍼센트 정도는 좀 더 심각한 상황으로 발전합니다. 제대로 감정을 다스리지 못하고 극단적으로 치달을 경우 사랑스러운 아이를 그저 내 몸을 망가뜨린 원인으로 여기기도 한답니다. 끔찍한 생각이죠. 하지만 아내 혼자 이러한 산후 우울증을 헤쳐가기는 무리가 있습니다. 이럴 때 남편의 도움이 필요합니다.

우선 아이를 낳은 후에도 임신 전으로 돌아가지 못하는 아내의 몸무게에 연대적 책임감을 느껴주는 것이 매우 중요합니다. 그리고 무엇보다 무조건적으로 몸무게를 줄이려는 아내의 흔들리는 마음에 중심을 잡아 주어야 합니다.

사람이 마음이 급하다보면, 판단을 정확하게 할 수 없을 때가 있죠? 출산 후 다이어트를 시작하는 아내들 역시 그런 상황일 수 있습니다. 각종 포털 사이트에서 읽은 잡다한 지식들 속에서 아내는 갈피를 잃을 지도 모릅니다. 조바심을 내며, 집착적으로 과거의 몸무게에 매달리는 아내를 잡아주어야 합니다.

먼저 아내에게 솔직해지는 겁니다. 쓸데없는 거짓말, 즉 절대로 살이 쪄 보이지 않는다거나 체중을 줄일 필요가 전혀 없다는 식의 립서비스는 좋지 않습니다. 아내는 바보가 아닙니다. 매일 거울을 보며 달라진 자신의 모습을 두 눈으로 확인하는데, 거기에다 대고 무조건 아니라고 말해주는 것이 정서적 지지는 아니겠죠?

아내의 목표 감량 킬로그램을 첫 번째로 물어보는 것이 좋겠습니다. 목표를 알아야 함께 뛸 수 있으니까요. 그리고 감량 목표를 위해 필요한 계획들을 객관적으로 함께 점검해주는 겁니다. 아내가 생각하는 계획표가 초등학교 시절 방학 때 철없이 그렸던, 공부와 잠 밖에 없던 생활계획표처럼 그저 운동과 금식뿐인 계획이라면 적절히 브레이크를 걸어줘야겠죠?

또 아내의 출산 후 컨디션에 따라 무리한 강도의 운동은 없는지, 평소 아내가 잘 하는 운동인지 그렇지 않은지 등을 체크해 주세요. 자신의 몸을 가장 잘 아는 것은 물론 아내겠지만, 현재 아내의 상태에서 그것이 실현 가능한 계획인지에 대한 관심과 평가는 남편이 가장 잘 해줄 수 있을 테니까요.

중요한 것은 마음대로 되지 않는 체중 감량과 그로 인한 여러 가지

시도로 몸도 마음도 지쳤을 아내에게 응원의 메시지를 잊지 않는 것이 겠지요. 자꾸만 조급해하는 아내를 진정시키고 과속하지 않도록 속도를 천천히 줄여주세요. 장기적인 계획을 세우고 안정된 분위기 속에서 다이어트를 계속할 수 있도록 도와주세요. 그리고 무엇보다 이 다이어트는 단순히 미용을 위한 것이 아니라, 건강을 되찾기 위한 운동임을 일깨워 주어야 합니다.

남편의 포스트잇

## 아내와 함께 식사를 하세요

혼자 하는 식사가 다이어트의 가장 큰 적이라는 사실, 아시나요? 천천히, 골고루, 조금씩 먹어야 하는 다이어트 식단의 기본을 혼자 하는 식사에서는 좀처럼 지키기 어렵기 때문인데요. 남편 입장에서는 야근도 많고, 회식도 있겠지만, 그래도 일주일에 적어도 세 번 이상은 집에서 아내의 식단에 따라 저녁을 먹는 원칙을 정해보는 건 어떨까요?

아내와 함께 식사를 하다보면 남편은 MSG 없는 담백한 집 밥을 먹어서 좋고, 아내는 코치 역할을 자처한 남편 앞이니 신경 써서 음식을 먹을 테지요. 게다가 같이 밥을 먹으면서 서로의 낮 이야기도 나눌 수 있으니 일석삼조가 될 겁니다.

# 엄마 없는
# 하늘 아래

아이들은 거짓말을 할 줄 모르고, 한다고 해도 바로 얼굴에 드러나게 되어 있죠. 순수한 눈망울에 눈물이 그렁그렁해서 무언가를 말하는 아이들의 얼굴을 대하고 있자면 어른들 역시 쉽게 거짓말을 하지 못하게 되는데요. 그래도 어른인지라, 사는 게 먼저인지라 그 눈을 보면서 매일 거짓말 아닌 거짓말을 하게 됩니다.

"엄마, 금방 갔다 올게!"

아이들의 대통령 뽀로로를 틀어놓고, 손에 과자도 쥐어주고, 아이를 안심시킨 후 도망치듯 떠나는 아내의 뒷모습에는 언제나 덕지덕지 죄책감이 묻어 있습니다.

사실 엄마가 회사에 가거나 다른 일로 나간 동안 누가 아이와 함께 있느냐에 따라서 반드시 그 시간이 아이에게 힘들기만 한 것은 아닐 겁니다. 친구들이 와서 함께 놀기도 하고, 금이야 옥이야 아껴주시는 할머니, 할아버지와 보내는 시간도 나쁘지 않습니다. 하지만 아이가

230

어떤 시간을 보냈느냐와 관계없이 모성이라는 이유로 아내는 죄책감을 느끼곤 합니다.

왜 예전 어른들이 이런 말씀 하시죠? 애들은 두 시간만 엄마가 없어도 금방 엄마 없는 아이 티가 난다고요. 그 소리를 듣고 나서 아이를 보면 어딘지 좀 더 꼬질꼬질해 보이기도 하고, 옷에 묻은 얼룩이나 삐져나온 머리가 더 눈에 띄기도 합니다. 사실 따지고 보면 그야말로 '기분 탓'입니다. 그냥 좀 더러운 곳에서 열심히 놀아서 그런 것인데도 '엄마의 부재'라는 이미지를 덮어 씌워서 아이를 더 불쌍하게 바라보는 것입니다.

아이와 엄마라는 두 개의 존재를 분리해서 생각하지 않고, 아이가 보여주는 행동의 모든 결과를 엄마와 연관 지어 생각하는 이상한 상관관계 때문에 엄마들은 죄책감을 느낄 필요가 없는 것에도 괜스레 죄책감을 느낍니다. 자신이 해야 할 일을 하는 것뿐인데, 아이에게 스스로 죄인이 되는 것이지요.

엄마가 직장에 가는 것, 엄마가 친구와 만나는 것, 엄마가 개인적인 시간을 갖는 것에 매번 엄마가 죄책감을 느끼며 아이를 마치 영화 '엄마 없는 하늘 아래'의 주인공처럼 안쓰럽게 만드는 것은 어쩌면 주변 사람들의 적절한 도움이 없었기 때문은 아닐까요?

엄마의 부재 시에 아이와 함께 있는 시간이 많은 아빠들의 역할이 더욱 중요한 이유입니다. 어느 토크쇼에서 주부들이 남편에 대한 불만을 랭킹으로 매기는 것을 봤는데, 가장 짜증나고 싫을 때가 외출하라고 보내놓고는 사사건건 전화해서 이것저것 물어보고 언제 오냐고 재촉하는 것이라고 하더군요. 아내가 외출한 몇 시간 동안 애 보는 게 뭐 그리 어려울까 싶어 보내주기는 했는데, 막상 애는 빽빽 울고, 나도 배고프고, 뭘 해야 될지는 모르겠고……. 이런 상황에 닥치면 자연스럽게 아내 생각만 납니다. 경험들 있으시죠?

왜 매일 이런 풍경이 반복될까 생각해보면 엄마가 없을 때 아이들과 어떻게 지내야 하는지 모르기 때문이라는 답에 도달하게 됩니다. 아이뿐만 아니라 남편 역시도 아내에게 의존하고 있는 것이지요. 하지만 아내들은 이것도 화가 납니다. 믿고 의지하고 사랑하는 의존이 아니라, 밥 달라 돌봐 달라 보채는 '남자는 여자를 귀찮게 해'의 주인공 같이 느껴지기 때문입니다. 그냥 자기가 불편하니까 아내가 있었으면 하고 바라는 이기적인 남편의 마음이 얄미울 따름입니다.

지금이라도 좀 방법을 찾아볼 필요가 있겠습니다. 일단 먼저 아빠와 단둘이 있는 것이 어색한 아이들을 위해서 아빠와 지내는 것이 지루하지 않다는 것을 알려 주는 것이 중요합니다. 이를 위해서는 밥 먹는 시간, 낮잠 자는 시간, 노는 시간 등 아이의 하루 일과를 미리 숙지하는 것이 좋겠지요. 대부분의 아빠들은 무조건 아이가 신나게 놀거나 배부르게 먹기만 하면 되는 줄 알고 이것저것 시도를 합니다. 그러다가 아이가 짜증을 내고 울어 버리면 도대체 이유를 모르겠다며 아내에게 전화를 하기 시작하지요. 따라서 평소에 아이의 일상을 관찰하고, 아내가 아이를 다루는 모습을 유심히 지켜보는 노력이 필요합니다.

아내가 외출이나 퇴근 후 돌아오는 모습을 집에서 맞은 적이 있다면, 아마 다들 알 겁니다. 신발도 채 벗지 못하고 무슨 이산가족 상봉이라도 하듯 부둥켜안고 입을 맞추는 아이와 엄마의 모습 말입니다. 그럴 때면 실컷 놀아준 아빠는 0.1초 만에 잊어버리는 딸아이가 얄밉기도 하지만, 그래도 어쩌겠습니까? 아빠가 도저히 끼어들 수 없는 엄마와 아이 사이의 바다가 존재하는 것을 말입니다. 그 바다가 잠시 홍해처럼 갈라지더라도, 그래서 아내와 아이가 잠시 떨어져 있게 되더라도 아내의 바다에 죄책감이라는 구름이 드리우지 않도록 아빠의 하늘이 더욱 더 믿음직하게 빛나야겠습니다.

남편의 포스트잇

## '엄마 대신'이 아닌 아빠로서 놀아주세요

저도 그랬지만 보통의 아빠들은 엄마가 없을 때 아이들에게 '엄마처럼 해주면 된다'고 생각하는 경우가 많습니다. 그래서 섣불리 엄마 흉내도 내고, 아내가 아이에게 해주었던 것을 따라해보려고 하기도 합니다. 하지만 진짜가 아닌 유사품은 금세 탄로가 나기 마련이더군요. 엄마 노릇이 어디 그리 쉬운가요. 그럴 때는 어설프게 엄마의 자리를 채우려고 하기보다 차라리 아빠만의 놀이로 접근하는 것이 어떨까요? 엄마는 머리와 가슴으로 놀아주지만, 아빠에게는 든든한 두 팔과 힘이 있지 않습니까?

놀이터에서 함께 놀아주는 것은 물론 집 안에서도 아이와 아빠가 몸을 부대끼면서 노는 놀이는 많습니다. 거기다 이런 식의 육체적 에너지 소모가 큰 놀이는 낮잠이 꼭 필요한 영유아기 아이에게 더 필요하다고 하죠. 엄마가 없어서 울며 보채기만 하고 낮잠까지 자지 못해 예민한 아이라면, 아빠의 신나는 놀이가 더욱 빛을 발합니다. 기운이 쏙 빠지도록 신나게 놀아주는 동안 엄마의 부재는 아마도 저 멀리 달아나 있지 않을까 싶네요.

# 아이에게
# 화풀이를 하고 있다

주위를 둘러보면 스트레스가 생길 때 남에게 피해를 주면서 푸는 사람들을 어렵지 않게 발견할 수 있습니다. 예를 들어 무슨 일만 생겼다 하면 아랫사람을 들들 볶으며 괜히 화풀이를 하는 직장 상사가 그렇습니다. 우리는 그런 사람들을 싫어하고 험담을 합니다. 강자에게 약하고, 약자에게 강한 전형이라며 흉을 보는 거죠. 이런 모습은 심지어 연인들에게서도 나타납니다. 더 사랑하는 사람이 약자라는 말처럼 상대가 말도 안 되는 꼬투리를 잡으면서 화풀이를 해도 그저 참고 달래야 하는 상황, 익숙한 모습 아닌가요? 이렇게 직장에서는 상관과 부하직원, 연인 사이에서는 더 사랑하는 자와 더 사랑받는 자. 그렇다면 엄마와 자식 간의 관계는 어떨까요?

아이가 어릴 때는 힘의 균형이 엄마에게로 쏠려 있습니다. 아이에게 엄마는 작은 우주이고, 자신의 인생을 송두리째 쥐고 있는 절대 권력의 소유자입니다. 엄마 역시 자신의 삶보다는 아이 중심의 삶을 살아야 하고, 무엇보다 바뀐 환경, 엄마라는 새로운 타이틀에 적응하기 위해 안간힘을 쓰는 시기라고 할 수 있습니다. 스트레스가 극심한 시기라고 할 수 있겠지요. 더군다나 엄마는 변화된 환경 속에서 아이와 단둘이 한정된 공간에 머물러야 하고, 따라서 엄마의 스트레스는 자연스럽게 아이에게 투영될 수밖에 없습니다.

엄마에게 지나치게 "안 돼!"라는 말을 듣고 자란 아이를 보신 적이 있으신가요? 언뜻 생각하기에는 아이가 무척 소심하고 주눅이 들어 있을 것 같지만, 실제로는 그렇지 않다고 하더군요. 오히려 아이는 끊임없이 엄마가 "안 돼!"라고 말할 상황을 찾아다닌다고 합니다. 엄마가 자신의 감정을 솔직하고 빠르게 드러내는 문장, 사실은 엄마의 스트레스 상태를 그대로 반영하는 바로 그 "안 돼!"라는 문장을 자신을 향한 관심으로 이해하는 경우가 많기 때문이지요.

화풀이처럼 아이에게 별 생각 없이 반복적으로 했던 말 때문에 아이는 엄마의 부정적이지만 즉각적인 반응을 이끌어 내기 위해 끊임없이 물건을 떨어뜨리고 뛰어 다니며 주의를 환기시킵니다. 엄마의 관심을 끄는 잘못된 방법을 배운 것이지요. 아이 행동의 의미를 알게 된 엄마는 그제야 충격에 빠집니다.

'내가 아이에게 화풀이를 하고 있다고?'

사실 아이의 정도가 심한 경우도 많습니다. 엄마의 스트레스 행동에 자주 노출된 아이일수록 손을 빨거나 손톱을 물어뜯는 등 집착적인 행동을 하는 경우가 많고, 야뇨증이나 배변 훈련이 더딘 아이도 많다고 합니다. 아이의 작은 우주가 스트레스로 자주 요동치고, 심지어 그 우주의 뒤틀림으로 오는 천둥이나 우박을 제대로 막아주는 사람조차 없다면 아이에게 어떤 식으로든 변화가 나타나는 것은 어쩌면 당연한 일이겠지요.

물론 엄마들 중에 일부러 아이를 스트레스나 화풀이 대상으로 여기는 분들은 아무도 없을 겁니다. 다만 내가 놓인 상황이 스트레스 상황인지 아닌지 정확하게 감정 판단을 하는 것조차 우리는 서툴다는 말이 아닐까요? 자신이 얼마나 스트레스를 받고 있는지, 그 스트레스를 어떻게 풀고 있는지 스스로 파악하지 못하고 있다는 뜻입니다.

하루 종일 아이와 함께 보내는 시간이 긴 엄마들이라면, 한 번 정도는 나의 하루를 객관적으로 돌아보는 건 어떨까요? 3인칭 관찰자 시점으로 나의 하루를 한 번 나열해보세요. 지나치게 청결을 신경 쓰고 있다고 느낀다면 내가 특정 장소에 걸레질을 몇 번 하는지, 또 정리해놓은 물건을 아이가 흐트러뜨렸을 때 내가 느끼는 감정은 무엇인지 객관적으로 들여다보는 겁니다.

시댁 식구들이나 남편 혹은 내가 불편하게 느끼는 사람과 만나거나 전화 통화를 한 이후에 내가 아이를 대하는 태도가 달라지는 것은 없는지 확인하는 것도 필요합니다. 스트레스를 받은 뒤 무의식적으로 아이에게 화풀이를 하거나 나도 모르게 아이에게 감정적으로 대한다는 사실을 깨닫는다면, 크나큰 죄책감이 다시 한 번 엄마들을 괴롭히게 될 테니까요.

아이들은 조금만 자라도 부모가 의지하고 싶어지는 듬직한 존재가 됩니다. 눈 깜짝할 사이에 자라 서운하게 느껴지기도 하지만, 보살펴주어야 했던 가녀린 존재에서 마치 친구처럼 성장하는 아이들의 모습은 축복처럼 느껴지기도 하지요. 많은 엄마들이 아이들의 어린 시절을 되돌아볼 때 내 감정대로 아이를 좌지우지했던 순간들을 후회하고는 합니다. 특히 아이가 아무 뜻 없이 꺼내는 과거의 한 조각에 얼굴이 붉어질 때가 있죠.

"너 기억 나냐? 엄마는 청소기만 돌리면 화를 냈었잖아. 그래서 엄마 청소기 돌릴 때는 너랑 나랑 마당에 나가서 놀고 그랬지?"

이런 말을 들은 엄마의 마음은 그야말로 대못이 박히듯 저려옵니다. 그때는 그럴 만한 전후 사정이 있었지만, 그래도 어쩐지 아이에게 화풀이를 자주 한 것 같아 괜스레 미안하지요. 혹시나 그때 내가 아이에게 짜증을 내서 아이가 상처를 받지는 않았을까?

하지만 완벽한 자식이 존재할 수 없듯 완벽한 부모 또한 존재할 수 없습니다. 우리는 이 평범한 사실에 기대어 조금은 편안해질 필요가 있습니다. 지금 이 순간 법정 스님처럼 어떻게 하면 스트레스를 받지 않을지, 아이에게 화풀이를 하는 것을 줄일 수 있을지에 대한 즉답을 드릴 수 있으면 좋겠지만, 안타깝게도 저 역시 실수투성이의 부족한 아빠일 뿐입니다.

그저 저는 이런 이야기를 하고 싶습니다. 부모도 화를 낼 수 있지요. 아이 때문에, 또 아이를 향해 스트레스가 뻗어 나갈 수도 있습니다. 다만 꽉 막혀 언제 터질지 모르는 스트레스의 코르크 마개를 불안한 마음으로 들여다보며 애태우지 말고, 나와 아이가 연결된 스트레스의 상관관계를 객관적으로 바라보는 게 어떨까요?

아이와 함께하는 공간 속에서 반복되는 나의 행동, 그로 인한 아이의 변화를 그저 찬찬히 바라보는 것만으로도 무엇이 문제인지 알 수 있습니다. 왜냐고요? 우리는 서로 사랑하니까요. 이것이 우리 관계의 바탕입니다. 혹시라도 나의 스트레스가, 나의 화풀이가 아이에게 생채기를 내고 있다면, 그것을 바꿀 가장 위대한 힘 역시 바로 엄마 자신에게 있다는 것을 믿으세요.

## 아이를 방패로 삼지 마세요

아내가 나에게 하고 싶은 말을 아이에게 하고 있지는 않은지 돌아보세요. 아이가 저지른 작은 잘못에 평소보다 크게 화를 내고 아이를 꾸중한다면 혹시나 내가 뭔가 잘못한 게 없는지 점검할 필요가 있습니다. 혹시 며칠 연속 계속되는 만류에도 불구하고 과음을 하지는 않았습니까? 아니면 아내가 몇 번이고 해달라고 부탁했던 것을 별로 중요하게 여기지 않고 잊어버리지는 않았나요?

아이의 작은 실수에도 아내가 크게 화를 내며 상처 주는 말을 반복한다면, 얼마 전 부부싸움에서 오갔던 말들이 아직도 아내를 괴롭히는지도 모릅니다. 어쩌면 시댁에서 받은 스트레스를 차마 드러내지는 못하고 속으로 삭히고 있을지도 모르지요.

아내가 자신의 스트레스를 푸는 데 아이를 이용하도록 내버려두는 것은 아이에게 화풀이를 하는 것보다 더 나쁜 일이 아닐까요? 아내가 나에게 화난 것이 뻔히 보이는데 모르는 척 아내가 아이에게 짜증을 부리도록 방치한다면 아이에게도 큰 문제가 될 것입니다. 부부 간의 문제로 끝낼 것은 부부 사이에서 털어버릴 수 있도록 하세요. 아내가 더 이상 종로에서 뺨 맞고 한강에서 화풀이하지 않도록 해주세요.

# 엄친아의 시작은
# 아친맘

    작년 즈음인가요, 학교를 마치고 근처에서 잠시 약속이 있어 신촌에 들렀습니다. 어느 커피 전문점에 앉아서 잠깐 이메일을 확인하고 있었는데, 근처 넓은 테이블에 하나둘씩 삼십대 후반에서 사십대 초반으로 보이는 여성들이 모여들기 시작했습니다. 서로의 호칭은 '○○엄마'였습니다. 예비군보다 강력하다는 엄마들의 커뮤니티를 직접 눈으로 확인한 순간이었지요.

    단연 화제는 아이들의 성적이었고, 다음은 학원의 질과 선생님들에 관한 내용, 그리고 자연스럽게 아이들의 진로 문제로 이어졌습니다. 이렇게 내용은 진지했지만, 그녀들은 정말 친해보였습니다. 스스럼없이 웃고 서로의 집안 사정을 속속들이 아는 듯 제법 자세한 안부들도 오고 갔습니다. 그날 돌아와 말간 얼굴로 아내에게 이렇게 물었죠.

    "여자들은 애들 엄마끼리도 참 친하고 그러나봐?"

    돌아온 아내의 대답은 의외였습니다. 엄마들의 커뮤니티는 그렇게 호락호락한 것이 아니라는 겁니다. 아내처럼 직장을 가진 엄마들은 그 커뮤니티에 쉽게 참여하지 못해 놓치는 정보도 많고, 그 속에서도 은근히 서열이 존재한다고 하더군요. 흔히 아이의 성적이나 부모의 직업, 경제적인 수준 등으로 나눠지는 서열 속에서 엄마들도 적응을 해야 한다는 겁니다.

"그럼 안 만나면 되잖아?"

제 질문은 또 다시 어리석은 것이 되고 말았습니다. 엄마들로만 엮인 것이 아니라 그 안에는 다시 아이들이 친구라는 이름으로 엮여 있기 때문입니다. 저학년일수록 친구에게 의존하는 심리적 상태가 크고, 또 좋은 친구를 사귀고 그 역할을 잘 수행해야만 아이의 인격 발달에도 문제가 없을 테죠. 아이가 주로 엄마와 함께 친구의 집으로 오다보니 자연스럽게 엄마끼리도 관계를 형성하게 됩니다.

중·고등학교 학생들이 제일 싫어하는 말이 '엄친아'였다고 하지요. 엄마 친구 아들과 매사에 비교되는 상황이 얼마나 싫겠습니까. 하지만 조금만 거슬러 올라가보면, 요즘 엄마들은 아이들이 엄친아 스트레스를 받기 전에 이미 '아친맘', 즉 아들 친구 엄마의 스트레스를 받고 있습니다. 비슷한 또래의 엄마들이 모이다보니 은근히 미모 경쟁, 몸매 경쟁, 집안 경쟁이 시작되고, 또 본격적인 성적순으로 아이들 줄 세우기가 시작되는 중학교부터는 전교 1등 엄마 밑으로 서열이 갈린다고 하니, 그 스트레스가 결코 적다고 할 수는 없을 테지요.

이런 상황을 보면, 남편들이나 다른 사람들은 쉽게 이런 말을 합니다. 그냥 신경 끄고, 자기 할 일들이나 잘 하면 되지 왜 그러냐고 말입니다. 괜히 여자들끼리 모여 다니면서 치맛바람이나 일으킨다고 핀잔까지 주면서 말이죠. 정작 이런저런 모임을 안 만들면 입 안에 가시가 돋는 것처럼 구는 것은 바로 남자들이면서 말입니다.

아이들을 연결 고리로 다양하고 중요한 정보를 교환하는 엄마들의 커뮤니티는 중요합니다. 꼭 필요한 것입니다. 다만 그 속에서 서로를 대하는 엄마의 눈빛이 조금은 달라져야 하지 않을까요?

예전에 홍역을 앓아 학교에 일주일 정도 못 나간 적이 있었는데, 당시 별로 친하지 않았던 반 친구 녀석 한 명도 동시에 결석을 했었습니다. 아이들 전염병이라는 것이 한 번 유행하면 무서운 것이니 그도 그럴 법했는데요. 고열에 시달리고 꽤나 고생을 했는데도 친한 녀석들은 그저 학교에 안 나와서 얼마나 좋았겠냐며 신소리만 하는 겁니다. 하지만 단 한 명 그 친구만이 제 처지에 공감해 주었죠. 우리는 그 일을 계기로 꽤 친해졌습니다. 마치 다른 친구들은 겪지 못한 어른이 되는 경험을 둘만 한 것 같은 느낌을 갖기도 했지요.

엄마들의 커뮤니티가 이렇게 진심으로 공감할 수 있는 친구를 가지는 장소가 되면 참 좋겠다는 생각을 해봅니다. 서로 경쟁 상대가 되는 것이 아니라 같은 경험, 같은 고민을 가진 든든한 친구를 얻는 장소 말입니다. 우리가 나서서 서로를 비교하고 줄 세우지 않아도, 아이들은 필연적으로 세상 속에서 숫자와 서열의 지배를 받게 됩니다. 아이들을 품에 안은 엄마들이 먼저 서로를 비교하지 않고, 이해로 뭉친 커뮤니티를 만들어 간다면 어쩌면 거기에서부터 세상을 바꾸는 힘이 조금씩 생겨나지 않을까요? 공교육이 해결하지 못했던 아이들의 인성 교육의 해결책이 될지도 모르고, 경쟁 속에서 엄친아의 존재를 경계해야 했던 아이들의 부담이 덜어질지도 모릅니다. 그리고 비로소 엄마들 역시 아친맘과 비교되는 굴레를 벗을 수 있을 테죠.

"호윤이 엄마~ 지혜 엄마~ 민석이 엄마!"

이렇게 엄마라는 이름 앞에 아이들의 이름이 붙는 그 순간부터 엄마들은 다 위대한 사람들임을 스스로 일깨우고 서로 위로해 주면 좋겠습니다. 엄마들이 바꾸는 따뜻한 세상에 우리는 기대어 살고 싶습니다. 아내들이 만들어가는 따뜻한 다음 세대를 기대합니다. 큰 욕심은 아니겠지요?

남편의 포스트잇

## 수다나 떠는 모임이 아닙니다

자신들의 친목 모임은 나랏일을 걱정하고 지구의 미래를 구할 것처럼 중요하게 여기면서 아내의 모임은 괜히 무시하고, 빨리 들어오라고 독촉했던 적은 없었는지 반성해보게 됩니다. 엄마들의 커뮤니티를 아줌마들끼리 모여서 쓸데없는 얘기나 하는 모임 정도로 치부하는 우를 범하지 않으시길 바랍니다.

그리고 하나 더! 아이의 친한 친구의 엄마, 아내와 각별한 엄마들 몇 명의 얼굴 정도는 익혀두면 어떨까요? 퇴근 후 집에 돌아왔을 때 마침 아친맘들이 모여서 차라도 한 잔 마시고 있다면 센스 있게 "누구 어머니 오셨네요"라고 인사를 건네 보세요. 아마 다음 엄마들 커뮤니티에서 아내의 어깨가 으쓱할 겁니다.

# 학창시절보다
# 더 무서운 선생님

 

 

슬픈 일이지만 학교에 대한 우리의 기억이 즐거움으로 남은 것은 고작 초등학교 저학년, 길면 중학교 초반 정도까지입니다. 운동장에서 뛰어놀던 기억과 함께 학교 가는 기쁨이 사라지고 학교는 억지로 가야 하는 통과의례처럼 남은 것이 사실입니다. 그래서일까요? 정규교육의 마지막 남은 관문인 고등학교 졸업식이 매년 계란과 밀가루로 얼룩지는 것이 조금은 이해가 되기도 합니다. 다시는 오고 싶지 않은 학교, 지긋지긋한 구속으로부터의 해방, 그런 심정이 포함된 것 아닐까요? 하지만 이걸 어쩝니까? 학교에 가는 것은 그날로 마지막이 아니니 말입니다.

아이가 태어나 처음 "엄마"라는 말을 하고, 첫걸음을 아장아장 뗀 게 엊그제 같은데, 어느새 아이가 초등학교에 입학을 합니다. 등교하는 아이에게 제 몸집보다 더 커다란 가방을 들려 보내며 채 반나절도 되지 않는 시간을 잘 지낼 수 있을까, 오로지 그것만 걱정했던 엄마는 그때까지만 해도 앞으로 있을 선생님과의 만남이 그렇게나 두려울 줄 몰랐을 것입니다.

어쩌면 '선생님'이라는 단어 속에 우리는 너무 많은 의미와 권위를 심어 놓았는지도 모르겠습니다. 예전처럼 선생님의 영향력이 아이들에게나 사회적으로 확실했던 때라면 얘기가 또 다르겠지만요. 잊을 만하면 뉴스에 등장하는 학교와 선생님, 그리고 아이들의 부정적인 사건들이 학부모인 우리가 학교를 찾는 것을 더욱 어렵게 만든다는 생각도 듭니다.

아이가 학교를 다니는 동안 적어도 일 년에 한두 번 정도는 선생님을 찾아뵙고 아이의 학교생활이나 진로에 대해 상담을 하게 됩니다. 그런데 학교 가기 전날 밤이면 왜 이리 잠이 안 오는 걸까요? 떨리는 마음에 이리저리 뒤척거리며 긴 밤을 보내게 되지요.

첫 번째 이유라면 선생님의 입을 통해 듣게 될 내가 모르는 아이의 모습에 대한 걱정이겠지요. 부모는, 특히 엄마들은 아이에 대해 이상한 자만심을 가지는 경우가 자주 있습니다. 나는 아이에 대해 다 알고 있다, 내 자식은 내가 제일 잘 안다고 자신하지만, 막상 문제에 봉착하면 이런 자신감은 아무것도 해결해 주지 못합니다. 오히려 자신감 속에서 평화만을 빌었던 여린 엄마들에게는 상처가 되기도 하죠. 그러니 사춘기에 들어섰거나 최근 성적이 좋지 않았거나 또 친구와의 문제로 괴로워하는 등 아이가 문제가 보일 때 닥쳐온 선생님과의 면담은 결코 가벼운 만남이 될 수 없습니다.

또 하나 선생님과의 만남이 두려운 이유는 바로 촌지 문제입니다. 매년 5월이 되면 각종 기관에서 잊지 않고 진행하는 설문조사 역시 촌

지나 선물에 대한 것인데요. 2013년에 실시된 한 설문조사에 따르면 자녀를 둔 부모 중 67.6퍼센트가 "이번 스승의 날 자녀의 교사에게 선물을 할 계획"이라고 답했고, 이중 79.3퍼센트는 스승의 날 선물로 인해 부담을 느낀다고 고백했다고 합니다.

모두가 다 의례적으로 하는 스승의 날에도 이렇게 많은 사람들이 선물에 대한 압박을 느끼는데, 하물며 개별적으로 선생님과 만나는 자리는 오죽하겠습니까. 아무리 다른 엄마들이 그 선생님이 촌지를 받지 않으신다고 해도 의심은 꼬리에 꼬리를 뭅니다. 혹시 다들 주고 서로 안 줬다고, 안 받는다고 하는 것은 아닐까? 그렇다면 나는 과연 얼마의 촌지를 주어야 하는 것일까? 이번 방문으로 우리 아이와 선생님의 관계는 어떤 변화가 생기게 될까?

이런 것도 오랜 오해와 편견의 문제일 수 있습니다. 실제로 요즘에는 스승의 날에 선생님에게 선물을 하지 말라고 하는 학교가 많고, 아예 스승의 날에 휴교를 하는 학교도 있습니다. 촌지 문제가 선생님들에게도 부담이 되는 거지요. 그러다보니 진짜로 아이와 관련해 부모와 의논하고 싶은 일이 있어도 쉽게 부모를 호출하기 어렵게 됩니다.

제가 아는 어느 중학교 수학 선생님도 아이에 관한 문제로 학부모와 의논할 일이 생겨도 괜히 학부모가 부담을 느낄까 봐 선뜻 전화를 걸기도 어렵다고 이야기하더군요. 가정에서 아이를 지키는 부모와 학교에서 아이를 가르치는 교사가 아이에 대해 의견을 교환하고 친밀한 관계를 유지해야 하건만, 정작 우리는 이상한 오해와 편견에 얽매여 그러질 못합니다.

자신의 학창 시절보다 학교에 가는 것이 더 두렵고 아이의 선생님을 만나는 것이 무서운 엄마들이 있다면 한 가지 방법을 제안하고 싶습니다. 일종의 노출 요법으로, 두려움으로 두려움을 이겨내는 겁니다. 내가 모르는 아이의 어떤 모습을 알게 될까 두렵거나, 혹은 선생님에게 내 아이의 단점이 눈에 띄었을까 무서우신가요? 어떻게 해야 선생님과 긴밀한 관계를 유지하면서 아이의 학교생활을 개선시킬지 모르겠다면 그럴수록 더 자주 선생님과 만나는 겁니다.

학교에 가는 것을 두려워하지 말아야겠습니다. 그렇다고 치맛바람을 일으키며 학교와 선생님에게 이래라 저래라 갖가지 요구를 하기 위해 자주 학교에 찾아가라는 의미는 절대 아닙니다. 단지 학교와 가정이 연대적인 책임, 똑같은 보호자임을 잊지 말고 자주 서로에게 그 의미를 확인해 주자는 것입니다.

엄마들은 자주 두려워합니다. 더 이상은 배고프다고 나를 찾지도, 아프다고 품에 안기지도 않는 아이들을 본인이 컨트롤 할 수 없게 될까 봐 말입니다. 새벽닭이 울면 학교에 가서 저녁별을 보며 학원에서 돌아오는 아이의 하루에 과연 어떤 일이 있었는지 알지 못하는 것이 무섭습니다. 하지만 마냥 두려워하기만 하며, 아이에게 어떤 사인이 나타나는지 기다리고 있을 수만은 없지 않을까요? 어쩌면 선생님은 아주 사소하지만, 아주 중요한 것을 알고 계실지도 모릅니다.

"만나 뵙고 싶었습니다. 이렇게 좋은 선생님을 만나게 되어 정말 다행이에요."

"우리 아이를 잘 부탁드립니다. 뵙고 나니 정말 안심이 되요, 자주 뵙고 싶어요."

엄마들은 시장에서도, 버스에서도, 모르는 타인에게도 덕담을 잘하는, 기가 막힌 긍정 유전자를 가진 분들이 많습니다. 그 유전자를 선생님에게도 유감없이 발휘해보세요. 두려움을 이기기 위해 다가간 한 발자국이 지친 선생님의 어깨를 올려주고, 미처 몰랐던 아이의 학교생활도 한 뼘 정도는 열어주지 않을까요?

남편의 포스트잇

## 선생님을 존경할 수 있도록 해주세요

좋은 선생님을 만나는 것도 중요하지만, 그에 앞서 아이가 선생님을 존경하도록 하는 것은 부모의 몫이 아닐까요? 아이가 선생님과 좋은 관계를 형성하길 바란다면, 아이가 선생님을 존경하는 마음부터 심어주는 것이 순서이겠지요.

선생님에 대한 맹목적인 순종을 가르치라는 것이 아니라 스승에 대한 예의를 갖출 수 있도록 교육하라는 뜻입니다. 교사라는 직군에 대해 함부로 폄하한다거나, 특정한 사건을 싸잡아 아이 앞에서 선생님에 대해 험담하는 것은 좋지 않습니다. 자칫 아이에게 무의식적으로 선생님에 대한 부정적인 생각을 심어줄 수 있으니까요. 정의로운 우리 아빠들이 주로 그 역할들을 맡지 않습니까? 정의의 칼도 조심해서 뽑아 들어야겠습니다. 무엇보다 좋은 스승 하나 가지지 못하는 아이의 학교생활은 결과적으로 불행한 것 아닐까요? 아이가 좋은 스승을 가질 수 있는 토양을 집에서부터 만들어주세요.

# 장래희망
## 스트레스

한 초등학교 참관 수업에서 있었던 일입니다. 그날 부모님을 모시고 함께 했던 수업의 주제는 바로 '장래희망'이었습니다. 한 아이가 일어나 꽤나 오랫동안 연습한 듯 유창하게 자신의 꿈을 말하기 시작합니다. 아이의 꿈은 '유엔사무총장'이 되는 것이었습니다. 아이로서는 발음하기도 어려운 단어가 흘러나오자 학부모들이 술렁이기 시작했습니다. 발표하는 아이의 엄마에게로 시선이 집중되었고, 엄마는 뿌듯한 표정으로 아이를 바라보았습니다. 그 뒤에 이어 장래희망을 발표했던 예비 요리사와 예비 과학자는 심드렁하게 묻히고 말았지요.

그날 장래희망에 대해 발표를 했던 아이들의 나이는 이제 겨우 여덟 살이었습니다. 유엔이 무엇을 하는 곳이고, 한국 최초의 사무총장이 된 반기문 총장의 업적을 스스로 찾아 줄줄 꾀기에는 너무 어린 나이였습니다. 그렇습니다, 아이의 장래희망은 아마도 엄마의 희망사항이었을 테지요. 아이는 엄마가 원하는 미래의 자신의 모습을 잘 발표

248

했을 뿐입니다. 하지만 문제는 화려한 그 아이의 발표를 듣고 난 후 볼 수 있던 요리사와 과학자의 꿈을 가진 아이 엄마들의 반응입니다.

엄마는 말이 씨가 된다는 속담이 번뜩 떠오릅니다. 이루지 못할 꿈이라도 일단 원대하게 꾸고, 씨가 되는 말을 심어 놓으면 아이가 정말로 유엔사무총장이 될 수도 있을 텐데! 왜 나는 그것도 모르고 아이가 소박하고 모호한 꿈을 꾸도록 내버려 두었을까 싶어 자책감도 듭니다. 그때부터 엄마는 아이의 꿈과는 다른 꿈을 찾게 됩니다. 그리고 아이에게 그 꿈을 제시하게 됩니다. 장래희망 스트레스가 시작되는 겁니다.

어린 시절 일주일에 한 번씩 찾아오는 엿장수의 화려한 가위놀림과 자전거 뒤에 가득 실린 엿가락이 부러워 엿장수가 되고 싶다고 생각했습니다. 어찌나 진지했던지 어머니에게 어떻게 하면 엿장수가 될 수 있는지 물어보기까지 했지요. 하지만 단 한 번도 어머니는 놀라거나 야단을 쳐서 저의 꿈을 무산시킨 적이 없으셨습니다. 아이의 꿈은 자라면서 수백 번도 더 바뀌기 때문에 하찮게 생각하신 것도 아니요, 정말 엿장수가 되어도 좋다고 생각하신 것도 아니었습니다. 단지 엿장수의 매력에 빠진 어린 마음을 이해해 주신 것이었지요.

전업주부들의 경우 어린 딸아이가 나중에 커서 엄마처럼 '엄마'가 되겠다는 말을 하면 흠칫 놀라곤 합니다. 고작 '엄마'가 되겠다고? 딸은 나와 다른 삶을 살기를 바라는 엄마의 마음이 자신도 모르게 투영되는 것이겠지요. 내가 살지 못했던 삶을 아이가 살아주기를 바라는 마음도 은연중에 전해집니다. 어린 시절 가정 형편 때문에 그만 두어야 했던 피아노, 그림, 보다 전문적이고 사회적 위치도 보장되는 의사, 변호사, 교수……. 하지만 잊지 말아야 할 것이 있습니다. 자신의 꿈을 말할 때 아이가 보여주는 눈빛 말입니다.

무언가를 진정으로 원할 때, 그 사람의 눈에서는 광채가 난다고 하지요. 두 눈을 반짝이며 무언가가 되고 싶다고 말하는 아이에게 어른의 기준을 적용하는 것은 어리석은 행동이 아닐까요? 아이의 멋들어진 장래희망 발표가 곧 나의 자존심이라고 동일시하지 말고, 아이의 소박한 꿈을 단지 그것 자체로 받아들이면 좋겠습니다.

살다보면 희망에 기대어 살아가는 힘을 얻을 때가 있지요. 하지만 지금 나의 문제나 우리 가정의 문제와 아이들의 꿈을 연결 지어 아이가 원하지 않는, 원대하기만 한 꿈을 지울 필요는 없지 않나요? 더군다나 아이에게 맞지 않는 꿈을 억지로 입히며 마음 한 구석에 죄책감을 느끼면서 말이지요. 아이에게 가장 잘 맞는 옷은 엄마가 가장 잘 알고 있습니다. 그리고 그건 엄마의 옷과는 다르겠지요.

요리를 잘하는 엄마를 보고 나중에 자기도 커서 요리사가 되겠다고 하면 엄마는 속으로 정말 기뻤을 겁니다. 무엇이든 척척 잘 그려주는 엄마를 보고 화가가 되겠다고 하면 절로 미소가 지어집니다. 거리를 깨끗하게 청소해 주시는 청소부 아저씨가 고마워 나중에 청소부가 되겠다는 아이가 너무 해맑아서 덩달아 기분이 좋았던 적도 있었을 테지요. 아마 이것보다 더 많은 아이의 꿈으로 많은 엄마들이 행복한 순간을 경험했을 겁니다.

시시각각 변하는 아이의 장래희망에 촉각을 곤두세우고 실망하며 스트레스 받기보다 아이가 생각해낸 엉뚱하고 해맑은 장래희망에 함께 웃어주는 여유가 필요하다는 생각이 듭니다. 요즘도 저희 어머니께서는 잊을 만하면 다시 그때를 떠올리시고는 저를 놀리십니다. 어머니와 저의 추억거리가 된 저의 어린 시절 엿장수 장래희망처럼 지금 아이가 말하는 미래의 꿈 역시 언젠가는 함께 웃으며 이야기할, 말 그대로 어릴 때의 장래희망이 될 테니까 말입니다.

## 아빠는 무슨 일을 하나요?

직업에 귀천이 없다는 말이 있습니다. 어떤 자리에서 최선을 다해 사회를 구성하는 하나의 돌을 책임진다면 그것이 어떤 직업이건 귀하고 천함이 존재해서는 안 된다는 것이겠지요. 아이들에게 아빠는 가장 크고 위대한 사람입니다. 아빠의 직업을 자세히 설명하고, 노동의 가치에 대해 설명해 주면서 바로 이 모든 직업의 소중함에 대해 설명해주는 건 어떨까요?

아빠는 그저 돈 벌어오는 사람이라는 타이틀이 서럽고 싫다면, 내가 아이에게 내가 하는 일에 대해 제대로 설명한 적이 있는지 한 번 돌아보세요. 자식이 부모의 직업을 자랑스럽게 여기는 것만큼 힘든 하루를 견디게 하는 힘이 어디 있을까요?

또 내 부모의 직업이 소중하듯 다른 사람의 직업 역시 모두 가치 있고 소중한 것임을 아이가 깨닫고 자란다면, 아마 아빠가 아이에게 전해줄 모든 가르침의 반 이상은 이미 성공한 것 아닐까 싶습니다.

# 발가락이
# 닮았어요

설 명절을 보내고 돌아오는 차 안에 냉기류가 흐릅니다. 스마트폰을 켠 아이도 게임에 집중하는 것처럼 보이지만 엄마와 아빠 사이에 흐르는 교전의 기미를 알 수 있습니다. 일단 포문은 엄마가 엽니다.

"어머니는 왜 매번 그런 말씀을 하시는 거야?"

여기서 그런 말씀이란 바로 이 말씀입니다.

"아이고, 애! 넌 누굴 닮아 그러니?"

아마도 아이가 시댁에서 작은 실수들을 했겠지요. 이리저리 뛰어다니다가 할아버지가 아끼는 난을 깼거나, 공부 잘하는 사촌 형과 비교를 당했을지도 모릅니다. 하지만 이러한 단순한 사실을 떠나 엄마의 감정을 상하게 하는 그 문장이 머리를 떠나지 않습니다. "넌 도대체 누굴 말로 귀에 들어오기 때문입니다.

세상에 결점 없는 인간은 없습니다. 문제는 결점이 발견되었을 때 우리가 그 결점에 대처하는 자세가 아닐까요? 자식 문제에 있어서는 자주 감성적이 되는 우리로서는 아이의 결점에 대한 책임 소재를 자꾸만 밝히고 싶어 합니다. 다시 말해 누구를 닮아 아이가 저런 결점을 드러내는지 꼭 파헤쳐 따지려고 든다는 겁니다.

왜 매번 이 문제가 부부싸움의 시작이 되는 것일까요? 바로 서로의 아킬레스건을 건드리기 때문입니다. 그리고 상대적으로 상처에 더 예민한 여자들이 남자들보다 많은 상처를 받게 되지요. 아이에게 나타나는 단점, 남들보다 취약한 점들을 보며 엄마들이 마음 아파하는 이유는 모성으로 설명할 수 있겠지요. 좋은 것만 주고 싶은 마음으로 아이를 소중히 품었을 테니까요. 엄마 입장에서는 내가 싫어하는 나의 부분을 아이에게서도 보게 되는 것이 속상하고, 또 미안합니다. 물려주기 싫던 나의 부족한 점들을 끝내 아이가 가지고 태어난 걸까 싶은 마음입니다. 이는 비단 신체적인 기능에만 국한되는 것은 아닐 테지요. 누구를 닮아 저 모양이냐는 언쟁을 벌이면서도 혹시나 나에게서 받은 기질적인 영향으로 아이의 저런 성향이 나타나는 것은 아닌지 괜스레 죄책감도 듭니다.

만약에 말입니다. 첨단 과학 시대가 정말로 현실화 되어서 우리가 아이를 실제로 품지 않고 마치 자판기에서 고르듯이 맘에 드는 모습과 성향대로 고를 수 있다면 엄마는 아이가 나를 닮아 그런가 하는 고민과 죄책감을 갖지 않아도 될 것입니다. 하지만 아직 그 정도로 과학이 발달하지 않았기 때문에 엄마는 아이에게 좋은 것도 물려주고, 나쁜 것도 물려줍니다. 덕분에 좋은 기질만 가지고 태어나는 사람, 즉 다 가진 사람은 없습니다.

신이 모든 것을 다 주지는 않는다는 사실을 아실 겁니다. 자주 깜빡깜빡 하는 기억력, 소심해서 늘 마음에 담아두는 기질, 도무지 숫자에 익숙해지지 못하는 것……. '아, 제발 이것만은 닮지 말았으면' 했던 부분이 아이에게 갈 수 있습니다. 당연하죠, 아이는 자판기에서 뽑는 것이 아니니까요. 하지만 엄마는 아이에게 그 불편한 기질만 준 것이 아니죠. 피와 살을 주었고, 피부와 눈동자와 심장을 주었습니다. 그리고 가장 중요한 것, 바로 면역을 주었습니다.

면역은 내부의 작은 단점들을 통해 오히려 외부의 공격이나 해로운 것에도 강하게 대처할 수 있는 힘을 키워주지요. 작은 바이러스라도 침입하면 바로 약해지는 대신 더 씩씩하고 튼튼하게 자라는 힘, 그것이 바로 엄마가 아이에게 준 면역입니다.

만약 아이가 나의 단점을 닮았다면, 그래서 그것이 간혹 부부 설전의 화두가 된다면 이 사실을 잊지 마세요. 설령 내가 아이에게 어떤 단점을 물려주었을지는 모르겠으나, 아이가 그것을 극복하고 새로운 강점으로 변화시킬 수 있는 면역을 물려준 것 또한 바로 나 자신이라는 사실을 말입니다.

이제 사방에서 어떤 공격이 들어와도 답은 정해졌죠? "아이고, 쟨 누굴 닮아 저래?"라는 이야기가 들려오면 기다렸다는 듯이 손을 번쩍 드는 겁니다. 나를 닮았다고, 나의 모습을 닮은 아이라고, 하지만 아이의 작은 단점 뒤에 숨겨진 수없이 반짝이는 장점들을 내가 알고 있다고, 그래서 내가 그 아이의 엄마인 것이라고……. 엄마가, 아내들이 더 먼저 자신 있게 이야기하세요.

아이가 공부를 좀 못 한다고 움츠러들지 말고, 내가 더 잘난 엄마가 아니어서 아이에게 도움이 못 된다고 생각하지 말고, 가장 귀한 생명을 준 당당함으로 아이들 앞에, 남편 앞에, 또 세상 앞에 서면 좋겠습니다. 엄마인 당신의 권리를 부정할 만큼 더 큰 진리를 알고 있는 사람은 세상 어디에도 없을 테니, 좀 더 당당하고 자신 있어도 되지 않을까요?

## 솔로몬의 지혜

솔로몬 왕의 지혜에 관한 이야기를 아시죠? 아이 욕심에 눈 먼 여자와 진짜 엄마가 아이를 사이에 두고 서로 자기 자식이라고 우기는 사건을 솔로몬 왕이 해결한 사건 말입니다. 이 사건은 아이를 서로 자기 아이라고 우기는 상황이지만, 아이의 단점의 근원을 찾는 문제에서는 상황이 반대가 되기 마련입니다. 서로 상대방의 아이라고 떠넘기는 셈이지요.

남편의 입장에서 필요한 솔로몬의 지혜는 그런 식의 재판을 애초부터 만들지 않는 것이 아닐까 싶습니다. 시시비비를 가려 과연 엄마를 닮은 건지, 아빠를 닮은 건지 알아낸다고 해서 아이가 내 아이가 아니게 되나요? 아이가 가진 수천 개의 기질 중 몇 가지를 아내의 탓으로 돌린다고 해서 아이의 문제가 해결되나요? 분명히 아닐 겁니다. 그렇다면 가장 근본적인 해결 방법은 무엇일까요?

칼로 물 베기보다 부질없고 싱거운 재판이 애초에 열리지 않도록 만드는 겁니다. "누굴 닮아 저래?"라는 말을 하지 않는다는 원칙. 어쩌면 이것이 솔로몬의 지혜보다 더 오래, 가족의 역사에 남을 아빠의 분명한 철칙이 되어 주지 않을까요?

# 딸 바보가
싫어요

요즘 각종 신조어들이 많이 등장하죠. 그중 몇몇 단어들은 무릎을
탁 칠만큼 기발해서 어떻게 저런 단어를 생각했지 싶은 것들이 있습니
다. '딸 바보'가 바로 그런 단어가 아닌가 싶습니다. 넋을 놓고 딸의 모
습을 바라보며, 무언가에 홀린 듯이 딸이 하자는 대로 이끌려 다니는
아빠들의 모습은 그야말로 '딸 바보'가 확실해 보입니다. 하지만 그런
딸 바보를 바라보는 곱지 않은 시선이 있습니다. 바로 아내입니다.

아빠 못지않게 딸을 사랑하는 아내이지만, 어떤 상황이건 무조건 딸
의 편만 들며 하자는 대로 움직이는 남편은 얄미울 수밖에 없습니다.
아내가 하는 말에는 그저 영혼 없는 "응"만 연발하면서 딸이 하는 말
은 떠받드는 남편은 그야말로 눈꼴 사납습니다.

미혼 여성들은 TV프로그램에 등장하는 딸 바보들을 자주 이상형으
로 꼽곤 합니다. 격투기 챔피언으로 우락부락한 근육에 남성성을 대표
하는 전직 운동선수가 자기 팔뚝보다 작은 딸에게 어쩔 줄 몰라 하며

아이가 좋아하는 디즈니 만화 캐릭터를 열심히 익히는 모습은 많은 젊은 여성들의 마음을 움직였습니다.

그의 딸은 끊임없는 미소로 아빠의 시선을 하루 종일 붙잡아두는 집안의 절대 권력자였습니다. 아빠는 딸의 미소에 심취해 아내가 주면 안 된다고 일러두었던 것들, 과자나 단 음료수 등을 딸에게 먹입니다. 아내가 없는 동안 해주었으면 하고 적어두었던 리스트도 새까맣게 잊은 지 오래입니다. 집으로 돌아온 아내는 쓸쓸함을 느낍니다. 자기가 부탁했던 것들은 까맣게 잊고, 자기가 없이도 까르르 까르르 넘어가는 두 부녀의 모습에 말이죠.

하지만 아빠에게 사랑받은 딸의 정서가 나중에 딸이 이성과 관계를 맺는 데 있어 얼마나 큰 영향을 미치는지 아는 엄마로서는 이러한 남편의 딸 사랑을 지적하기도 쉽지 않습니다. 아내이기 전에 엄마로서 딸이 아빠에게 충분한 사랑을 받는 것이 필요하다는 생각 때문입니다. 무엇보다 남편에게 섣불리 한마디 할라치면, 남편은 그저 웃어넘기며 질투하지 말라는 말로 얼버무리고 말기 일쑤입니다. 딸을 상대로 질투하는 치사한 엄마로 만들어버리는 것이지요.

기왕 질투라는 말이 나왔으니 말입니다. 남자인 제 입장에서 봤을 때 나와 딸아이의 관계를 바라보는 아내의 시선에 솔직히 질투가 조금은 섞여 있는 것 아닌가 합니다. 왜냐하면, 한때 남편은 사랑이 넘치는 그 눈빛으로 아내를 바라봤을 테고, 아내는 여전히 남편의 그 눈빛을 기억하고 있을 테니까 말입니다. 이제는 자신을 쏙 빼닮은 모습을 한 딸이 남편의 사랑을 송두리째 차지하게 되었지만, 아내는 처음부터 끝까지 쿨 할 수만은 없습니다. 여자는 언제나 사랑하는 사람 앞에서는

그저 사랑 받기만을 바라는 작은 소녀에 불과하니까요.

생각해보면 딸에게 주는 사랑을 나눠서 아내에게 줄 필요는 없습니다. 원래부터 그 사랑은 종류가 다른 것이니까요. 단지 새로운 사랑, 더 강한 사랑의 등장에 오래되고 익숙한 것이 잠깐 자리를 비켜준 것뿐입니다. 아내와 남편 모두 이 사실을 깨닫고 균형을 맞추는 노력이 필요하지 않을까요? 그리고 이러한 균형이 필요한 것은 단순히 아내의 서운함 때문만은 아닙니다. 여자아이 두 명을 키워본 저로서는 딸 바보가 가져오는 생각지 못한 단점들을 많이 보았거든요.

딸들은, 특히 취학 전 여자아이들은 쉽게 나르시시즘에 빠집니다. 큰 사랑을 받으며 예쁜 옷을 입고, 언제나 최고의 것을 손에 넣습니다. 하루에도 몇 번씩 세상에서 최고로 예쁘다는 칭찬에 '공주님'이라는 호칭까지 따라붙지요. 심지어 아빠를 두고 벌이는 엄마와의 경쟁에서도 늘 이기곤 합니다. 그러니 승리의 기쁨에 젖을 수밖에요.

하지만 이러한 무조건적인 성취와 승리가 아이의 잘못된 자아성장을 가져오기도 합니다. 자신은 절대로 양보할 수 없고, 질 수도 없다는 엉뚱한 논리를 가지게 되는 거죠. 아이는 양보할 줄 모르고, 쉽게 억울해하며, 또 스스로 성취하는 것을 두려워하게 됩니다. '딸 바보' 아빠가 '바보 딸'을 만들어버리는 겁니다. 두려운 이야기 같지만, 사실입니다. 저도 늘 그 부분을 경계해왔습니다.

어쩌면 현명한 아내는 그런 상황을 걱정했는지도 모르겠습니다. 무조건적인 사랑이 아이에게 가져올 영향을, 달고 단 사탕을 잔뜩 먹인 후에 아이가 치과에서 고통으로 울부짖을 때 후회해봐야 이미 늦었다는 사실을 말입니다. 아마도 바람직한 딸 바보는 육아에 협조적이고,

아이와 시간을 더 많이 보내는 아빠가 아닐까 싶습니다. 모든 것을 다 해주는 아빠가 아니라 모든 것을 함께 하는 아빠. 아내가 원하는 진정한 딸 바보는 아마 이런 모습이지 않을까요?

아마 아빠의 이러한 노력이 아이에게는 또 다른 사랑, 안정감이 겸비한 애정으로 다가올 겁니다. 그리고 그림 같은 풍경 뒤에서 딸과 우리를 향해 쏘는 아내의 레이저 빔 역시 현격히 줄어들지 않을까요?

**남편의 포스트잇**

## 아내=딸+1

누구를 억지로 사랑하기도 어렵지만, 적당히 사랑하기도 참 어렵습니다. 눈에 넣어도 아프지 않을 딸을 적당히 사랑해야 한다는 것은 어떻게 보면 고통이겠죠. 하지만 전혀 방법이 없는 것도 아닙니다.

아내에게도 공평하고 아이에게도 지나친 자만심을 불러일으키지 않는 합리적인 딸 바보가 되는 방법. 바로 "더하기 1 하기!"입니다. 사랑한다는 말도, 뽀뽀도, 포옹도…… 무조건 딸보다 아내에게 한 번 더 하는 겁니다. 한쪽으로만 기울었던 시소의 균형을 맞추는 거죠. 모든 것에 하나 더, 한 번 더! 아내는 그 하나를 더 받을 만한 자격이 있는 사람이고, 아이는 그 모습을 보며 또 다른 딸 바보를 이상형으로 꼽게 될 겁니다.

# 내 탓이오
# 내 탓이오

저는 가톨릭 신자는 아니지만, 성당에서 드리는 미사에 몇 번 참여한 적이 있었습니다. 그때마다 늘 인상 깊게 다가오는 부분이 바로 통회의 기도였습니다.

"내 탓이오, 내 탓이오, 내 큰 탓이옵니다."

저는 이 과정을 지켜보며 또 하나의 표현이 생각났습니다. 바로 '자식 가진 죄인'이라는 말입니다.

자식은 평생 업보라는 말도 있듯이 부모에게 자식은 늘 그렇게 죽어서도 갚아야 하는 빚 같은 것인가 봅니다. 하지만 요즘 부모들에게는 이 통회의 기도에 한 가지 표현이 덧붙는 듯합니다.

"(공부 못하는 아이는) 내 탓이오, 내 탓이오, 내 큰 탓이옵니다."

아이의 성적이 곧 엄마의 성적이 되는 나라, 불행히도 이것이 우리나라의 현실입니다. 아이가 공부를 잘하면 엄마는 자동으로 훌륭한 엄마가 되고, 아이가 공부를 못하면 엄마 역시 낙제점을 받게 됩니다. 사회적인 분위기가 이렇다보니 치열한 경쟁 속에서 아이가 힘들어 하는 것이 안쓰러워도 엄마는 아이를 더 몰아붙일 수밖에 없습니다. 그리고 심지어 실제로 그렇게 느껴지기도 합니다. 아이가 공부를 못하는 것이 내 탓일 수도 있다고 말입니다. 안타깝게도 엄마를 몰아붙이는 것은 의외로 가까운 곳에 있는 사람들입니다.

첫 번째, 남편의 경우를 볼까요. 많은 남편들이 그동안의 침묵의 대가를 아이의 성적으로 돌려받고자 합니다. 아이의 학교, 학원, 진로까지 아내가 남편에게 진지하게 의논할 때 침묵으로 일관하거나 아내에게 일임했던 남편들은 아내에게 좋은 결과를 요구합니다. 나아가 나는 밖에서 열심히 돈을 벌어다 주었으니 당신은 집에서 아이를 최고로 만드는 게 당연하다는 식의 눈빛을 아내에게 보냅니다.

두 번째, 시댁 식구들입니다. 만약 남편이 학창시절 공부를 썩 잘했다면 시댁 식구들은 당연히 아이도 공부를 잘해야 한다고 생각하기 일쑤입니다. 유전자는 거짓말을 하지 않는다는 거죠. 아이가 어른들이 바라는 것과는 다른 꿈을 가지거나 학교생활에 적응을 못해 성적이 좋지 않으면 은연중에 분위기는 엄마의 잘못으로 몰리게 됩니다. 사실 아이의 부족한 부분에 가장 가슴 아픈 건 바로 엄마인데 말입니다.

과연 아이가 공부를 못하는 건, 누구의 잘못일까요? 그런데 이 질문이 과연 올바른 질문이긴 한 걸까요? 질문을 조금 바꾸어야 하지 않을까요? "아이가 공부를 못 하는 게 왜 잘못일까요?" 이렇게 말입니다.

세상에 전부 1등만 존재하면 1등이라는 가치는 존재할 수 없습니다. 또한 시험 성적이 1등인 아이가 가장 성공하리라는 법도, 나아가 가장 행복하게 살 거라는 법도 없습니다. 아이들의 성적이 나쁜 것이 잘못된 것이라는 생각은 결국 성적을 기준으로 아이를 평가하는 것 아닐까요?

물론 공부를 잘하면 더 많은 기회를 얻을 수도 있고, 아이에게도 성취감을 줄 수 있겠지요. 다만 성적이 조금 나쁘다는 이유로 마치 아이가 크게 실패한 것처럼 여겨서는 안 된다는 것입니다.

아이가 반드시 공부를 잘해야만 한다는 법칙은 없습니다. 또 그것을 가능하게 하는 것이 꼭 엄마의 몫일 수는 없습니다. 엄마를 둘러싼 사람들도 그것을 인정하고, 엄마들 역시 그 사실을 받아들여야 하지 않을까요? 공부는 아이의 몫입니다. 엄마는 다만 조력자일 뿐입니다.

아마도 엄마가 아이의 삶을 대신 살아주기 시작하는 순간부터 엄마는 아이의 성적에 지배되는 게 아닐까 싶습니다. 참고서 하나를 고를 때도, 영어 학원 하나를 찾을 때도 아이의 생각보다는 엄마의 생각으로 무언가를 결정하기 시작할 때 서로에게 좋을 것 없는 상황이 펼쳐집니다. 두 사람이 같은 배를 타게 되는 거지요.

아이 인생의 배는 아이 혼자 타고, 혼자 젓고, 혼자 밀려가게 두어야 합니다. 바람이 잘 불어오는 방향을 알려주거나 노를 젓는 요령을 알려줄 수는 있지만, 엄마가 프로펠러가 되어 배 아래 가라앉은 채 숨도 안 쉬고 배를 움직일 수는 없습니다.

아이의 성적을 위해, 아이의 대학 입시를 위해 자신의 삶은 단 1분도 없이 생활하는 엄마들도 있습니다. 자신의 모든 감각을 아이에게 곤두세우고, 아이의 모든 것을 관장해야 하는 엄마들 말이지요. 물론 김연아 선수의 어머니처럼 딸의 꿈을 위해 헌신한 훌륭한 어머니들도 많습니다. 엄마들의 놀라운 희생정신과 헌신을 가볍게 여겨서는 안 되지요. 중요한 것은 이것을 아이가 원하는가 하는 점입니다.

지금 엄마가 아이의 성적을 높이기 위해 분주히 뛰어다니는 것이 아이의 꿈을 위해서인지, 아니면 내가 이루지 못한 것을 아이에게 투영하고 있는 것인지 파악해야 합니다. 아이의 꿈을 이루기 위해 헌신할 때 과연 내 마음에 무겁고 허탈한 부분은 없는지 스스로 정확히 알아야 한다는 겁니다. 이러한 물음 없이 맹목적으로 뒷바라지를 하다보면 결국 엄마와 아이 모두 탈진하고 맙니다. 아이가 힘들고 지친 나머지 엄마를 향해 원망의 말을 쏟아내면 엄마는 드라마에나 나올 법한 말을 하게 될지도 모르지요.

"내가 너를 어떻게 키웠는데!"

수능시험이 끝난 뒤 수험생들에게 한 방송사에서 인터뷰를 한 것을 본 적이 있습니다. 시험이 끝난 소감이 어떠냐는 기자의 질문에 눈물이 그렁그렁해진 한 학생이 이렇게 이야기 하더군요.

"시험이 어려웠는데, 엄마가 실망하실까 봐 두려워요."

그동안의 수고와 고생이 끝난 뒤 홀가분함을 느껴도 모자랄 그 순간에 아이는 이미 엄마가 실망할 것을 걱정해야 했습니다. 어쩌면 아이도 자신의 성적이 곧 엄마의 성적임을 느끼고 있기 때문이 아닐까 싶기도 합니다.

모두에게 불행한 상황입니다. 아이는 자신의 인생과 엄마의 기대라는 두 가지 무거운 짐을 지어야 하고, 엄마는 자신의 인생은 사라진 채 아이의 캔버스에 보이지 않는 기대를 그려야 합니다.

이제는 그만 엄마가 통회의 기도를 멈추어야 할 때입니다. 아이가 공부를 못해도 그것이 전적으로 엄마의 책임만은 아님을 스스로 인정하고 받아들여야만 사회도 그것을 따라가지 않을까요? 공부 잘하는 아이를 둔 엄마가 많은 것보다, 아이의 작은 장점에도 크게 웃어줄 수 있는 엄마가 많아지는 것이 결국 이 사회의 많은 문제들을 해결할 수 있는 열쇠가 될 테니까 말입니다.

남편의 포스트잇

## 비겁한 아빠가 되지 맙시다

아빠 역시 아이들의 육아와 교육에 적극적으로 개입하고 그 결과도 함께 책임져야 합니다. 어느 엄마도 처음부터 아이 교육은 모두 내가 책임질 테니 당신은 신경 끄라고 하지 않았을 겁니다. 분명 아빠에게 아이의 미래에 대해, 공부에 대해 논의하고 도움을 청한 순간이 있었을 테지요. 엄마가 도움을 청할 때는 이래도 흥, 저래도 흥이라는 듯 무관심으로 일관해 놓고 아이가 내놓은 결과에 대해 투덜거리는 건 어딘지 좀 비겁한 모습 아닌가요? 부모의 결정이 필요한 순간마다 엄마와 아빠가 같은 무게, 같은 참여를 보여준다면 엄마 혼자 모든 결과를 책임지고 통회의 기도를 하는 일은 없겠지요. 백짓장도 맞들면 낫다는 옛말도 있듯이, 무언가 결정해야 한다면 함께 고민하고 논의하세요. 그리고 무엇보다 중요한 것! 아이의 성적은 아내의 성적이 아니라는 사실! 남편들이 가장 먼저 숙지해야 하지 않을까요?

# 입을 다문
아이에게

우연히 퇴근길에 아파트 앞에서 아이를 발견합니다. 지난달 혈투 끝에 얻어 내고야만 스마트폰을 들고 아이는 오늘도 통화중입니다. 다가가 아는 척이라도 하고 싶지만, 아이는 무슨 말 못해 죽은 귀신이라도 붙었는지 속사포처럼 말을 이어갑니다. 엄마는 그저 몇 걸음 뒤에서 아이를 따라 갑니다. 예전에는 엄마만 보면 달려와 안기던 아이의 모습은 이제 먼 과거의 일처럼 느껴집니다. 왜 어른들이 제일 손이 많이 가는 꼬맹이 시절이 부모에게 가장 좋은 때라고 했는지 이제야 알겠습니다. 아이는 엄마에게 더 이상 아무 이야기도 하지 않습니다.

아마도 사춘기 아이들을 둔 엄마라면 한 번쯤은 경험해봤을 고민이 아닐까요? 남자아이, 여자아이 할 것 없이 십대가 되면 하나 같이 부모와의 소통을 거부합니다. 심각한 경우에는 아예 대화하는 자체를 외면하기도 하지요. 아이가 무슨 생각을 하는지 궁금하고, 혹여 학교에서 문제가 있다는 이야기를 들어도 아이가 입을 닫은 이상 부모는 상황을

266

알 수가 없습니다. 상대적으로 아이와 더 많은 시간을 보냈던, 그래도 아빠보다는 아이에 대해 조금은 더 잘 알고 있다고 생각했던 엄마의 낭패감과 상실감은 더 클 테지요.

"엄마가 뭘 알아? 엄마랑은 말이 안 통해. 엄마랑 말하기 싫어."

상황이 이쯤 되면 엄마는 생각합니다.

'도대체 내가 뭘 잘못 한 거지? 내가 그렇게 답답한 사람이었나?'

'정말로 내가 아이에게 지나치게 고루하게 굴었나?'

아이가 엄마에게 던진 말 때문에 엄마는 별의별 생각이 다 듭니다.

아이의 사춘기에 대비해 그동안 노력했던 것들이 일순간 억울해집니다. 아이와 이야기할 수 있는 공통 주제를 놓치지 않기 위해 열심히 TV 프로그램도 챙겨보고, 다 똑같이 보이는 아이돌 그룹 이름도 외웠습니다. 아이와 친하게 지내는 친구들은 학년이 바뀔 때마다 유심히 봐 두었고, 또 가끔씩 집으로 불러 맛있는 것도 해 먹였지요. 클수록 자신만의 공간이 더 필요한 것 같아 남편 서재를 자기 방으로 바꿔주기도 했습니다. 부모니까 아이를 위해 기쁜 마음으로 해준 일이라 공치사하는 것 같아 참았지만, 자기가 필요한 것이 있을 때만 곶감 빼먹듯 부모를 이용하는 아이가 야속하고 또 낯설기까지 합니다.

모든 것을 참고 인내했던 우리 엄마들이 해냈던 것을 왜 나는 하지 못하나, 혹시 내가 참을성이 부족하고 모성이 약해서는 아닐까 하는 생각이 꼬리를 뭅니다. 하지만 아이가 입을 닫은 이유는 엄마가 아이를 덜 사랑해서가 아니라는 것, 아시지요?

돌이켜보면 우리도 그 시절에는 수만 가지 생각들로 밤을 지새우고, 사소한 일에도 감정이 줄달음질 쳐서 나도 내 마음을 모르겠던 순간이 참으로 많았습니다. 사춘기 시절 '나는 누구인가'부터 시작해 온갖 생각들이 머릿속에서 요동치던 시절 말입니다.

물론 요즘은 입시경쟁에, 학교폭력에, 온갖 흉흉한 일들이 아이들 주변에 포진해 있다 보니 아이가 입을 닫아 버린 상황을 가벼이 여길 수는 없는 처지입니다. 하지만 잠깐만 돌이켜 볼까요? 십대이던 그 시절, 우리도 마찬가지 아니었던가요? 아무리 옆에서 입을 열라고 해도 내 마음이 열리지 않으면 아무 소용이 없었습니다. 내 안에서 들끓는 폭풍의 답을 스스로 찾지 못하면, 엄마가 아니라 세상 어느 누가 문을 두드려도 대답할 수 없는 상황이었지요. 그러니 아이의 침묵에 엄마가 자책할 필요는 없습니다.

한편으로 엄마 역시 조금 더 강하게 대처할 필요도 있습니다. 얄밉고 야속하면, 좀 얄미워 하고 야속해 해도 되지 않을까요? 자기 화난다고 있는 그대로 정색을 하고는 '쾅' 하고 문을 닫고 들어가서 입을 닫아버리는 녀석들에게 괜한 죄인 노릇은 하지 마세요.

사춘기는 누구에게나 찾아오고 복잡할 수 있는 감정이지만, 이것을 권력으로 휘둘러서는 안 되는 것이죠. 엄마도 감정이 있는 사람이고, 제대로 설명도 해주지 않은 채 네 감정만 이해하라는 것은 아무리 자식이라고 해도 나는 받아들일 수 없다는 것을 분명하고 단호하게 말해줄 필요가 있습니다. 감정의 회초리를 들 때도 때로는 필요한 법이니까요.

'내가 입을 닫고 아무 말도 하지 않으면 엄마도 답답하고 힘들구나' 하는 것을 아이가 알아야 합니다. 그런 의미에서 엄마들이 조금은 솔직하게 표현하는 것도 좋겠다는 생각이 듭니다.

"엄마도 힘들어, 엄마도 답답해, 엄마도 속상해."

아이의 닫힌 입을, 걸어 잠근 문을 바라볼 때 자신의 감정을 너무 숨기지는 말았으면 합니다. 어차피 엄마는 언제라도 아이가 말하고 싶을 때, 닫았던 문을 열고 나와 누군가를 필요로 할 때 제일 먼저 안아줄 사람이니까 말입니다. 엄마의 가슴에 맺힌 것이 없어야 아이도 마음 문을 열기가 더 쉽지 않을까요?

## 아이와 직접 마주하세요

아이가 질풍노도의 사춘기를 겪는 내내 아내를 들들 볶는 아빠들이 간혹 있습니다. 아이가 식탁에서 스마트폰만 보며 대화 없이 밥을 먹거나 도무지 이해할 수 없는 복장을 하고 다니면 모두 아내에게 물어보는 겁니다.

"쟤는 왜 저래?"

엄마는 통신병이 아닙니다. 최전방에서 아이와 교전을 벌이느라 이미 몸과 마음이 만신창이가 된 사람입니다. 후방에서 가끔 아이와 마주하면서 아이의 행동이 마음에 들지 않는다고 애꿎은 아내만 잡지는 마세요.

아빠 스스로 아내를 통하지 않고 아이를 만나는 방법을 연구해야 합니다. 언제까지고 아내라는 연락병을 통해 통신을 주고받을 수는 없는 노릇이잖습니까. 아빠는 직접 개입하지 않고 엄마만 다그치는 사이 아이는 아빠가 없이도 사춘기를 잘 통과한 아이가 될 겁니다. 내 아이의 소중한 순간을 놓치고 싶지는 않으시겠지요?

# 6

## 어머니의
## 이름으로

# 미소를 띠우며
# 나를 보낸 그 모습처럼

　얼마 전 텔레비전을 통해 이산가족 상봉 모습을 보았습니다. 상봉장이 마련된 곳에서 서로 부둥켜안고 우는 모습이나 아쉬움을 뒤로 하고 언제 다시 만날지 모르는 날을 기약하며 헤어지는 모습이 보는 사람들의 마음까지 촉촉하게 적셨지요.

　저는 매번 이산가족 상봉 장면이 나올 때마다 물끄러미 우리 가족을 바라봅니다. 헤어지지 않아 참 다행이다, 이렇게 지금 이 순간 이 공간에서 함께 할 수 있어서 정말이지 너무 다행이다 싶은 마음에 혼자서 가슴을 쓸어내리곤 합니다.

　이런 안도의 마음 한편으로 또 다른 생각도 듭니다. 왜 우리는 멀리 떨어져서 절절하게 서로의 부재를 체감해야만 서로의 소중함과 사랑을 느끼게 되는 것일까요? 가까이 있을 때 서로에게 마음을 표현하고, 많이 웃어준다면 좋을 텐데 말입니다.

272

아이가 처음 유치원에 가던 날, 울며불며 떨어지지 않겠다고 난리를 피우던 딸아이가 눈에 밟혀 앞으로 계속 유치원에 보낼 수 있을까 걱정하던 아내의 얼굴이 떠오릅니다. 하지만 얼마 지나지 않아 딸아이는 유치원 차에 탈 때 뒤도 한 번 안 돌아보고 쌩~ 하니 떠나버리게 되었지요. 그런 딸아이의 모습이 그렇게 서운하고 쓸쓸하더란 아내. 유치원에 다니는 딸아이가 자기가 타고 간 차의 뒷모습을 하염없이 바라보는 엄마의 마음을 어찌 헤아릴 수 있겠습니까만, 우리 자식들은 유치원에 다닐 때처럼 철없던 시절뿐만 아니라 늘 엄마에게 너무 빨리 뒷모습을 보였습니다.

바쁜 아침, 우유 한 잔 토스트 한 조각이라도 먹여 보겠다고 현관까지 따라와 애걸복걸하는 엄마의 모습은 아랑곳없이 엘리베이터 닫힘 버튼을 누른 적은 없었나요? 처음으로 떠나는 장거리 여행 길, 백 번도 넘게 주의사항을 일러주고도 마음이 놓이지 않아 버스 차창 밖으로 연신 손을 흔들던 엄마의 얼굴을 너무 빨리 외면한 적은 없었나요? 그래도 이제 남자라고 괜히 쑥스러워서 속옷 챙겨주는 엄마에게도 짜증, 장하다고 토닥거려 주는 손길에도 짜증, 오로지 짜증으로 일관하지는 않았나요? 이제 얼마 안 있으면 시집 갈 딸과 조금이라도 함께 시간을 보내고 싶은 엄마의 마음도 몰라주고 내내 자기 방에 박혀서 예비 신랑이랑 달달한 통화를 계속하지는 않았나요?

부모 자식 간의 사이는 참 이상한 것이어서, 솔직하게 말하면 되는데도 그 지름길을 좀처럼 가기 힘듭니다.

"이놈 자식! 너 엄마가 말하는데 왜 이렇게 빨리 돌아서? 엄마가 말 끝나고 갈 때까지 너도 나 좀 바라봐 줘!"

엄마도 이렇게 말해주면 될 텐데, 그러면 아무리 철없는 우리라도 엄마가 바라시는 것만큼은 아니더라도 엄마를 더 오래 바라보며 미소 지어드릴 텐데 말입니다. 하지만 부모란 그런 것이더군요. 뒷모습을 보는 것이 더 익숙하고 편안해지는 것. 살아보니 그것이 부모더라 이겁니다. 하지만 그런 부모도 해바라기에 지칠 때가 있습니다. 그러니 부모님이 지쳐 고개가 꺾어지는 해바라기가 되기 전에 우리도 자주 뒤를 돌아볼 일입니다.

엘리베이터 뒤에서, 문 뒤에서 언제나 우리를 향해 조용히 서 있었던 엄마의 모습을 기억해 주세요. 대부분의 엄마들은 남편보다 자식에게 모든 사랑을 쏟는다고 합니다. 따라서 남편이 주는 남녀 간의 사랑보다 자식이 주는 부모 자식 간의 사랑이 엄마에게는 더 힘이 되고 중요한 것이겠지요. 하지만 우리는 늘 그 자리에 있어서, 늘 나에게로만 향해 있어서 소중함을 모르고 살아갑니다. 그러다가 어느 순간 그 빛이, 그 힘이 점점 약해지고 어두워질 때 즈음에야 마음이 급하고 눈물이 차오릅니다.

잘 생각해보면 우리가 어쩌다 가끔 돌아보면 엄마는 언제나 미소를 띠고 계셨습니다. 혼내고 나서도 슬쩍, 빨리 가라고 채근하면서도 슬쩍, 그저 자식을 볼 때만 지을 수 있는 미소로 그렇게 우리를 보내고 있으신 거죠. 그런 외사랑이 참 지치지도 않는지, 어디서 그런 사랑이 계속해서 나오는지 제가 우리 아내를 볼 때도, 또 저희 어머니를 볼 때도 참 신기합니다.

세상을 살다보면, 대가 없이는 아무것도 해주지 않는 관계들을 자주

만납니다. 내가 이것을 해줘야만 그도 저것을 해주는 메마른 관계, 그런 관계들에 익숙해지다 보면 마음 깊은 곳에서 찾게 되는 것이 있습니다. 내가 무엇을 주지 않아도 늘 나에게 모든 것을 주었던 매우 불공평하고 불가사의한 관계, 바로 부모님의 사랑 말입니다. 이렇게 꼭 세상에서 마른 바람을 맞고 나서야, 그 바람에 눈물이 핑 돌고 나서야 우리는 등 뒤에서 우리를 지켜봐 주는 그 눈빛을 기억하고는 하지요.

더 오래 바라봐 주세요. 엄마가 우리에게 손을 흔들고, 우리의 모습이 사라질 때까지 서 있는 그곳을 향해 우리가 더 오래 손을 흔들고, 엄마를 바라봐 주자고요. 누군가를 좋아하게 되면, 또 그것이 내가 그를 더 좋아하는 경우라면 참 속상하고 억울하지요? 내가 더 많이 전화하고, 내가 더 많이 보고 싶다고 말하고, 내가 더 많이 기다립니다. 마음대로 되지 않은 사랑의 균형에 안달이 납니다. 하지만 그런 불균형으로 일생 동안 우리를 바라보는 사람이 바로 엄마, 어머니가 아닐까요? 걱정과 기도로 이미 안달이 날 대로 난 엄마의 가슴을 더 섭섭하게 만들지는 말아야겠습니다.

남편인 우리보다도 아이들의 시선을 더욱 더 그리워하는 우리 엄마. 미소를 띠우며 나를 보낸 엄마의 그 모습처럼, 우리도 엄마를 좀 더 자주 오래 바라봐 주었으면 합니다. 때로는 엄마가 우리를 바라보는 것보다 더 오래, 엄마가 우리의 존재를 더 확실히 느낄 있도록 그렇게 오랫동안 그 자리에 서 있어 보는 겁니다.

# 아이들아, 엄마를 좀 바다오

아내나 저에게도 그런 날이 오겠지요.

"여보, 애들이 전화도 잘 안 받고 통 연락이 없어요."

나쁜 녀석들. 유치원 처음 보낼 때는 뒤도 한 번 안 돌아보고 떠나서 아내의 마음을 아프게 하더니 이제는 종일 전화기만 바라보게 만드는군!

저는 속이 상할 겁니다. 왜냐하면, 아내의 자식을 향한 외사랑에 제가 할 수 있는 일은 별로 없을 테니까 말입니다. 남편은 그야말로 남편이고, 자식은 아내에게 그 이상의 의미와 기쁨이니까요.

그렇다면 제가 할 일은 하나입니다. 아내 모르게 아이들을 회유하는 거지요. 집에 왔다가 갈 때 휙 가 버리지 말고 엄마 마음을 천천히 잘 닫아주고 가라고, 엄마랑 전화 통화할 때 정말 바쁜 일이 아니라면 엄마가 먼저 전화를 끊을 때까지 기다렸다가 끊으라고 말해주겠습니다. 지금 이 순간까지 엄마의 외사랑으로 이만큼 자란 너희들이 겨우 이 정도도 못하냐고, 뒤돌아서 엄마 좀 바라보라고 아내 대신 제가 어깃장을 좀 놓아야겠습니다.

애끓는 마음을 아이들에게 직접 표현하지도 못하는 아내를 대신해서 제가 말해줄 겁니다. 아내가 바라는 것은 대단한 것이 아니기에, 그리고 아내가 아이들에게 바라는 것이 무엇인지는 무심한 아들 딸 녀석들보다 내가 더 잘 알기에 말입니다.

# 취미는
# 사랑

요즘 뭐 추천할 노래 있냐고 말을 건넸더니 PD가 CD 한 장을 건네줍니다. '요즘 인디음악 하는 친구들도 노래 잘 하고 잘 만들어요' 하며 전해준 그 앨범의 주인공은 '가을방학'이라는 인디밴드였습니다. "이름이 참 특이하고 재미있네" 하면서 집으로 돌아가는 차 안에서 들어봤더니 정말 좋은 노래들이 많더군요. 그중에서도 제가 금방 흥얼거리게 된 노래는 '취미는 사랑'이라는 곡이었습니다.

미소가 어울리는 그녀 취미는 사랑이라 하네
만화책도 영화도 아닌 음악 감상도 아닌
사랑에 빠지게 된다면 취미가 같으면 좋겠대
난 어떤가 물었더니 미안하지만 자기 취향이 아니라 하네
주말에는 영회관을 찾지만
어딜 가든지 음악을 듣지만

조금 비싼 카메라도 있지만
그런 걸 취미라 할 수는 없을 것 같대
좋아하는 노래 속에서 맘에 드는 대사와 장면 속에서
사람과 사람 사이 흐르는 온기를 느끼는 것이
가장 소중하다면서 물을 준 화분처럼 웃어 보이네


이 음악을 들으면서 집으로 향하노라니 예전 어색하게 아내에게 건넸던 질문 한 토막이 생각났습니다.

"저…… 취미가 뭐에요?"

특별할 것도 없이 독서와 영화감상이 취미였던 아내였지만, 그래도 그 시절에는 아내의 취미가 궁금했습니다. 함께 하고 싶었지요. 무엇을 좋아하는지 알아서 그것을 해주고 함께 웃고 싶었던 시절이었습니다. 불현듯 우리의 아이들은 엄마가 좋아하는 것에 대해 얼마나 알고 있고 또 궁금해 할까 하는 의문이 들더군요.

흔히 우리가 잘못 생각하고 있는 것이 있습니다. 엄마의 취미는 요리, 특기는 빨래와 청소라는 도식화된 설정 말입니다. 학교 갔다 돌아오면 엄마가 즐겁게 해주는 간식을 먹으면서 생각했지요. 아, 우리 엄마는 우리에게 음식을 해주는 걸 참 좋아하는구나. 깨끗하게 빨린 옷가지들과 잘 정리된 방에 들어오면서 또 생각했습니다. 엄마는 세상에서 빨래와 청소를 가장 잘하는 사람이라고 말이지요. 하지만 잘하고 열심히 하고 말없이 한다고 해서, 그것이 당연한 듯이 엄마의 취미와 특기가 되는 것일까요? 왜 우리는 단 한 번도 엄마의 취미에 대해서, 엄마가 정말 하고 싶은 것에 대해서 물어보지 못했을까요?

우리의 아내 그리고 여러분의 엄마에게는 과연 무엇이 힘이 되어 주었을까요? 우리가 모르는 시간, 엄마만 존재하는 고요한 집 안에서 엄마는 무엇을 할까요? 직장 다니느라 정신없이 바쁜 와중에서도 잠깐이라도 짬이 나면 엄마는 무엇을 하고 싶을까요? 궁금해본 적도 없고 그다지 알고 싶지도 않았던 엄마의 취미. 더 늦기 전에 넌지시 한 번 물어봐주는 것은 어떨까 싶습니다.

저는 매일 서점에 가시는 것만 즐거워하시던 어머니가 그렇게 운동을 재밌어 하실 줄 미처 몰랐습니다. 공원에서 하는 간단한 기구 체조도 저보다 훨씬 잘 하시고 민첩하셔서 깜짝 놀랐던 기억이 납니다. 소학교 다니던 시절에는 달리기도 곧잘 하셔서 방과 후에 집으로 돌아갈 때는 아무도 몰래 숨이 턱까지 차오를 때까지 뛰어보기도 하셨다고 하더군요.

그 이야기를 하며 소녀처럼 웃는 어머니를 보면서, 왜 좀 더 빨리 어머니는 무엇을 좋아하시는지, 무엇을 하면 행복하신지 진지하게 물어보지 못했나, 하는 후회가 들었습니다. 만약 좀 더 일찍 알았더라면 조금 더 기운이 있으실 때 좋아하는 취미 생활을 함께 했을 텐데 말입니다.

아들, 딸 여러분, 우리가 소개팅에 나가 마음에 드는 상대에게 자연스럽게 건네는 말 한마디.

"취미가 뭐예요?"

이 문장을 오늘 엄마에게 물어보는 것은 어떨까요?

엄마의 입을 통해 우리가 몰랐던 새로운 엄마의 모습을 발견할지도 모르지요. 그리고 우리가 몰랐던 엄마의 모습을 통해 엄마를 더 이해하고 사랑하게 될 겁니다.

# 함께한다는 즐거움

'열심히 사랑한다'는 말의 동의어는 '후회 없이 사랑한다'가 아닐까요? 세월이 지나서, '아, 저것도 해줄 것을, 이것도 못 해줬네' 하면서 후회하지 않게끔 그 사람이 원하는 것을 주는 게 후회 없이 사랑하는 방법입니다. 필요한 시기에 줄 수 있게 부지런히 고민하면서요. 하지만 우리는 어떤가요? 아내의 마음을 얻기 위해서라면 하늘의 별이라도 따오고, 맹독을 가진 살모사라도 잡으러 갈 것 같던 열정은 온데간데없이, 이제는 아내가 사정하듯 매달리며 같은 취미를 가져보자고 해도 시큰둥합니다.

취미를 함께 한다는 것. 이건 어떤 높은 배당금으로도 따라올 수 없는 보험입니다. 돈이 많아도, 젊은이들처럼 건강해도, 노년에 부부가 서로 웃으면서 함께 할 수 있는 취미 한 가지 없다면…… 글쎄요, 과연 이 부부가 제대로 잘 살아왔다고 자신할 수 있을까요?

서로 좋아하는 것이 달라서, 뭐만 한 번 해 볼라고 하면 싸우기부터 해서 차일피일 미뤘던 함께 하는 취미생활. 더 늦기 전에 시작해야 지지고 볶는 시행착오를 거쳐 정말 우리 둘에게 딱 맞는 취미를 발견할 수 있습니다.

집에서 매일 보는 아내와 하는 취미 생활이 뭐 그리 재밌을까, 시큰둥하게 생각하지 마세요. 바꿔 보면 아내라고 집에서 매일 보는 우리 얼굴이 뭐 그리 즐겁겠습니까? 하지만 함께 인생을 걸어가기로 약속한 사람으로서 그 길을 좀 더 즐겁게 걸어가기 위해 내민 아내의 손을 뿌리치지는 말아야 하지 않을까요? 그 길을 콧노래를 부르면서 걸어갈지, 푸념을 늘어놓으며 걸어갈지는 다 우리 마음먹기에 달린 것입니다.

# 엄마의
# 육춘기

　집안일로 상의할 일이 있어 오랜만에 누나에게 전화를 걸었습니다. 저도 그다지 살가운 동생은 아니었던지라 할 말만 하고 전화를 끊으려는데 어쩐지 누나의 목소리가 평소 같지 않다는 생각이 들더군요.

　"무슨 일 있어?" 하고 시답잖게 물어봤더니 별일 아니라며 전화를 끊습니다. 그러고 나서 저는 곰곰이 누나의 나이를 더듬어 봤습니다. 무신경한 이 동생이 느낄 수 있을 만큼 누나의 목소리에는 선명한 공허함이 서려 있었습니다. 아마도 누나 역시 여자들의 육춘기(六春期)를 맞은 듯했습니다.

　어른들은 곧잘 말씀하시지요. 먹고 살기 바쁠 때에는 우울한 게 무엇이고, 또 쓸쓸한 게 무엇인지 생각할 겨를이 없었다고 말입니다. 다 먹고 살기 만만해지니까 생기는 병이요, 약해빠진 정신 상태에서 오는 것이라고요. 어쩌면 조금은 맞는 말일 수도 있겠지요. 하루 스물네 시간, 그저 일만 하며 돈만 생각하지 않아도 될 정도로 우리 경제는 발전했고, 이제는 적어도 먹고 사는 문제에서만큼은 어느 정도 여유가 생긴 것도 사실입니다. 하지만 그렇게 생활이 윤택해지고 누리는 것이 많아진 만큼 더 행복해졌을까요? 글쎄요, 그 대답에는 선뜻 그렇다고 말하기가 쉽지 않지요.

어쩌면 자식들 역시도 그렇게 생각할지 모르겠습니다. 아빠는 직장에서 탄탄대로를 걷고, 아이들도 별 탈 없이 잘 자라줍니다. 최근에 좀 더 넓은 평수에 깨끗한 아파트로 이사도 왔고, 집안에 누구 하나 아픈 사람 없이 무탈합니다. 그런데 엄마는 점점 더 짜증이 늘어나고, 기운 없이 누워있는 날이 많아집니다. 쓸데없이 터무니없게 비싼 물건을 사오기도 하고, 갑자기 돌아가신 외할머니 산소에 혼자 다녀오기도 합니다. 그럴 때면 가족들은 뭔가 이상하다는 낌새는 차리고 동요하지만, 정작 진심으로 '엄마가 왜 그럴까?' 생각하는 사람은 없습니다. 특히 자식들은 엄마가 이상한 행동을 보이면 당장 불편해지는 것은 자기들이기 때문에 이기적으로 엄마에게 맞받아치기도 합니다.

"도대체 왜 그래? 뭐가 문제야, 엄마!?"

이 문장, 어디서 많이 듣던 문장 아닌가요? 사춘기라고 방문 쾅쾅 닫고, 무슨 말만 해도 바늘처럼 예민해져서는 툭하면 화부터 내던 자식들에게 엄마가 하던 말…… 아니었나요?

언제 끝날지도 모르는 자식의 사춘기를 그저 죄라도 지은 양 말없이 기다려주던 엄마를 기억하시지요? 하지만 우리는 엄마가 예민하고, 우울해하는 며칠 동안의 짧은 방황에도 짜증이 납니다. 싱크대에 가득 쌓인 설거지가 짜증나고, 신을 양말이 없어서 짜증납니다. 별 것도 아닌 일에 예민하게 반응하는 엄마가 낯설고 서운하기까지 하지요. 하지만 사춘기든, 오춘기든, 육춘기든 그 시기에 가장 중요한 특이사항은 내 마음을 나도 어떻게 할 수 없다는 것이 아니던가요?

엄마도 마찬가지입니다. 갑자기 지금까지 내가 살아온 인생이 허무하고, 내가 지켜왔던 가정이 보잘 것 없이 느껴지고, 내가 없어도 아무 탈 없이 잘 살 것처럼 보이는 남편과 자식들이 부질없다 생각됩니다. 내가 왜 이러나, 아무리 마음을 다 잡아 보려고 해도 쏜살같이 지나간 시간이 자꾸만 억울하게 느껴지지요.

잘 아는 정신과 의사는 이 시기를 '언덕을 넘어가는 시기'라고 표현하더군요. 맞습니다. 경사가 진 언덕을 넘어갈 때는 누구라도 숨이 찹니다. 열심히 올라서서 여기가 정상이구나, 이제는 아래를 내려다보며 서 있을 수 있겠구나 싶었는데 인생은 이제 내려가라고 합니다. 늙어서 다리 힘은 없는데, 내리막길 경사는 급하기도 하지요. 악을 쓰고 올라왔던 길은 힘은 들어도 천천히 지나가는 시간 같았는데 내리막길은 가속도가 붙어 더 빨리 아래로 꺼져 내려갑니다.

어디 이것뿐인가요? 여자들의 이 언덕을 넘어가는 시기, 이른바 육춘기는 또 하나의 명제를 견뎌야 합니다. 바로 '화무십일홍(花無十日紅)'입니다. '열흘 붉은 꽃이 없다'는 뜻이지만, 여자들에게는 꽃처럼 아름답던 젊음이 다시는 돌아올 수 없다는 사실을 받아들여야 한다는 뜻이기도 합니다. 여자로서의 아름다움이 원숙한 아름다움으로 이어진다고 위로하지만, 한편으로 젊음이 가진 강인하고 싱그러운 아름다움과 자꾸 비교되는 것은 어쩔 수 없습니다. 안 그래도 아름다워지고자 하는 본능이 여자의 마음 아닌가요? 그러니 자신의 젊음이 사그라지는 과정을 지켜보는 엄마, 아내들은 점점 더 자신 안으로 침잠하는 육춘기를 겪을 수밖에 없는 것이지요.

언제부터인가 엄마가 감정의 기복이 심해지고 유난히 짜증도 늘었다면, 엄마의 육춘기를 의심해 보세요. 그리고 내가 겪었던 사춘기를 엄마의 육춘기에 대입해 보세요. 반항이 무슨 벼슬이라도 되는 듯이 모든 것을 매사에 짜증을 부리던 나의 어린 시절을 떠올려 보자고요. 그때 내 모습에 비하면 엄마의 짜증이나 감정 기복 정도는 애교를 받아줄 수 있지 않나요? 엄마의 변한 행동에 일일이 반응하며 잘잘못을 따지기 마세요. 그보다는 엄마의 기분이나 행동을 이해한다는 제스처를 지속적으로 보여주는 것이 중요합니다.

엄마가 인생이라는 언덕을 오르며 꼭대기에서 다시 내리막길로 돌아내려 올 때, 너무 급한 경사로 인해 빨라진 걸음으로 행여나 넘어지지 않도록 곁에 있어 주어야 하지 않을까요? 엄마의 발 앞에 작은 돌부리가 있으면 치워주기도 하고, 왜 지금 내가 이 길을 내려가야 하는지에 대해 화를 내고 싶다면 조용히 앉아서 그 이야기를 들어주기도 하면서 말입니다. 우리도 인생을 조금씩은 살아봐서 다들 알 것입니다. 무엇이건 간에 올라가는 일이 더 힘든 것처럼 보여도 사실은 내려오는 일이 더 힘들다는 것을 말이지요.

엄마의 육춘기를 함께 보내주세요. 엄마가 당신의 사춘기 때 옆에 있어 주었듯이. 질풍노도보다 힘들고 아픈 인생의 언덕을 넘는 엄마 옆에 딸이, 아들이 함께해 주세요. 당신들이 함께해 준다면 엄마는 소녀처럼 요동치는 마음보다 누구누구의 엄마라는 이름이 가진 힘으로 제자리를 찾을 수 있을 테니까 말입니다.

# 아내의 언덕길에 동행하세요

이래도 화를 내고, 저래도 화를 내는 아내를 만나는 중이신가요? 나도 나이 들어 기력이 달리고 힘들어 죽겠는데, 하루에도 몇 번씩 롤러코스터를 타는 아내의 감정 기복에 멀미가 날 지경이라고요? 하지만 곰곰이 생각해보면 평생 아내의 기분을 맞춰본 적이 별로 없기 때문에, 나이 들어 찾아온 아내의 육춘기가 더욱 생경할 수밖에 없는 것은 아닐까요?

미리미리 아내의 기분을 재는 온도계가 예민한 남편이 되어야 하겠습니다. 이것은 눈치를 보는 개념과는 다르다고 생각합니다. 평생 가장 가까이 지낸 사람의 기분 변화에 민감한 것은 당연히 갖추어야 할 예의입니다.

우리 남자들보다 더 풍부한 감수성으로 가족 구성원 하나하나를 감싸주었던 아내의 말랑한 마음이 이제 세월이 지나 우리에게 부드러움을 요구하는 시기가 온 것입니다. 그것이 아내의 육춘기입니다. 셈은 바로 해야지요, 받은 것이 있으면 돌려줄 줄도 알아야 합니다. 혹시 아내의 육춘기가 회사에 치이고 집에 돌아와 짜증 부려도 꿋꿋하게 받아주고 힘내라고 용기를 줬던 아내에게 빚을 갚을 때인 것은 아닐까요?

다 늙어 아내 눈치까지 봐야 한다고 툴툴대지 마시고, 지금까지 긴 세월 우리 가족을 감싸 안아 준 아내에게 고마움을 전하세요. 아내가 육춘기를 잘 보내야 후에 내가 삶의 언덕을 내려올 때도 아내의 손을 잡을 수 있지 않겠습니까? 그리고 언덕을 다 내려온 아내가 찾은 평안은 결국 나의 평안이 되어줄 것입니다.

# 여자의
# 일생

　우리에게《여자의 일생》은 모파상의 소설로 잘 알려져 있지요. 원래 이 소설은 '어느 생애(일생)'라는 제목으로 출간되었는데 아마도 내용 속에 흐르는 여성의 '한'이라는 정서가 우리나라에는 '여자의 일생'으로 번역하는 것이 더 주효할 것으로 판단했나봅니다.

　모파상의 고향인 노르망디에서 시작되는 이 소설은 그곳 귀족의 외동딸 잔이 주인공입니다. 잔은 티 없이 맑고 꿈 많은 처녀였지요. 부모님의 바람에 따라 열두 살 때부터 열일곱 살이 될 때까지 수도원에서 교육을 받아 으뜸 신부로 자라나게 됩니다. 하지만 결혼 직후 남편의 난폭하고 되먹지 못한 성품을 알아차린 잔은 결혼생활에 대한 환멸과 비애를 느끼게 되지요. 알고 보니 난봉꾼이었던 남편 쥘리앵은 하녀 로잘리를 범해 아이를 낳게 하고, 그것도 모자라 백작부인과 간통을 저질러 그 남편에게 살해되고 맙니다.

이 정도만 해도 여자로서 크나큰 불행을 맞은 잔이지만, 그녀의 슬픈 인생은 여기서 멈추지 않습니다. 남편이 죽고 난 후 외아들인 폴에게 모든 기대와 희망을 걸지만, 아버지의 피를 이어 받은 폴 역시 바람둥이로 학교도 때려치우고 방탕한 생활만 일삼습니다. 결국 아들의 빚 때문에 살던 저택까지 남에게 넘겨주게 된 잔은 폴의 어린 딸까지 키워야 하는 신세가 되었습니다. 하지만 잔은 핏덩이 어린 손녀에게 계속 키스를 퍼붓는 자신을 발견하게 되지요. 힘들고 굴곡 많은 인생이었지만, 마지막 순간까지 어머니로서의 자신의 심장은 멈추지 않았던 것입니다.

소설 속 잔은 그렇게 철저하게 '여자로서의 일생'을 살았습니다. 그녀의 삶에 가슴이 먹먹해집니다.

모파상의 소설을 읽지 않았다고 해도, 우리에게 이 스토리는 익숙한 내용입니다. 각종 드라마, 영화, 또 그 유명한 엘리제의 여왕 이미자의 노래에서도 익히 들어왔기 때문입니다.

참을 수가 없도록 이 가슴이 아파도
여자이기 때문에 말 한마디 못하고
헤아릴 수 없는 설움 혼자 지닌 채
고달픈 인생길을 허덕이면서
아~ 참아야 한다기에 눈물로 보냅니다
여자의 일생

어쩌면 딸들에게는 이 '여자의 일생'이라는 노래가 자신들 세대에는 절대로 반복되지 말았으면 하고 바랐던, 지긋지긋한 엄마 세대의 저주 같은 것이라고 생각할 수도 있습니다. 그래서 텔레비전에서 이미자가 나와서 저 노래만 부르면 자기도 모르게 눈물을 글썽이며 먼 곳을 바라보는 엄마에게 화도 냈을 것입니다. 노래 가사처럼 바로 그 여자의 일생을 살아가는 엄마가 안쓰럽고 불쌍하면서도 겉으로는 답답하다고, 왜 늘 그렇게 당하기만 하고 울기만 하냐고 화를 냈던 것인지도 모르겠습니다. 가끔씩 그렇게 적반하장 식으로 엄마에게 이렇게 짜증 섞인 화를 내고 나면, 엄마는 조용히 딸들을 보고 이렇게 말을 하시지요.

"너희는 나처럼 살지 말거라."

내 딸들만은 더 배우고, 더 강해져서 나처럼 운명 앞에 무릎 꿇지 않고 당당하게 살아가는 모습이 보고 싶으셨던 어머니는 해줄 말은 이것뿐이라는 듯 천천히 뒤돌아서 가십니다.

오늘을 사는 우리야 열심히 노력하면 안 되는 것보다 되는 일이 많아진 좋은 시대에 살고 있지만, 우리 어머니 세대야 어디 그랬습니까. 여자라서, 여자이기 때문에 하지 못하고 접어야 했던 꿈이 더 많은 시절이었지요. 그걸 알면서도 바보 같이 희생만 하고 살아온 엄마의 인생이 그저 속상하고 화나는 심정 충분히 이해합니다. 하지만 저희같이 무뚝뚝한 아들 녀석들이 뭘 얼마나 위로해드리겠습니까? 딸의 인생에 자신의 못다 이룬 꿈과 인생을 거는 엄마들을 위로할 수 있는 건 오직 딸 밖에 없지 않을까요?

딸들이 답답해 하고 이해할 수 없다고 고개를 내젓는 바로 그 엄마의 '여자의 일생'을 딛고 우리가 지금 여기에 있습니다.

"독사처럼 달려드는 할머니 앞에서 왜 더 당당하지 못했어?"

"아빠에게 왜 더 빨리 헤어지자고 하지 못했어?"

"골칫덩어리 큰오빠를 왜 잘라버리지 못하는 거야?"

그동안 이 '왜?'라는 질문을 엄마에게만 쏟아 냈다면, 이제는 '왜?' 라는 질문을 나에게 던져보는 겁니다. 엄마는 그때 왜 그렇게 했을까, 왜 그렇게 밖에 할 수 없었을까? 2014년을 사는 나라면 절대로 선택 하지 않을 상황이 1950년대에 태어난 엄마의 상황으로 리바이벌 되 면서, 엄마의 입장에서 진심으로 다시 한 번 엄마를 이해할 수 있게 되 지 않을까요?

모파상의 《여자의 일생》에 이런 말이 나옵니다.

"알고 보면 산다는 것은 생각보다 그렇게 어려운 것도 아니고 그다 지 쉬운 것도 아니다."

언뜻 보면 체념처럼 보이는 이 문장 속에는 인생의 온갖 시련을 이 겨낸 사람의 통달이 보입니다. 죽을 것처럼 어려운 일도, 식은 죽 먹기 보다 쉬운 일도 인생에서는 존재하지 않는다는 것. '여자의 일생'처럼 험난한 파고를 지낸 사람만이 할 수 있는 선문답 같은 말이겠지요. 어 머니는 그 답을 알고 있는 내 인생의 스승입니다. 고매한 철학과 복잡 한 논리를 만든 사람도 알 수 없는 인생의 진리를 깨달은 어머니. 답답 하고 그저 애처로워 보이기만 한 어머니의 이야기 뒤에 숨겨진 이 대 단한 힘을, 이제는 우리가 좀 제대로 봐드려야 하지 않을까요?

# 아내의 인생을 경청하세요

아무리 좋은 이야기도 반복되면 잔소리로 들립니다. 좋은 얘기도 삼세번이라고들 하지요. 아내의 지난 세월에 대한 이야기도 아이들에게 반복해서 전달되다 보면, 지루하고 뻔한 무용담이 되곤 합니다. 그럴 때면 우리 옛 아버지들은 "또 애들 앞에서 했던 얘기 또 하고 또 하고, 왜 아침부터 눈물 바람이야!" 하시면서 불호령부터 내리셨지요.

우리 세대에 와서는 아내가 아이들에게 이른바 '여자의 일생'을 말할 일이 현격히 줄어든 것이 사실입니다. 그래서 참 다행이고요. 하지만 구구절절 아내가 살아온 인생에 대해서 이야기할 일은 줄어들더라도, 아이들에게 아내가 겪었던 인생의 경험을 이야기할 순간은 반드시 올 것입니다. 이때, 아내가 겪은 일들이 대수롭지 않은 일이라거나 귀담아 들을 내용이 아니라는 식으로 평가절하 하지 마세요. 설마 아내가 아이들에게 자신이 살면서 겪었던 중요한 이야기를 하는데 노골적으로 아내를 깎아 내리는 발언을 할 간 큰 남자가 어디 있을까 싶기도 하겠지요. 그렇지만 의외로 부부 간의 대화에서 서로에게 빈정대며 서로를 존중하지 않는 화법을 쓰는 부부들을 자주 보게 됩니다.

우리 어머니들의 파란만장한 여자의 일생을 강연하는 자리가 아니더라도, 아내가 아이들에게 자신의 삶에 관한 이야기를 할 때는 진지한 경청자, 든든한 증인이 되어주자고요. 반대의 경우에도 아내가 그렇게 해줄 수 있도록 말이지요.

# 뿔난 엄마의
# 파업 일기

어느 날 아침에 눈을 떠보니 주방에서 엄마가 사골을 끓이고 있습니다. 진하고 고소한 냄새가 온 집안에 퍼져도 누구 하나 반가워하는 사람이 없습니다. 왜냐고요? 이것이 한동안 엄마가 집에 없을 것을 예고하는 신호이기 때문입니다. 앞으로 며칠 동안 가족들은 어쩔 수 없이 이 사골만 먹어야 할 테고, 싱크대 가득 쌓인 설거지는 누군가 마음 급한 사람이 하게 되겠지요. 하루하루 지나면 지날수록 엄마의 존재는 커져만 갑니다. 엄마 없는 며칠이 이렇게 힘들 줄 몰랐습니다. 집을 비운 엄마를 빨리 돌아오게 하기 위해 남은 온 가족이 머리를 짜내 문자 메시지를 보냅니다.

"엄마가 없으니까 집안이 텅 빈 것 같아."

"엄마 보고 싶어, 빨리 와."

"엄마, 아빠가 너무 허전해 보여. 엄마가 필요해."

이런 말들은 사실 엄마가 없어서 불편한 우리 마음을 아름답게 표현한 문장들이 아닐까요? 솔직히 엄마가 없으면 당장 밥해줄 사람이 없고, 청소와 빨래는 밀릴 것이며, 집안에 자질구레한 일들을 처리할 사람도 마땅치 않지요. 그리고 무엇보다 반드시 있어야 하는 필수 옵션처럼 엄마가 집에 있어야 마음이 편안했던 것도 사실입니다. 그런 엄마가 집을 비운다고 하니, 아니, 단순히 집을 비우는 것을 떠나 주부로서, 아내로서, 엄마로서의 모든 일들에 총파업을 선언하고 나서면 당황할 수밖에 없습니다. 평소 우리가 엄마를 어떤 존재로 생각해왔는지는 아랑곳없이 말입니다.

어쩌면 엄마가 총파업을 선언하고, 그래도 가족들 걱정에 사골이라도 끓여 놓고 나간 것에 감사해야 할지도 모르겠습니다. 그동안 자신이 가족들을 위해 해주었던 모든 것들이 가족들에게는 그저 자신들이 하기에는 귀찮고, 내가 해주니까 고마웠던 가사노동에 지나지 않았다는 사실을 엄마가 깨달았다면, 그 정신에 사골이라도 끓여놓고 나간 것이 정말 대단한 것 아닐까요?

이렇게 어느 날 엄마가 우리에게 '더는 너희들 뒤치다꺼리 신물 난다, 나도 나 하고 싶은 것 하고 살겠다!'라고 선언하는 경우 우리는 각자가 맡은 역할에 대한 이야기로 엄마를 설득하려 합니다. 아빠는 아빠의 할 일이 있고, 자식은 자식의 할 일이 있고, 엄마는 엄마의 자리에서 할 일이 있는데, 왜 그것을 특별히 희생이나 봉사로 생각하고 어느 순간 더 이상 참지 못하겠다는 식으로 폭발해버리는지 이해할 수 없다는 반응들을 보이는 거죠.

2008년에 방영되었던 드라마 '엄마가 뿔났다'에서 주인공인 엄마, 한자는 무려 1년 동안의 휴가를 요구하며 집을 나가게 됩니다. 그녀는 말합니다. 지금 이 결정이 화가 나서, 어느 순간 치받아 올라와서 한 결정이 아니라고 말입니다.

> "40년 동안 이 집 며느리, 아내, 어머니로 살아오면서 쌓이고 쌓인
> 화가 넘쳐 뿔이 됐다. 더 늙기 전에 1년만이라도 인간 김한자로 살
> 아보고 싶어."

다들 그렇게 사는데 왜 유별나게 그러냐며 만류하는 남편과 자식들을 대신해 시아버지가 그녀의 편을 들어주면서 그녀의 독립생활은 시작됩니다.

물론 우리 어머니가 모두 대차게 드라마 속 주인공처럼 1년이라는 어머어마한 시간을 달라고 하지는 않으실 것입니다. 그래봤자 혼자 혹은 친구들과 떠나는 여행, 친정 나들이 정도가 되겠지요. 하지만 우리는 매번 엄마의 부재에 불편해할 줄만 알았지, 엄마가 왜 여행을 떠나고 싶어 하는지, 엄마는 무엇에 지쳐서 집을 잠깐 떠나고 싶어 하는지에 대해서는 생각하지 않았습니다. 아니, 어쩌면 엄마에게 자유가 허락되면 닥칠 불편함 때문에 생각하기조차 싫었던 게 아닐까요?

사랑도 때로는 지치는 때가 옵니다. 아무리 사랑하는 가족이라도, 내가 그들을 위해 하는 일들을 아무런 고마움 없이 그저 당연하게 받아들인다면 엄마가 매일 하는 밥과 빨래, 청소를 계속할 의미를 도대체 어디에서 찾을 수 있을까요? 다람쥐 쳇바퀴 돌듯이 몇 십 년 동안이나 지속된 엄마의 인생을 그저 엄마로 태어났기 때문에 숙명적으로

받아들여야 하는 십자가로 이해한다면, 어느 순간 그 모든 것을 내려놓고 자유로워지고 싶다는 생각이 찾아오는 것은 당연한 일입니다.

엄마가 자신을 찾기 위해 여행을 준비하는 것을, 일상에 지쳐 잠시집을 떠나고 싶어 하는 것을 두려워하지 마세요. 이것은 엄마 없이도너무 잘 지내서 빨리 자신의 자리로 돌아오게 만드는 전략적인 접근이아닙니다. 엄마가 행복한 엄마인 채로 우리 곁에 머물기 위해 여행이든 휴식이든 필요하다면 엄마는 기꺼이 그것들을 만끽할 자격이 있다는 것을 우리 스스로 인정해야 한다는 뜻입니다.

집 안 가득 사골 향기가 퍼지면 정신을 번쩍 차리고 엄마에게 다가가 말을 걸면 어떨까요? "엄마, 어디가?"라고 묻기보다 "엄마, 잘 다녀와!"라고 인사하면서 말이지요.

내가 서 있는 자리, 나 자신의 정체성과 의미에 대해 정확하게 말할수 없는 사람은 진정으로 행복한 사람이 될 수 없습니다. 매일 무의미하게 반복되는 삶이 때로 가치 없게 여겨질 수도 있지만, 결국 그 아래에는 내가 사랑으로 일군 가족이 있고 그 안에서 나는 누구보다 소중한 존재구나…… 이런 사실을 엄마 스스로 깨닫고 돌아올 수 있도록지지해 줍시다. 잘 우려낸 사골도 싹싹 비워 먹고, 자기 일은 스스로하면서 느긋하게 엄마를 기다리는 겁니다. 비밀번호를 누르고 들어오는 엄마의 얼굴을 반갑게 맞아주는 것도 잊지 말아야겠지요?

우리는 엄마 없이는 안 되는 존재들입니다. 엄마를 더 사랑하고, 엄마의 자리를 더 이해해서 엄마가 오래도록 행복한 모습으로 우리 곁에머물 수 있도록 노력해야 하겠습니다.

# 계속 구르는 돌은 닳습니다

총파업을 선언한 아내 앞에서 이렇게 맞불 작전으로 대응하는 남편들도 있겠지요? 그런데 아내의 말을 잘 종합해보면, 아내 역시 자기만 힘들다고 이야기한 적은 없습니다. 그저 나 자신이 지금 현재의 상황에서 잠시 벗어나고 싶다는 것이지요. 그런데 막상 멋있게 아내에게 장기간 휴가를 주고 얼마간의 용돈도 팍팍 쥐어주고 싶어도, 상황이 여의치 않은 경우가 많습니다. 한참 손이 많이 가는 아이들이 있을 수도 있고, 경제적으로도 쉬운 일은 아니지요.

그렇다면 무조건 안 된다고 막을 게 아니라 아내의 총파업을 미루게 하는 요령이 필요한 것 아닐까요? 무조건 '나도 힘들다!'며 맞불을 놓거나, '마음대로 해라!' 하며 어깃장을 놓기보다는 아내의 이야기를 들어주는 과정이 먼저여야 하지 않겠습니까? 도대체 어디서 그렇게 맺힌 감정이 생겼기에 지금 이 순간 가정에서 잠시 벗어나고 싶은지 일단 그 이야기부터 들어보세요. 어쩌면 이야기를 들어주는 것만으로도 아내의 마음은 한결 진정될 수 있습니다. 그리고 잊어버리지 말고 나중에 여유가 생겼을 때 먼저 이야기를 꺼내는 겁니다.

"그때 당신 잠깐 쉬고 싶다고 했지? 어디 가고 싶어? 며칠이면 될까?"

남편이 자신의 마음을 기억하고 있다는 것만으로도 아내는 기뻐할 것입니다. 구르는 돌에 이끼는 끼지 않을지 몰라도, 마모까지 막을 수는 없습니다. 아내의 마음이 그저 깎이기만 하지 않도록 잠시 세워 주세요.

# 누구에게나
# 첫사랑은 있다

사람은 죽을 때가 되면 자신의 한평생이 마치 영화 속 필름처럼 지나간다고 합니다. 그야말로 내 인생의 에센스 같은 장면들이 무의식중에 추리고 추려져서 생의 마지막 순간 나에게 상영되는 것이지요. 가장 행복했던 순간, 또 잊어버리고 싶지 않은 순간, 후회되는 일들이 아마 그 장면들에 속하겠지요. 그리고 내 삶에서 길었건 짧았건 간에 가장 명징한 기억과 상처를 남긴 첫사랑의 얼굴도 떠오를 것입니다. 가장 순수했던 그때 그 시절의 마음은 부드러운 비누와도 같아서 당시에 새겨진 마음은 쉽게 사라지지 않을 테니까 말입니다.

그런데 참 이상합니다. 이렇게 첫사랑을 추억하는 것은 특정한 나이와 연령에 국한되는 것이 아닐 것인데 자식들은 엄마가 소녀처럼 첫사랑에 대한 기억을 더듬는 것을 이른바 '주책'이라고 치부하니 말입니다. 언젠가 텔레비전에서 한 통기타 가수가 라이브 카페에서 공연했던 추억을 이야기하다가 엄마와 딸이 함께 카페에 온 이야기를 들려주었습니다. 첫사랑에 대한 노래에 열광하는 엄마에게 주책이라고 만류하는 딸을 보면서 참 마음이 안 좋았다고 하더군요.

"엄마도 참, 이제 그 나이 먹고 첫사랑 생각해서 뭐하게? 지나가면 얼굴도 못 알아볼 걸? 서로 하도 늙어서?"

참 이기적입니다. 어찌 보면 잔인하기까지 합니다. 자신들은 첫사랑의 아린 상처 이후에 몇 날 며칠 식음을 전폐하고 동네가 떠나가도록 울며불며 야단스럽게 신고식을 거쳤으면서 말입니다. 슬프게 끝난 첫사랑의 기억을 떠올리면서 사랑의 진정한 의미와 내가 저질렀던 사소한 실수와 감동들을 복기해보고, 새로운 사랑이 나타나면 자연스럽게 첫사랑과 비교해보기도 했지요. 그런데 그 모든 과정에서 왜 엄마에게만 인색한 것일까요?

첫사랑을 추억한다는 것은 단순히 어떤 상대를 그리워한다, 혹은 그 상대를 사랑했던 그 시절로 돌아가고 싶다는 의미만은 아닐 것입니다. 인류 역사의 대단한 업적을 남긴 위인이 아닌 이상 개인의 역사는 이렇게 사랑과 실패, 행복과 불운의 작은 덩어리들로 점철되어 있기 마련입니다. 이제 다시 사랑할 나이는 아니라고 해도 자식을 키우면서 아이들이 과거의 엄마처럼 사랑하고 이별하는 과정을 바라볼 때 자연스럽게 엄마도 자신의 역사를 떠올리게 되는 것 아닐까요?

우리는 편하게 엄마를 대한다고 말은 하면서도 마음 한 구석에는 아직도 뿌리 깊은 유교사상 속에 갇혀 있는지도 모르겠습니다. 자고로 어머니란 이래야 한다, 저래야 한다는 고정관념 속에서 엄마를 바라보는 것이지요. 어질고, 반듯하고, 가정에 충실해야 하고, 희생에 아낌이 없어야 하고……. 우리가 고리타분하다고 힐난했던 바로 그 생각들 말입니다. 그렇기 때문에 나도 모르게 엄마의 과거가 자식은 들어서는 안 되는 일, 엄마의 허물로 인식되어 무의식적으로 엄마가 자신의 지난 사랑을 말하는 게 불편한 건 아닐까요?

우리가 부모님 중 엄마를 닮을 확률은 50퍼센트입니다. 성격 역시도 그 비슷한 확률이겠지요. 성격은 내가 사랑을 하는 방식을 결정하는 중요한 요소이기도 합니다. 자, 그렇다면 답이 나오지 않나요? 나는 엄마가 한 사랑의 절차를 알아둘 필요가 있습니다. 왜냐하면 나는 엄마와 비슷한 경향의 사랑을 할 확률이 높기 때문입니다.

나에게 사랑 유전자를 물려준 엄마가 걸어온 사랑의 길이 내 사랑의 좋은 참고서가 될 수 있습니다. 가슴으로 겪은 시행착오는 돈 주고살 수 없는 교훈이니까요. 엄마에게 사랑의 길을 물어봅시다. 엄마에게도 존재하는 사랑의 길을 들여다봅시다. 함께하는 우리로 인해 엄마가 지내온 시간들이 덜 쓸쓸해질 수 있을 테니까요. 엄마가 추억하는 사랑이 더 아름다워질 수 있을 테니까요.

한편으로 내가 태어나 엄마라는 존재를 인지하기 시작한 후부터 지금까지 오로지 나의 엄마, 아빠의 아내로만 살아온 엄마 인생의 다른 면도 궁금하지 않나요? 지금 내 나이 때 엄마의 모습은 어땠을지 말입니다. 첫눈 오는 날이나 봄비 내리는 날 커피 한 잔 들고 누군가에게 지나간 첫사랑에 대해 이야기를 하고 싶을 때, 엄마가 아무한테도 말할 곳이 없어 전화기만 만지작거리지 않았으면 좋겠습니다.

# 첫사랑 vs 끝사랑

쿨 한 남편을 이야기할 때 흔히 이런 예를 많이 듭니다. 아내가 첫사랑을 만나러 가겠다고 할 때 흔쾌히 보내줄 것인가? 사실 아내를 보내주는 남편이 쿨 하고, 보내주지 않는 남편이 쿨 하지 못하다고 할 수는 없다고 봅니다. 자유의지를 가진 아내가 오랜만에 그것도 헤어지고 나서 거의 처음으로 첫사랑의 상대를 만나겠다고 하는데, 제가 이마에 내 천(川) 자를 그리고 눈에 쌍심지를 켜며 반대할 권리가 있기나 할까요?

첫사랑을 향한 추억은 현재의 남편인 나조차도 침범할 수 없는 영역이라고 생각합니다. 매우 개인적인 아내만의 영역이지요. 설령 아내가 그 영역 속에서 첫사랑과 나를 비교해 나에게 더 짠 점수를 준다고 해도, 그것은 내가 그만큼 아내의 무언가를 채워주지 못하고 있다는 이야기일 뿐입니다. 낮은 점수는 회복하면 됩니다. 지나간 사랑은 힘이 없습니다. 세상에서 제일 불쌍한 여자가 잊혀진 여자이듯이 첫사랑 남자는 추억 속에만 존재하는 남자일 뿐입니다. 실제로 존재하는, 아내 곁에서 숨 쉬고 있는 내가 더 좋은 점수를 받을 수 있는 기회가 열려 있습니다.

상대보다 내가 더 나은 점을 파악하기 위해서는 아내의 스토리를 주의 깊게 경청하는 것도 중요하겠지요. 괜스레 아내의 첫사랑 이야기에 동요하지 말고, 매의 눈으로 득점 기회를 노려보는 건 어떨까요? 유치한 듯 보이는 이런 노력에도 아내는 웃어줄 테니까요. 아내는 첫사랑이 아닌 우리와 살고 있습니다. 첫사랑은 아니지만 끝사랑입니다. 어느 모로 보나 우리가 훨씬 유리한 게임 아닌가요?

302

# 때로는
# 어리광도 효도

아이들이 어렸을 때, 아내는 거의 다큐멘터리 감독 수준으로 아이들의 사진과 영상을 찍었습니다. 한 번은 가족 여행에서 돌아오는 길에 세상모르고 곯아떨어진 얼굴까지 카메라에 담기에 제가 물어봤지요. 뭘 그렇게 열심히 찍는 거냐고 말입니다. 하지만 아내의 대답에 저는 조용히 수긍할 수밖에 없었습니다.

"아이들은 다섯 살 때까지 평생 할 효도 다 하는 거 몰라? 이렇게 제일 예쁠 때, 우리랑 같이 있어 줄 때 다 간직해 둘 거야."

아이들의 세계 속에 부모가 속하는 시절은 참으로 짧습니다. 아이들은 여름날의 보리처럼 쑥쑥 자라 어느새 다 큰 자식이 되어버립니다. 우리가 그랬듯이 우리 아이들도 마찬가지입니다. 작기만 하던 아이는 사라지고 어느 새 다 큰 어른이 서 있는 거지요. 어른이 된다는 것이 부모와 서먹서먹해지고 거리가 생긴다는 의미는 아닐 텐데, 성인이 되면 어린 시절의 친밀함은 옅어지기 마련입니다.

유달리 아버지와 각별한 관계를 유지하는 방송 작가를 알고 있습니다. 오남매 중에 늦둥이로 자라 아버지의 사랑을 독차지했으니 그럴법도 하겠지요. 평소에는 진중한 사람인데 아버지에게 전화만 오면 돌변하여 어린아이가 되는 모습이 참 신기했습니다. 전화를 끊고 예의 진지한 본래 모습으로 돌아온 그 작가는 저에게 이런 말을 하더군요. 과년한 딸자식이 타지에 살면서 자식 안부만 궁금해 하는 부모에게 해줄 수 있는 것이 이런 어리광 말고 또 무엇이 있겠냐고 말입니다. 돈도 안 들고 부모님 또한 좋아하시니, 이보다 좋은 효도가 없다는 말에 뒤통수를 한 대 맞을 것 같은 깨달음이 왔습니다.

다 큰 어른이 어머니를 '엄마'라고 부르며 혀 짧은 소리로 애교나 어리광을 부리는 것을 쉽게 상상하지 어렵다고요? 저 또한 그렇습니다. 두 아이의 아빠로, 대학교수라는 신분을 내세우며 어머니에게 점잖게 대하려고 무의식중에 노력해 왔으니까요. 그런데 효도와 어리광을 연결 짓는 논리 앞에서 모든 것이 허망해졌습니다. 내가 어머니 앞에서, 아니, 우리 엄마 앞에서 어른으로 보여야 할 까닭이 무엇이고, 대학교수로 보여야 할 까닭이 무엇이랍니까? 이제 어머니는 팔순을 넘기셨고, 살아가실 날보다는 과거 우리 어릴 때를 추억하실 일이 더 많은 분입니다. 추억을 먹고 사는 어머니의 노년 앞에서 저의 거드름은 차라리 죄스러운 것이었습니다.

어머니가 저를 "상한아" 대신 "아범아"라고 부르던 날을 기억합니다. 그 말이 저 스스로도 어색했지만, 이제는 나도 한 아이의 아빠이니 어머니 앞에서도 그렇게 의젓해야 한다고 스스로에게 밀했지요. 그리고 저 역시 "엄마"라는 말 대신 "어머니"라고 불렀던 날을 떠올려봤습니다. 하지만 어머니는 저를 아범이라고 부르던 그 순간에도 그저 바라보기만 해도 온갖 피로가 다 가셨던 다섯 살 배기 아들의 미소를 잊지 않으셨을 겁니다. 아마 제가 팔십이 되어도, 구십이 되어도 마찬가지겠지요. 어머니에게 우리는 그저 평생 할 효도를 몰아서 하며 눈에 넣어도 아프지 않을 만큼 사랑스러운 다섯 살 꼬마들입니다.

물론 그 후에 어머니를 뵙는 날이나 전화로 안부를 여쭐 때 없던 애교와 어리광이 자동적으로 튀어 나오지는 않았습니다. 하지만 어색하기만 한 애교 말고도 어머니가 우리의 어린 시절을 추억하게 하는 것이 있다는 것을 발견했습니다. 그해 설날에 세배를 드리고 난 후였습니다. 세뱃돈을 수금한 후 들떠서 자리를 뜬 아이들을 대신해 어머니 곁에 바짝 다가앉았습니다. 그리고는 어머니께 슬쩍 말씀드렸습니다.

"어머니, 저도 세뱃돈 주세요."

깜짝 놀라시던 어머니가 금방 환한 미소를 지으시면서 "그래, 얼마 주련?" 하시는데 왜 그리 울음이 치솟아 오르는지요. "천 원만 주세요" 하고 돌아 나올 때까지 울음을 참느라 혼났습니다. 제 뒤로 이어지는 어머니의 웃음이 하도 아파서, 더 일찍 이렇게 작은 것이라도 어머니의 어린 아들로 돌아가지 못한 것이 죄송해서 눈물이 났습니다.

성공한 자식이 되어 자랑거리가 되고 용돈을 넉넉히 드리는 것도 훌륭한 효도지만, 어머니가 우리의 어린 시절을 그리워할 때 그 시절로 돌아가 드리는 것도 좋은 효도가 아닐까요? 어머니가 아닌 엄마로 웃게 만들어 드리는 것입니다. 다섯 살 때까지 평생 할 효도를 다 했다지만, 살면서 미리 한 효도를 도로 다 까먹으며 속을 썩인 자식이라면 더욱 더 그때로 돌아가 엄마를 웃게 해드려야 하지 않을까요?

때로는 어리광도 효도입니다. 엄마의 세계와 나의 세계가 분리되기 전, 그때로 돌아가 엄마가 나의 온 우주였던 그 시절의 충만함을 엄마에게 다시 한 번 선물해드리세요.

## 우리 집의 '국민 MC'가 되어 주세요

예능의 신이라고 불리며 방송계를 평정한 사람, 바로 국민 MC 유재석 씨입니다. 왜 그렇게들 유재석, 유재석 하는 걸까 유심히 들여다보았더니 그 사람에게는 한 가지 특징이 있더군요. 바로 자기가 말을 많이 하는 것보다 다른 사람들이 즐겁게 이야기하고 또 신나게 놀 수 있도록 편안한 분위기를 만들어주더라 그겁니다.

아이들이 좀 자라고 난 후에도 엄마, 아빠와 함께하는 시간에는 서로에게 집중하고 때로는 엄마에게 어리광도 부릴 수 있는 분위기를 만들기 위해서는 아빠가 바로 '유재석' 같은 사회자가 되어야 하겠습니다. 아빠가 나서서 즐거운 화제로 이야기를 시작하고, 집안 분위기를 부드럽게 만들면 아이들도 조금 더 오랫동안 귀여운 아이들로 남을 수 있지 않을까요?

집안 분위기, 아빠 하기 나름입니다. 피곤하다고, 귀찮다고, 또는 권위가 없어 보이는 것이 무서워 괜히 무게만 잡고 있지 마세요. 대신 언제라도 서로에게 다가가 이야기할 수 있는 친구 같은 아빠가 되어 주세요. 그것이 오래오래 아이들과 함께 나눌 기억을 만드는 방법이니까요.

# 천하무적
# 우리 편

아이 싸움이 어른 싸움으로 번지는 경우가 간혹 있습니다. 누가 봐도 확연히 잘잘못이 가려지는 경우가 아니라 둘 다 조금씩 서로에게 잘못한, 이른바 쌍방과실일 때 흔히 이렇게 싸움이 확대되곤 하는데요. 어디 이 경우뿐입니까? 동생 싸움이 오빠나 언니 싸움으로 이어지기도 하고, 아내 싸움이 남편 싸움으로 이어지는 경우도 많습니다. 바로 엊그제까지 죽일 듯 살릴 듯 물어뜯고 싸우던 형제·자매·부부도 다른 사람이 우리 가족을 향해서 공격해오면 누가 먼저랄 것도 없이 똘똘 뭉쳐 천하무적 우리 편이 됩니다. 웃음이 나면서도 참 가슴 한쪽이 뜨끈해옵니다.

저도 어렸을 때 형과 누나를 믿고 동네에서 더 천방지축으로 굴었는지도 모르겠습니다. 사소한 시비가 붙어서 나보다 덩치가 훨씬 좋은 녀석들과 싸움을 해도 형과 누나가 학교 끝나고 지나다가 나를 볼 거야, 하는 생각이 마음 한 구석에서 있던 거지요. 그런데 가만히 돌이켜

보면, 저처럼 믿을 형과 누나가 없는 외동인 녀석들 중에도 유난히 겁이 없고 대차게 달려드는 놈들이 있었습니다. 성격 탓이기도 했겠지만, 백발백중 그런 녀석들 뒤에는 열 형아, 열 누나 안 부러운 무적의 열혈 엄마가 있었지요.

어쩌면 많은 사람들이 이 열혈 엄마를 두고 무조건 자기 자식 역성만 드는 몰지각한 사람이라고 몰아세울지도 모르겠습니다. 하지만 자식 일에 객관적이고 공정하게 시시비비를 가릴 수 있는 부모가 세상에 얼마나 되겠습니까? 아마 표현의 정도만 다르다 뿐이지, 자식이 크고 작은 삶의 법정에 설 때 무조건적으로 자식 편을 들지 않는 부모는 그리 많지 않을 것입니다. 저 또한 아빠가 되고 보니 남들 앞에서 공명정대하게 보이려다 오히려 아이에게 상처를 주는 경우를 만들기 십상이겠더군요. 일단 몸과 마음을 다친 내 새끼를 먼저 보살피는 것이 우선인 때도 분명 있기 마련입니다.

하지만 우리는 어떤가요? 자기 자식밖에 모르는 사람이라는 핀잔을 들으면서도 언제 어느 순간에도 늘 우리 편만 들었던 열혈 엄마였건만, 반대로 엄마가 자기 편을 필요로 하는 순간에 처했을 때 우리는 열혈 자식이 되어서 엄마의 천군만마가 되어 주나요?

글쎄요, 저부터 보자면 그렇지 못했습니다. 어머니께서 자주 누군가와 말다툼을 벌이시는 성격도 아니었고, 주로 집에만 계셨던지라 어머니의 시시비비를 가려줄 일도 별로 없었습니다만, 꼭 어떤 판결이 아니더라도 어머니가 하는 판단이나 결정에 적극적인 지지를 밝힌 적도 별로 없었습니다.

아내의 후배 중에 어머니가 보험회사에 다니는 후배가 하나 있었습니다. 그녀는 얌전하고 소극적인 성격이었는데 비해 어머니는 대형 보험사에서 5년 연속 보험왕을 차지한 열혈 보험 설계사였던 모양입니다. 하지만 그 후배는 걸출한 입담과 특유의 친화력으로 만나는 사람마다 자신의 고객으로 삼는 보험왕 어머니가 부끄러웠다고 합니다. 그래서 모두가 부러워하는 어머니의 보험왕 시상식에도 참여하지 않았고, 어머니가 선택한 직업과 이뤄낸 성공을 인정하지 않았던 것이지요. 누구보다 딸의 격려와 축하가 받고 싶었던 어머니는 못내 아쉬웠지만, 딸에게 아무런 내색을 하지 않으셨지요. 그러던 어느 날 어머니는 보험 설계사 일을 그만두겠다고 선언했습니다. 딸은 내심 기뻤지만, 그래도 이유라도 물어보는 것이 도리겠다 싶어서 왜 그러시냐고 여쭈었답니다. 그러자 엄마가 이렇게 대답하셨다지요.

"내가 가장 사랑하는 내 딸이 내 편이 아닌데, 내가 이 일을 해서 뭐 하겠니?"

엄마는 매달 상승곡선을 그리는 실적 그래프보다, 자신을 자랑스러워하는 딸의 한마디를 듣고 싶었던 것입니다. 내가 할 수 있는 일 중에서 내가 잘할 수 있는 일을 만나기란 얼마나 어렵습니까? 정말 행운으로 그런 직업을 만났고 그 일을 더 잘할 수 있도록 자식들이 내 편이 되어주기를 바라지만, 우리는 그렇게 하지 않을 때가 더 많았습니다. 어머니 입장에서는 당신이 살아가는 이유가 우리 자식들인데 말입니다. 별로 어려운 일도 아닌데, 그저 엄마가 사는 방식과 선택한 삶의 방향을 존중하고 가족이라는 이유로 엄마가 우리에게 그랬듯이 우리도 무조건 엄마 편이라고 말해주면 되는 것이었는데, 우리는 그러지 못했습니다.

우리의 기억 속에 억울함으로, 답답함으로, 못마땅함으로 자리 잡은 그 모든 엄마의 모습 역시 결국은 그녀 스스로가 선택한 삶의 방식입니다. 아니, 엄마가 가족을 지키기 위해 선택할 수 있었던 몇 안 되는 선택지들이었지요.

세상이 무너져도 우리는 엄마 편이라는 허황된 공수표 같은 말이라도 해드렸어야 했는데, 그 모든 세월의 풍파를 혼자 겪으면서 자식도 다 필요 없다는 생각은 하지 않게 해드렸어야 했는데, 하며 나중에 후회해도 늦은 일입니다. 깐깐한 검사, 재판관처럼 엄마의 인생을 우리 기준으로 재고 판단하느라 엄마가 정말로 우리를 필요로 할 때 엄마의 편이 되어주지 못했습니다.

놀이터에서, 골목길에서 내가 더 잘못하고 내가 혼나야 하는 상황에서도 얼른 달려와 내 손에 흙부터 털어주고 내 코부터 닦아줬던 엄마를 기억해야 합니다. 도망자, 배신자, 살인자가 되어 온 세상이 나를 내쳐도 엄마만은 우리를 위해 문을 열어 둘 것이라는 기대는 하면서 엄마가 살아온 방식과 선택에 대해서는 왜 그렇게 인색했던 것인지 후회가 됩니다.

어떤 일이 와도 우리는 엄마 편, 엄마가 어떤 사람이어도 우리는 엄마 편, 내 편 네 편 나누는 유치한 세상이 없어져도 우리는 천하무적 엄마 편!

장난 같은 이 구호가 엄마의 인생에는 어떤 응원보다 큰 힘이 된다는 것, 잊어버리지는 말자고요.

# 지는 게 이기는 것

신혼 초에 먼저 결혼한 친구들이나 선배들이 충고랍시고 남편에게 하는 말이 있습니다.

"기선 제압이 중요한 거지. 처음부터 져주기 시작하면 끝도 없어!"

놀이터에서 치고 박고 싸우는 동네 녀석들도 아닌데, 뭐가 그렇게 비장한 지요. 무림고수들이 알려주는 비법도 그렇게 거창하지 않을 겁니다. 그런데 조금만 살다보면 남편들은 아주 단순하고 보편적인 진리를 깨닫게 됩니다.

"져주는 것이 이기는 것이다."

여자들이 억지를 쓰고 비논리적으로 구는데 거기에 맞서 싸워봤자 소득이 없다는 뜻이 아닙니다. 남자도, 여자도 모두 억지스럽고 비논리적일 수 있습니다. 하지만 이렇게 비슷한 수준의 논리로 언쟁이 붙는다면 굳이 내가 아내를 이겨 무엇에 쓰겠냐는 말입니다.

칼로 물 베는 대회에 승자가 없듯 부부싸움 역시 마찬가지라는 생각이 듭니다. 가능하면 아내가 하자는 대로 해주세요. 그리고 나의 양보로 인해 아내가 기분이 좀 좋아지면 그때 내가 원하는 바를 말해 이해시키면 되지 않을까요? 내 편 네 편 나눠가며 피 터지게 싸우고 나면 남는 것은 폐허가 된 마음뿐입니다.

영원히 서로의 편이 되어주겠노라고 약속하고 시작한 결혼 생활입니다. 어제의 동지가 오늘의 적이 되는 황당하고도 슬픈 상황은 만들지 말아야 하지 않을까요?

# 이 세상
# 모든 이별을 위해

　세상 어떤 나이도 죽기에 적당한 나이는 없다고 합니다. 이루고 싶은 것을 이뤘다거나 더 이상 여한이 없는 생을 살았다고 자부한다면 죽어도 괜찮을까요? 아니오, 그렇지 않습니다. 한 사람의 죽음이 그 자신이 세상과 이별하는 것으로 끝나지 않기 때문입니다. 사랑하는 남편을 잃은 아내가 있을 것이고, 믿고 의지했던 세상의 기둥이었던 아버지를 잃은 아이들이 있을 테니까 말입니다.

　흔히 하는 말로 '산 사람은 살아야 한다, 산 사람은 어떻게든 살아진다'고 합니다. 물론 그렇지요. 하지만 상실의 아픔을 어떻게 이겨나가느냐가 중요한 것 아닐까요?

　상실의 아픔이 반드시 죽음의 형태로 찾아오는 것도 아니지요. 남녀가 만나 결혼을 하면 주례사의 말처럼 검은 머리가 파뿌리가 될 때까지 백년해로하면 얼마나 좋겠습니까. 하지만 안타깝게도 그렇지 못한 경우도 많습니다. 이런 경우 자녀들은 부모의 이혼을 지켜봐야 합니다. 부모와 함께 이별이라는 아픔을 경험하는 거지요.

각 가정마다 이유도 많고 함께 겪어온 역사도 깊겠지만, 지금 우리
는 사별이나 이혼 같은 세상에 존재하는 많은 이별을 겪는 우리의 어
머니에게 집중해보았으면 합니다.

요즘은 어머니들도 사회활동을 많이 하시기 때문에 단순히 어머니
들을 누구의 아내로만 부르던 시절은 지났습니다. 하지만 이런 호칭
속에 숨어 있는 관계의 힘은 남녀평등만으로는 설명할 수 없는 부분이
있습니다. 누구의 무엇으로 묶이던 관계가 주는 정서적인 안정감, 사
회적인 소속감…… 이런 것들로부터 어머니는 이별을 해야 합니다.

그리고 무엇보다 잔인한 것은 사회의 시선입니다. 아무런 잘못도 하
지 않았고, 단지 배우자가 먼저 세상을 떠났거나 더 나은 삶을 위해 각
자의 길을 가기로 결정했음에도 불구하고 우리 사회는 아직도 '과부'
나 '이혼녀'라는 이름으로 우리의 어머니를 옭아매고 있습니다.

별다른 말씀 없이 다른 사람 시선보다 남은 우리가 행복하게 사는
것이 더 중요하다고 오히려 자녀들의 어깨를 토닥여주는 어머니지만,
그렇다고 마음속에 남은 앙금과 상처가 왜 없겠습니까? 어쩔 수 없이
받아들여야 하는 운명과 어렵게 선택한 자신의 결정을 짊어진 어머니
는 아이들과 함께 꿋꿋하게 인생이라는 항해를 계속해야 합니다. 그런
어머니에게 아들, 딸인 우리는 무엇을 해드릴 수 있을까요?

최근에 아버지가 돌아가신 친구에게 홀로 남으신 어머니를 어떻게
위로해 드리느냐고 물었더니 시간을 들여서 공감하고 용돈을 넉넉히
드린다고 하더군요. 시간, 공감, 돈. 친구는 이렇게 세 가지가 꽤 공평
한 듯 말했지만, 저는 이 세 단어 사이에 부등호를 넣고 싶습니다.

이런 방식이면 더 좋은 것 아니냐고 했더니, 친구가 무릎을 치더군요. 세 가지 다 열심히 해드리면 좋겠지만 부득이하게 순서를 정해야 할 때는 그렇게 해야겠다고요.

하나씩 따져볼까요? 아버지가 돌아가신 후 어머니는 혼자 계시는 시간이 많아집니다. 그래서 시간을 들여 함께 있어드리는 것이 최우선입니다. 그 다음에는 투입해야 할 물량 공세는 바로 공감입니다. 아버지 살아생전에 잘 하셨던 일, 어머니를 속상하게 했던 일, 즐겁고 재밌었던 일……. 어머니가 알고 있는 아버지와의 비화를 들으며 추억에 공감해드리세요. 그리고 마지막으로 돈입니다. 설령 아버지께서 은퇴 후에 특별한 경제 활동을 하지 않다가 돌아가셨다고 해도 평생 살림만 하시며 아버지 월급을 쪼개 살아오신 어머니에게는 그 부재가 곧 경제적 타격으로 느껴질 수 있습니다. 가끔 불규칙적으로 드리는 용돈 말고, 특정한 날짜에 정해진 액수를 드리는 것이 어머니의 마음을 안정시켜 드릴 수 있지 않을까요?

그래도 이렇게 두 분이 긴 세월 해로하고 이별하는 경우에는 받아들이는 어머니도, 또 지켜보는 자식들도 그렇게 힘들지는 않을 것입니다. 하지만 이혼의 경우는 또 다르지요. 아직도 가슴속에 분노와 원망이 남아 있을지도 모릅니다. 설령 사회적으로 성공하거나 평범한 삶을 살고 있다고 해도 결혼이라는 인생의 중대한 부분에 실패했다는 패배감은 쉽게 떨쳐내기 어렵습니다. 흔히 이럴 때 자식들은 어른들의 결정이고 자신이 섣불리 부모 중 누구의 편도 들 수 없는 일이라며 수수

314

방관하곤 합니다. 아버지의 경우는 조금 다를 수 있으나, 어머니의 경우는 그렇게 강 건너 불구경 하듯 방관해서는 안 된다는 생각이 듭니다. 위로해 드려야 합니다.

나는 아버지의 자식이기도 한데 이혼한 어머니에게 무슨 위로를 해줄 수 있을까 의아하게 생각하시는 분들도 있을 겁니다. 이럴 때는 보편타당성에 기대어 보는 것도 한 가지 방법입니다. 누구의 편을 들고 안 들고를 떠나서 이 세상에 모든 이별이 위로 받아 마땅한 것이니, 그저 어머니가 겪은 이별을 위로하는 것입니다. 다 귀찮고 혼자 있고 싶다고 하시면 묵묵히 자리를 지켜주고, 속 시원하게 이야기하고 싶어 하시면 그간의 이야기를 조용히 들어주세요. 앞으로 살아갈 날들이 걱정이라면, 혼자라는 숫자가 가진 새로운 가능성에 대해 서로 이야기를 나눠보세요. 잘못 끼워준 단추를 풀고 처음부터 다시 시작하는 것이라면 이미 과거에 잘못 끼웠던 단추의 역사는 잊어버리시라고 제법 어른스럽게 위로할 수도 있겠지요.

늘 강인했던 어머니, 완전할 것만 같던 가정에 찾아온 뜻하지 않은 변화. 물론 우리 자신도 그러한 변화를 받아들이기 어려울 것입니다. 하지만 우리도 세상을 조금 살아보니 알 수 있지 않습니까? 내가 열심히 한다고 해서, 생각한 대로 세상이 움직여 주지 않을 때가 있다는 것을요. 어머니가 겪는 지금의 이별, 우리가 받아들여야 하는 가정의 변화 역시 그런 것 아닐까요? 가족이라는 테두리를 넘어 여자로서 겪어야 하는 인생의 변화를 어머니가 좀 더 씩씩하게 받아들일 수 있도록 그 곁을 묵묵히 지켜 주세요. 아마도 어머니는 그런 우리의 모습을 보며 다시 한 번 더 단단해지시지 않을까요?

어머니가 겪는 이별로부터 멀리 떨어져 있지 맙시다. 가까이에서 어머니가 충분히 견디고, 또 이겨내실 수 있도록 묵묵히 곁에 있어 드리는 것, 그것이 백 마디 말보다 강한 위로가 되지 않을까요.

**남편의 포스트잇**

## 아들이 아버지의 자리를 대신할 수는 없습니다

아무래도 여기서는 남편에게 전하는 포스트잇보다는 아들에게 전하는 포스트잇이 맞을 것 같다는 생각이 듭니다. 어머니가 사별이나 이혼의 아픔을 겪을 때 아들들은 대부분 어머니를 정서적, 경제적으로 책임져야 한다는 생각에 사로잡히곤 합니다. 어머니가 경제적인 능력이 있고 없고를 떠나서 전통적으로 가장의 부재 시에는 아들이 그 역할을 대신해왔으니까요. 하지만 저는 아버지의 부재 시에 아들이 어머니에게 과도한 정서적 지지를 주는 것은 적절하지 않다고 생각합니다. 왜냐하면, 아들이 줄 수 있는 것과 남편이 줄 수 있는 것은 분명히 다르기 때문입니다.

어머니가 감정적으로 많이 약해진 상태에서 아들만 믿으라는 식의 의존적 성향을 허용해버리면 나중에 아들이 결혼을 했을 때 어머니는 다시 한 번 박탈감이나 소외감으로 괴로워할지도 모릅니다. 또 한 번의 이별을 맞게 되는 것이지요. 혼자 남겨진 어머니에 대한 안타까운 마음은 이해하지만, 새로운 시련을 겪게 하는 것보다는 감정을 분리하는 연습을 하는 것이 낫습니다. 어쩌면 이것이 어머니가 새로이 제2의 인생을 설계하는 데에도 도움이 될 것입니다. 아들로서 최선을 다하되, 어머니가 정서적으로 더 강인해질 수 있도록 돕는 것이 중요합니다.

# 당신과 함께 살아갈
# 내일을 위해

    제가 좋아하는 영화 '패밀리 맨'에 이런 대화가 등장합니다. 서로 너무나도 사랑하는 사이지만, 서로의 미래를 앞에 두고 중요한 결정을 해야 하는 남녀 주인공의 이야기지요.

> "우리는 지금 공항에 있어. 누구도 공항에서는 올바른 생각을 하기 어려워. 그래서 오직 우리가 결정한 것을 믿을 수밖에 없어. 당신은 우리나라에서 가장 좋은 로스쿨에 입학 허가를 받았고, 나는 바클레이즈 은행에서 인턴십을 하게 되었어. 우리에겐 커다란 계획이 있어."
>
> "당신 정말로 대단한 걸 하고 싶어요? 그럼 계획 따위는 잊어버리고, 지금 바로 오늘 우리 인생을 시작해요. 나는 우리를 선택했어요. 당신이 말하는 계획은 우리를 훌륭하게 할 수 없어요. 우리가 함께 공유하는 것, 그것이 우리를 위대하게 할 수 있어요."

생각해보면 저는 이 영화 속 남자 주인공처럼 내가 계획한 길 외에 다른 길, 그러니까 결혼이라든가, 아빠가 된다든가 하는 일은 인생에서 제쳐 두었던 때가 있었습니다. 내 앞에 놓인 길을 걸어가기도 바쁘다는 이유였지요. 나라는 사람이 가족을 만들어 그들의 울타리가 되어줄 수 있다는 생각조차 못 했습니다. 하지만 막상 결혼을 한 뒤에 내가 틀렸구나, 느꼈던 점은 나라는 사람도 결혼을 하고 아이를 낳을 수 있다는 것이 아니었습니다. 오히려 내가 그들의 울타리가 되어줄 수 있다고 믿었던 사실이었습니다.

사실은 그 반대였지요. 내가 나의 가족을 보호하고 안아주는 것이 아니라 가족이 나를 일으켜 세워주는 존재들이었습니다. 내가 사랑받고 있는 것이지요. 그때까지 저는 영화의 남자 주인공이 성공을 위해 자신이 계획한 일을 먼저 처리한 후에도 사랑이 기다려줄 것이라고 믿었던 것만큼이나 큰 착각을 하고 살았던 것이지요.

더불어 저는 사람은 변하지 않는다고 믿는 다소 비관적인 사람이었는데, 저 자신의 케이스를 보며 사람도 변할 수 있다고 믿게 되었습니다. 무뚝뚝하고 성격에, 논리나 이치에 맞지 않는 일에 열을 쏟는 것은 불필요한 일이라고 믿었던 저 자신이 변하기 시작했기 때문입니다.

늘 긍정적이고 밝은 아내의 마음이 저를 변화시켰고, 우리 가정에 온기를 불어 넣었습니다. 생각해보면 저는 집 안에서 그저 '아~ 정말 따뜻하구나. 밖에 나갔다가 돌아와 쉴 곳이 있어 정말 좋구나!' 이렇게 누리기만 했습니다. 그 밝음과 온기를 유지하기 위해 하루에도 몇 번씩 발을 구르며 동분서주한 아내에게 진정으로 감사와 위로를 전한 적이 없었지요.

오늘을 사는 많은 대한민국의 남편들도 마찬가지겠지요. 늘 그 자리에 있어서 소중함을 모르고, 존재의 가치를 충분히 인정해주지 못한 채, 그저 '사느라 바빠서'라는 변명 뒤에 숨어 아내를 더 섭섭하게, 쓸쓸하게 만들고는 합니다. 저 또한 그랬고요.

햇수로 13년이라는 길지도 짧지도 않은 세월 동안 아내의 남편으로 살아오면서, 대한민국 보통 남편의 점수를 받으면서, 제가 가장 많이 후회한 점은 더 많이, 더 자주 아내의 편이 되어주지 못했다는 사실입니다. 아내가 원하는 만큼, 또 아내가 바라는 방식으로 아내를 위로해주지 못했지요. 어쩌면 이 책에 담은 내용으로는 아내의 마음속 빈자리를 완전히 채워주지 못할지도 모르겠습니다. 그렇기 때문에 이 모든 위로의 마지막은 진심을 담은 약속으로 대신하고자 합니다.

위로할 일을 만들지 않도록 노력하고,
위로할 일을 빼먹지 않도록 노력하고,
위로할 일이 생기면 제대로 위로하겠습니다.

갈대 같이 흔들리는 삶 속에서 어떤 날은 바닥에 누워 쓸쓸하게 땅의 서늘한 온도와 맞닥뜨려야 하는 날도 오고, 또 어떤 날은 햇살도 좋고 바람도 좋아 두런두런 콧노래 나오는 날도 있겠지요. 그 모든 날에 당신 곁에 있겠다는 평범하지만 단단한 다짐을 드립니다. 못 다한 이야기는 내일, 당신과 살아갈 남은 하루하루에 계속 더 하렵니다.

남편 왕상한으로부터

# 여자도 아내가 필요하다

1판 1쇄 인쇄  2014년 4월 23일
1판 1쇄 발행  2014년 4월 30일

지은이 · 왕상한
그린이 · 김미화
펴낸이 · 주연선

책임 편집 · 이진희
편집 · 백다흠 신소희 강건모 임유진 오가진 박나리
디자인 · 김서영 손혜영
마케팅 · 장병수 김한밀 정재은
관리 · 김두만 구진아 유효정

도서출판 은행나무
121-839 서울특별시 마포구 서교동 384-12
전화 · 02)3143-0651~3  |  팩스 · 02)3143-0654
등록번호 · 제 10-1522호(1997. 12. 12)
www.ehbook.co.kr
ehbook@ehbook.co.kr

잘못된 책은 바꿔드립니다.

ISBN 978-89-5660-775-7  03810